사랑의 이해

사랑의 이해

이혁진 장편소설

민음사

차례

1

부지점장은 파란색 플러스 펜으로 상수의 셔츠 주머니 아래를 찔렀다. "뭔데, 너? 너, 너, 뭐냐고?" 허연 입김이 사납게 터졌다.

"아닙니다." 상수는 손을 뒤로한 채 플러스 펜을 받았다. 지점 뒤 주차장이었다.

"아닌 건 뭐고?" 부지점장은 같은 곳을 쿡쿡 쑤셨다. "뭐냐니까?"

상수는 뒤꿈치에 힘을 주고 버텼다. "아닙니다."

"은행원 편하지? 창구에 앉아 고객이 준다는 돈 받고, 달라는 돈 주고, 웃고 인사하고 그러면 다지?"

"아닙니다."

“아니긴 뭐가 아니야, 자꾸!” 부지점장은 다른 손에 움켜쥐고 있던 서류를 상수의 가슴팍에 내던졌다.

상수는 허리를 숙여 흩어진 서류를 챙겼다. 연초 본사에서 내려온 중금리 대출 상품 판매 실적이었다. 순위별로 이름과 판매 실적이 나와 있었고 플러스 펜이 죽죽 그인 상수의 이름 밑에는 양 과장이 있었다. 상수는 차곡차곡 간추려 부지점장에게 내밀었다. “죄송합니다.”

부지점장은 받지 않고 피식 웃었다. “한 달 반 동안 열 개도 안 한 게 죄송할 일이야? 회의 때마다 내가 주의를 드렸어, 안 드렸어?” 부지점장은 다시 플러스 펜으로 상수의 셔츠 주머니 아래를 쑤셨다. “각별히 일 좀 하시라 했냐고, 안 했냐고?”

“죄송합니다.” 상수는 더욱 고개를 숙였다.

“남들 다 잘하는 거 잘해 봤자 무슨 소용이야? 이런 걸 해야, 다들 벌벌거릴 때 빤빤하게 하나 해서 보여 줘야 지점 퍼포먼스, 로열티가 된다는 거, 그 잘난 MBA에선 안 가르쳐 주나 보지? 애초에 상품 설계가 글렀네 어쩌네, 후선에서 여직원들 앞에 두곤 그렇게 잘난 척하시더니, 응, 응?” 부지점장은 플러스 펜 끄트머리로 상수의 목덜미를 톡톡 쳤다. 눈빛은 뺨을 그렇게 건드리고 싶은 것 같기도, 어깨를 건드린다는 것이 어쩌다 그렇게 된 것 같기도 했다.

어느 쪽이든 상수는 참아야 했고 참을 수 있었다. 어차피 문제는 굴욕의 대가이지 굴욕 자체가 아니지 않나. 상수는 옅은 후회마저 느꼈다. 왜 그때 좀 더 하지 않았을까. 이렇게 당할 것을 모르지도 않았는데.

뒷문이 열렸다. 수영이었다. 수영은 두 사람을 보고 얼른 뒷걸음쳐 다시 문을 닫았다.

상수는 고개를 틀며 입술을 질끈 깨물었다. 짜증이 치밀었다. 하필 수영에게 이런 꼴을 보이다니. 상수는 다시 쿡쿡 찌르기 시작한 부지점장의 플러스 펜을 낚아채 집어 던지고 싶은 충동을 느꼈다.

"오죽하시겠어, MBA까지 한 인재시니, 응, 응?" 부지점장은 배배 꼬인 눈으로 이기죽거렸다. "다음번에는 MBA 나온 분이나 하실 수 있는 걸로 시켜 드릴게, 한번 두고 보자구, 응, 응!" 부지점장은 상수의 가슴팍에 플러스 펜을 던져 버리고 안으로 들어갔다.

상수는 허연 한숨을 길게 내뿜었다. 부지점장이 던진 플러스 펜을 주워 들었다.

터벅터벅 뒷문으로 걸어 들어가면서 상수는 수영이 자리에 없기를 바랐다. 창피하니까. 하지만 있었으면 싶기도 했다. 괜찮냐고 한마디 물어 주면 알잖냐는 듯 피식 웃으며 별것 아니었다고 말하고 싶었다. 그러면 정말 별것 아닌 일이 될 테니까.

수영은 자리에 앉아 있었다. 늘 앉아 있는 그 자리, 상수의 옆자리였다. 상수는 아무 일도 없었다는 듯 걸어갔지만 자리에는 털썩 앉았다. 모니터를 보며 평소보다 거칠게 자판을 두드렸다. 귀를 쫑긋 세웠고 업무용 메신저도 모니터 한쪽 잘 보이는 곳에 띄워 놨다.

수영은 잠시 후 탁탁탁 자리를 정리하고 가방을 챙겨 들었다. 먼저 들어가 보겠다 인사하고 평소처럼 가장 먼저 퇴근했다.

주말은 모처럼 지점 행사가 없었다. 늦잠에서 깬 상수는 골프 채널을 한동안 보다가 자리에서 일어났다. 가볍게 차려입고 근처 프렌차이즈 카페에 가서 달짝지근한 라테 한 잔을 시켰다. 며칠 전 영화에서 본 것처럼 널찍한 2인용 소파에 반쯤 누워 『레 미제라블』을 읽기 시작했다. 카페에서 세계문학을 읽는 맛은 기대한 것처럼 괜찮았고 내용도 생각보다 재미있었다. 하지만 이내 책을 내려놓고 수영을 떠올렸다. 이따금 화폐 계수기 너머로 보던 수영의 옆모습, 미간에 주름을 만들며 골똘히 모니터를 보던 얼굴, 곰돌이 볼펜을 들고 열심히 메모할 때 옅게 패던 보조개, 한파 경보가 있던 날 할머니께 어느 자리가 히터 바람 잘 드는지 알려 주면서 몸 녹이다 가시라고 말하며 짓던 미소, 마감할 때면 재래시장 아줌마들이 무색하게 돈다발을 착착 세 나가는 손과 오물거리는 입술, 그리고 꾹꾹 눌러 참으며 영업용 미소를 띤 채 진상들 비위를 맞추던 안쓰러운 모습.

역시나 그 일 때문일까. 수영이 이전과 달라진 듯한 느낌에 상수는 그렇게 생각하면서도 아무렴 그 일 때문일까 싶기도 했다. 하지만 그 일 말고는 수영을 달리 설명하기 어렵지 않을까. 어쩌면 예쁜 여자들 특유의 변덕이거나, 흔한 밀고 당기기일지도 몰랐다. 그런 쪽으로 상수는 영 자신이 없었고 상대방이 수영이라면 더욱 그랬다.

월요일 오전 내내 상수는 틈을 봤다. 좀처럼 말을 붙이지 못하다가 점심시간이 얼마 안 남았을 즈음, 상수는 간신히 말을 꺼냈다. 무덤덤하게, 문득 생각났다는 투로.

"간만에 점심이나 같이 먹을까요?"

"선약 있어서요. 미안해요." 정말 미안한 얼굴은 아니었고 언제 함께하자는 말도 없었다. 수영은 점심 교대가 오자마자 나갔다.

상수의 점심 교대인 경필은 10분이나 늦었다. 상수는 곰 같은 경필의 몸뚱이가 서두르는 기색도 없이 정문 지나치는 것을 봤지만 짜증이 나지도 않았다. 점심이고 뭐고 다 싫었다. 거래 기록들을 보관하는 서고실에 처박혀 담배나 뻐끔뻐끔 피우고 싶었다. 서고실은 그런 짓을 절대 할 수 없는 곳이었고 담배도 끊은 지 몇 달째였지만. 상수는 호출기를 눌러 다음 대기 번호를 띄웠다.

고객이 막 자리에 앉았을 때 경필이 툭툭 상수의 어깨를 두드렸다. 상수는 성가신 얼굴로 돌아봤다.

경필은 실실 웃고 있었다. "잠깐, 복도로." 경필은 상수의 대답을 기다리지도 않고 몸을 돌렸다. 신나는 일이라도 있는지 곰 같은 덩치를 옮기는 발걸음이 사뿐거렸다.

화장실로 이어지는 복도에는 경필 말고 두 사람이 더 있었다. 홍 팀장과 양 과장이었다.

홍 팀장은 심각한 얼굴로 연신 가운데 가르마 탄 머리를 쓸어 넘겼다. "확실한 건 아니잖아, 그렇지? 그냥 보기만 했다, 그거잖아, 그치?"

"그만하면 확실하죠. 몰카라도 안 다는 이상 더 볼 게 뭐가 있습니까." 피둥피둥한 양 과장의 얼굴에 웃음이 느글거렸다.

"그게 아니라, 사실이면 난 지점장님께 보고를 올려야 하는데, 딴 것도 아니고 둘이 슬쩍 손 한번 잡은 걸 뭐라고 하냐 이 말이야."

"안 주임이 정 청경 손에 먼저 깍지 꼈다가 팩트죠." 양 과장이 말했다.

상수는 얼굴이 후끈거리는 것을 느꼈다.

경필은 적당히 눙쳐 보려는 듯 웃었다. "보고까지 하실 거야 있습니까? 텔러랑 청경 만나는 거고, 까고 말해 청경이야 우리 식구도 아니고 그냥 알반데. 두고 보시면 어떨까요? 별일 내려야 낼 것도 없는, 젊은 애들이잖습니까, 팀장님."

"언젠 별일이라서 별일이었냐? 지점장님 몰랐다가 아시면, 본인이 뒤통수라고 생각하시면 그게 다 별일 되는 거 아냐. 게다가 안수영이 어떤 애야? 지점장님께서 직접 챙기는 애 아냐. 본부장님 이상 회식 있을 때 꼭 동석시키고, 걔 본사 올려보내 상품 사진 찍은 것도 어디 한두 개냐고."

"지금 자리에 앉힌 것도 지점장님이시죠. 정문 열면 딱 보이는 그 자리에." 양 과장이 잽싸게 보탰다.

홍 팀장은 추궁하듯 경필을 쳐다봤다. "소 계장, 다른 사람한테 말했어? 아니지?"

"아뇨, 아직은." 경필은 상수를 힐끔 봤다.

"됐어, 그럼. 흘리지 말고 있어. 나도 안 주임이랑 정 청경 불러다 확인하고 단도리 칠 테니까. 다, 여기 있는 사람들, 알았지?"

경필의 얼굴에 당혹감이 드러났다. "그렇게까지 하시게요?"

"소 계장이 봤단 소린 안 할 거야, 걱정 붙들어." 어련히 알아서 하지 않겠냐는 듯 홍 팀장은 웃었다. "혹시 모를 일도 꼼꼼히 다져 놔야지. 남녀상열지사만큼 예측 불가인 게 없잖냐." 홍 팀장은 한 번 더 입단속을 시키고 플라스틱 컵을 달그락거리며 자리를 떴다. 사무실로 들어가는 것을 보며 양 과장은 피식 웃었다. "그러게, PB 팀장이 손잡고 나가잘 때 나가시지, 은행원이 무슨 천직이나 된다고."

"PB는 박 대리님만 그대로 가시나요, 새 팀장님 없이?" 화제를 돌리고 싶어 상수는 짐짓 궁금한 척 물었다.

"그러겠지. 지점장님이 직접 챙기시는 게 속도 편하실 거고, 생색내기도 좋잖아."

"박 대리, 고생 좀 하겠네요." 경필이 말했다.

양 과장은 피식 웃었다. "갠 고생해야 돼. 애가 개념이 없어." 양 과장은 상수에게 빨리 먹고 들어와야겠다는 소리를 던지고 화장실 쪽으로 느긋하게 걸어갔다.

못마땅한 얼굴로 양 과장을 쳐다보던 경필은 상수를 툭 쳤다. "넌 오라면 후다닥 달려올 것이지, 이게 다 너 때문 아냐. 재미는 재미대로 못 보고, 괜히 찜찜하게만 돼선."

"재미는 무슨. 둘이 만나든 말든, 뭐라고."

"왜 재미가 아니냐?" 경필은 씩 웃으며 묵직한 팔을 상수 어깨에 턱 걸쳤다. "꽃 중의 꽃, 술 중의 술 같은 안수영 주임께서 사내 연애를 하신다는데, 껄덕껄덕대던 계장, 대리들 다 제쳐 두고 들어온 지 한 달도 안 된 미청년 청경이랑 연애를 하신다는데 그걸 전파하는 기쁨과 즐거움이 어찌 크지 않겠냐고. 오가다 몇 번 웃어 준 걸로 저한테 마음 있는 거 아닐까 가슴 벌렁벌렁거리던 등신들부터 한 번 들이대 볼까, 두 번 들이대 볼까 하던 것들까지 어떤 표정을 지을지. 아쉽다, 너무 아쉬워. 안 그래?"

알고 이러는 걸까, 모르고 이러는 걸까? 상수는 경필뿐 아니라 누구에게도 털어놓은 적이 없었다. 하지만 당장 궁금해 미치겠는 것은 따로 있었다. "제대로 본 건 맞냐?"

"안수영이 딱 이렇게 했다니까, 생글생글 웃는 얼굴로 정 청경 보면서." 경필은 눈웃음치며 상수의 손을 깍지 꼈다. "더 말해 줄까? 궁금하냐, 궁금해?"

상수는 경필의 손을 털어 냈다. "교대 시간이나 지켜. 동기만 아니면, 확!"

경필이 낄낄거렸다. "포기해. 대학교, 대학원, 은행까지 이런 게 운명이라는 거다. 겸허히 받아들이거라."

무겁고 빽빽한 뒷문을 열고 상수는 밖으로 나왔다. 주차장을 가로질러 대로변에 나갔지만 어디로 가야 할지 알 수 없었다. 날이 흐린데도 바람은 주먹이 꼭 쥐어지게 차가웠다. 점심시간은 이미 끝물이었다. 오가는 사람도 거의 없고 맞은편 부대찌개집에서는 종업원이 빈 탁자들을 돌며 그릇들을 거둬들이고 있었다.

상수는 잰걸음으로 식당들을 훑었다. 무슨 짓일까, 도대체 뭘 어쩌자고 이러는 걸까? 그 생각을 하면서도 어쩔 수 없었다. 봐야만, 어쨌든 두 눈으로 직접 확인해야만 할 것 같았다. 유리벽 너머로 마주 앉은 남녀만 보이면 상수는 우뚝 멈춰 섰다. 두 눈에 힘을 바짝 주고 손차양까지 만들어 안을 살폈다. 아니었다. 번번이 아니었다. 하지만 보이면 또 그렇게 할 수밖에 없었다.

수영과 종현은 끝내 찾아지지 않았다. 상수는 지점에서 제법 떨어진 지하철역까지 가서야 포기했다. 역 입구 김밥 아줌마에게서 김밥 두 줄을 샀다. 아무도 없는 곳에 가서 혼자 먹고 싶었지만 갈 기운도 나지 않아 바로 보이는 편의점에 들어갔다. 저지방 요구르트 하나를 사서 꾸역꾸역 먹고 나왔다. 지점으로 돌아오자 이미 창구 자리에 앉아 있는 수영이 보였다. 종현도 정문 옆 고객용 책상 옆에서 근무 중이었다. 막상 두 사람을 보니 조금 서글펐고 무척 피곤했다. 상수는 양치 도구를 챙겨 들고 화장실로 갔다.

맥없이 양치질하며 상수는 그 일을 되새김질했다. 어떻게든 그날 수영에게 갔어야 했다. 부지점장이 뒤에서 콧김을 내뿜어 가며 눈을 부라리든 말든, 모르겠다고, 그냥 내 돈으로 메꿔 버리겠다 말하고 수영과 만나기로 한 호텔 일식당에 갔어야 했다. 가서 사귀자고, 남자 친구 여자 친구 하자고 분명히 말했어야 했다. 이렇게 다 지난 일이 되기 전에. 하지만 그날은 정말 홀린 것 같은 날이었다. 자기 혼자만 그런 것도 아니고 세 명이나 시재 마감이 안 된 데다 꼬리를 물어 가며 차례로, 게다가 마지막에 물린 사람이 하필 상수 자신이었다. 재앙이라는 말로밖에 설명이 안 됐다. 그렇더라도 자신이 원망스러워 견딜 수 없었다. 상수는 양치 거품을 내뱉다 말고 거울을 봤다. 허연 거품 비벼진 얼굴이 지지리 못나 보였다.

2

곧 잡아먹을듯 굴던 부지점장은 이내 잠잠해졌다. 조금 과장하자면 상수를 무릎 위에 올려놓은 고양이처럼 귀여워하기 시작했다.

예전에 상수와 함께 산 적도 있는, 상수의 대학교 선배가 지점 인근 주택 하나를 사들여 창업했다. 특수 영상 편집 업체로 촬영과 자문도 하는 모양이었다. 단체 톡방에서 농담처럼 실적 좀 올려 주겠다 한마디 하더니 정말로 지점에 찾아와 법인 계좌부터 급여 계좌까지 한 번에 열었고 주변의 비슷한 업체들까지 소개시켜 줬다. 찾아온 대표들 대부분은 기술만 갖고 있을 뿐 금융 지식이 전무했다. 상수는 계좌뿐 아니라 보험, 투자, 대출 상품까지 일사천리로 판매했고 지점에 창업 지원 지표까지 챙겨 줬다. 부지점장은 회의 시간에 침을 튀겨 가며 상수를 칭찬했다. 걸핏하면 꼬투리 삼던 MBA까지 높이 재평가했다.

"부지점장이 오늘 좀 이뻐해 주던데?" 경필이 날아가는 골프공을 보면서 말했다. 공은 연습장 녹색 그물 높은 곳에 맞았지만 방향이 형편없었다.

"뭘, 다 그냥 하는 소리지." 상수는 부러 심상하게 말하며 골프채로 버튼을 눌러 골프공을 위치시켰다. 강사가 가르쳐 준 것을 떠올리며 신중하게 자세를 잡았다.

"같이 밥 한번 먹자. 우리 학교 선배라며?" 경필은 공이 나오자마자 곧장 휘둘렀다. 이번에도 공은 큼직한 포물선을 그리며 날아갔지만 오른쪽으로 쏠렸다.

상수는 못 들은 척 채를 휘둘렀다. 공은 잘 맞았고 일직선으로 경필과 엇비슷한 높이까지 솟았다 떨어졌다. 상수는 괜히 입맛을 짝 다셨다. "살짝 빗맞았네."

"왜 그러냐, 소심하게?"

"뭘?" 상수는 정말 아무것도 못 들은 척 경필을 쳐다봤다.

경필은 피식 웃었다. 기계가 공을 놓아 주자 굵직한 팔을 휘둘러 걷어 올렸다.

"뭐, 너 하는 거 봐 가면서."

"됐네." 경필은 새 공을 걸어 올렸다. 이번에는 왼쪽. "아오, 이게 무슨 운동이라고. 재미는 더럽게 없어서."

"잘 치면 재밌고 못 치면 못 재밌고." 상수는 채를 공에 댔다 뗐다 하면서 궤적을 쟀다. 실적이 걸린 애매한 이야기를 끊고 싶어 화제를 돌렸다. "부지점장 정말 너무하지 않아? 나중에 꼬투리 잡히면 또 플러스 펜으로 쿡쿡 쑤셔 댈 거면서 그렇게 치켜세워 주는 꼴 하고는. 부지점장씩이나 된다는 양반이 참, 어째 그렇게 바람 한 점에 바스락거리는 낙엽 같은지. 그런 거 보면 차라리 지점장이 양반이다, 양반."

경필은 빈 채를 붕붕 소리 나게 휘둘렀다. "양반이라서 양반이냐. 밑에서 그렇게 머슴질해 주는 사람이 있으니까 양반질하는 거지. 어차피 당장 나가도 아쉬울 거 없는 사람이야. 상가가 둘에 아파트가 두 채라든가 세 채라든가. 그것도 다 인 서울."

"정말?"

"그분은 클라스가 다른 분이에요. 딱 보이잖아. 묵직한 게. 부지점장은 내내후년까지 지점장 못 달면 명단 올라가는 사람이고, 애들이 중학생에 연년생. 집도 일산, 그것도 아마 전셀걸?"

"뭐 한다고 그것밖에 못 한 거야? 그 정도면 못해도 두어 번은 말아먹은 거 아냐?" 상수는 채를 휘둘렀다. 잘 맞은 공은 일직선으로 쭉 뻗어 나갔다.

"모르지." 경필도 시원스럽게 공을 걷어 올렸다. "확실한 건, 되는 놈은 뭘 해도 되고, 되는 놈이 되자면 밑천부터 두둑해야 한다는 거다. 지점장도 깔고 앉은 게 있으니까 스트레스 안 받고 우량 고객만 상대하면서 실적 올리고, 그게 먹히니까 평판도 더 좋아지고, 평판 좋아지니까 사람들이 더 몰리고, 위에서는 예쁨받고 밑에서는 충성하고 계속 잘되는 거 아냐. 부지점장은 그럴수록 믿을 건 지점장 하나밖에 없어지니 더 바스락거리기나 할 수밖에 없는 거고. 지점장이 곧 떨어질 끈이라는 걸 알면서도."

"열심히 해야지, 열심히. 이 꼴 저 꼴 안 보려면 열심히 해야 하는데, 그러자고 이 시간에 연습장 와서 이러고 있는 건데." 상수는 입맛을 짭짭 다시면서 강사가 가르쳐 준 대로 채를 바로 쥐었다. 두어 번 대어 보다가 힘껏 휘둘렀다. 틱, 소리가 나면서 공이 데굴데굴 굴러갔다. "망할, 대가리 처맞았네."

경필이 고소하다는 듯 낄낄거렸다. "야, 은행원은 할 만하냐?"

농담 반 진담 반으로 자주 하는 말이었다. 뻔한 자조를 나누고 싶어서, 혹시 괜찮은 이유라도 들을까 싶어서. "할 만하잖으면. 너나 나나 서울에 비빌 데나 있고? 밑천이라고는 개뿔 이거 하나뿐인데. 어차피 월급 받고 하는 일 좋아서 하는 사람이 몇이나 된다고. 난 솔직히 괜찮다고 본다. 돈이나 이만큼 주면서 갈구는 데가 어디 그렇게 있나 싶고."

경필은 대꾸 없이 공을 잇달아 걷어 올렸다. 오른쪽, 왼쪽.

"별수 있나, 열심히 하고 잘해야지. 부지점장 꼴 안 나려면."

"다 소용없다. 장가 잘 가는 것 말고는." 경필은 허리를 풀며 힘껏 채를 휘둘렀다. 빗맞은 공은 옆으로 날아가 처박혔다.

"잘도 가시겠네, 장가." 상수는 피식 웃었다. "넌 강사가 시키면, 시키는 대로 좀 해라."

경필은 들은 척도 안 하고 똑같이 채를 휘둘렀다. 제대로 맞았고 공은 정면으로, 그물 높은 곳까지 힘 있게 뻗어 나갔다. "님이나 잘하세요."

상수는 공을 한 번에 걷어 올렸다. 역시 멋진 포물선을 그렸다. "봤지?"

"개운빨."

"왜 그러냐, 소심하게?"

연습장에서 나와 경필과 헤어지고 상수는 집으로 차를 몰았다. 은행원 생활 아무리 잘해 봤자 장가 잘 가는 것만 못하다는 말을 곱씹었다.

사실 그렇게 보면 수영과 틀어진 것도 잘된 일이었다. 듣기로 수영의 집은 넉넉한 편이 아니었고 수영 역시 계약직 창구 직원이었다. 조건으로만 따지면 외모 말고 아무것도 없었다. 종현도 마찬가지였다. 잘생기고 어리다는 것이 장점일 뿐 아르바이트생이나 다름없었고 본업은 고시생이었다. 떨어지면 쪽박이었고 붙어도 고작 경찰, 연봉에 연금까지 다 쳐 준다고 해도 은행원 벌이에 비하면 우스웠다. 솔직히 수영도 알고 있지 않을까? 은행에서 일하면 돈맛을 모를 수 없었다. 얼마나 맵고 짠지, 또 달달하고 상큼한지. 창구에 앉아 있으면 있는 사람과 없는 사람, 맡기러 온 사람과 꾸러 온 사람이 한눈에 꿰뚫려 보였다. 그래, 그런 거겠지. 아직 젊을 때, 시간 있을 때 어리고 잘생긴 남자와 연애 좀 해 보고 싶은 거겠지. 한 달도 안 돼 벌써 그러고들 있으니 뻔했다. 얼마나 갈까? 한 달, 석 달? 길어야 반년? 나잇발 얼굴발 다 빠지고 질리면 헤어질 일밖에 없을 터, 어쩌면 수영이 아니라 종현이 먼저 그렇게 할지도 몰랐다. 여자들도 얼굴값 하는데 남자가 왜 안 할까? 더 하면 더 했지. 기회나 여건으로 치자면 두 살이나 어린 종현이 오히려 나았다. 결국 수영이 당할 수밖에 없을 테고, 그럼 수영은 어떻게 될까? 적어도 이전처럼 도도하거나 미적지근하게 굴지는 못하지 않을까? 어쩌면 적극적으로 달려들지도 몰랐다. 다시 관계를 복원하려고 매달릴지도. 상수는 불쑥 웃음을 터뜨렸다. 수영도, 종현도 뻔한 속물로 만들어 버리고 나니 눈앞에서 수영을 놓친 것이 쓰라리기는커녕 통쾌했다.

오래 가지는 못하는 웃음이었다. 자신의 웃음과 전혀 다른, 수영의 웃음 때문이었다. 상수의 옆자리에서 수영은 은밀히 웃었다. 종현을 향해, 종현만 알 수 있도록. 콧잔등을 찡그리고 입술을 바짝 당겨 짓는 웃음은 예뻐 보이려 하지 않는 웃음이라서 더 예뻤다. 광채라는 말이 조금도 아깝지 않은 웃음, 사랑하는 사람이 사랑하는 사람에게만 보여 주는 웃음, 아무리 화가 나도 보면 따라 웃고 말, 아이들의 것 같은 웃음. 상수에게는 한 번도 그렇게 웃어 준 적이 없었다. 상수를 더욱 괴롭히는 것은 수영이 그렇게 웃어 줄 때마다 종현이 짓는 웃음이었다. 종현은 쑥스러운 듯 고개를 살짝 틀었지만 이내 꼭 쥐고 달려온 사탕을 건네는 소년처럼 웃었다. 눈에는 수영의 애정을 확신하고 조금 더 수영을 담아 두려는 듯한 고요한 응시가 있었다.

두 사람이 은밀하게 주고받는 웃음은 매번 상수의 망막을 지졌다. 질투를 느끼면서도 인정하지 않았기 때문에, 상처를 핥기보다 상처 입힌 사람에게 침 뱉기를 택했기 때문에 상수는 자신의 애정과 박탈감, 패배감을 더욱 고통스럽게 확인해야 했다. 수영의 태도는 그 고통을 더욱 부추겼다. 수영은 이전처럼 프린터에 갔다가 상수의 것이 있으면 가져다줬고 돈띠나 클립처럼 자주 쓰는 소모품도 눈치껏 챙겨 줬다. 하지만 상수가 진상 고객을 간신히 보내고 한숨을 푹 내쉬고 있어도, 부지점장에게 꼬투리가 잡혀 지청구를 욕 나오게 먹고 난 뒤에도, 수영은 아무 반응이 없었다. 더는 상수에게 아무 관심이 없었다.

더 적은 연봉, 더 작은 회사에 출근하는 친구들을 떠올리며 꽤 괜찮다고 생각하던 은행 생활이 너절스럽게 느껴졌다. 5만 원권, 1만 원권도 못 되는 일, 기껏해야 5000원짜리나 될까 말까 한 일이나 하고 있는 것 아닌가. 기계가 할 수 없어서 사람이 한다 싶은, 그런 일을 한여름에도 해가 진 뒤에야 퇴근해 가면서, 주말마저 지점, 센터, 본부 단위를 바꿔 가며 온갖 야유회, 등산, 볼링, 야구 관람, 워크숍에 빼앗긴 채. 고양이 손이라도 빌리고 싶을 만큼 바쁠 때도 정책과 규약이 바뀌면 연수원으로 들어가야 했다. 진급을 비롯한 모든 경쟁은 가점을 쓸어 담는 것에서,

남들 하는 것은 일단 다 하고 난 뒤부터 시작이었다. 모르고 있던 것이 아니었다. 무감각해질 만큼 알고 익숙해져서 손쉽게 해치워 버리던 것들이었다. 무엇이, 아주 사소하고 짐짓 당연하다고 여긴 것이 빠져 있었다. 생활을 조여 주고 매끄럽게 돌아가게 해 주던 것이, 매일 새벽 싫고 짜증 나는데도 몸을 일으키게 해 주던 것이, 날씨가 좋으면 괜히 휘파람을 흥얼거려 보고 싶게 해 주던 것이. 혼자 점심을 먹고 들어오는 길에 상수는 멍하니 서서 과자 부스러기 따위를 주워 먹고 있는 비둘기를 하염없이 바라봤다.

1분기 결산이 끝나고 회식이 있었다. 지점장 회식이라 종현도 참석했다.

길게 붙인 탁자에 수영과 종현은 떨어져 앉아 있었다. 사이에 다른 창구 직원들이 끼어 있었고 경필과 상수는 맞은편에 함께 앉아 있었다.

"웃기고 있네, 안 사귀는 척하는 꼴들 하고는." 상수는 맥주잔을 쓰게 비웠다.

경필은 지겹다는 얼굴로 상수의 잔을 채웠다.

"까야지, 떳떳한데 왜 안 까? 뭐? 뭐가 어때서?"

경필은 들은 척도 않고 종현에게 이 말 저 말 붙이고 있는 여자들을 흥미롭게 살폈다. 저마다 별것 아닌 척 툭

툭 한두 마디씩 던지고 있었다. 하지만 명백히 관심들이 있었고 각자 성격대로, 처지대로 다르게 말할 뿐이었다. 종현은 그럴 만한 남자였다. 수영이 남자들에게 그렇듯.

홍 팀장이 분홍색 넥타이를 덜렁거리며 한 손에 반의 반쯤 남은 잔을 들고 다가왔다. 경필은 잽싸게 간격을 맞춰 홍 팀장의 자리를 만들었다. 홍 팀장은 대충 앉겠다면서도 경필이 자리를 마련하기까지 기다렸고 자리에 앉아서는 그제야 알아봤다는 듯 말했다. "우리 정 청경이 여기 앉아 있었네. 그래서 아까부터 이쪽만 시끌벅적했구만. 미남이 앉아 있으니 우리 지점 미녀들께서 다 업되셔서."

둘러앉은 여자들이 싫지 않은 야유를 보냈다. 종현은 쑥스러운 듯 얼굴을 붉혔다. 경필이 새로 주문한 피처를 받아 들고 홍 팀장의 잔을 채웠다. "팀장님 그렇게 말씀하시면 저희가 너무 오징어가 되잖습니까."

"정말 종현 씨 때문이라고 생각해?" 창구 직원 출신 서 대리가 말했다. 여자들이 웃어 댔다.

홍 팀장은 웃는 얼굴로 주위를 한번 둘러본 뒤 잔을 치켜들었다. "자, 1분기도 벌써 끝났고, 실적은, 뭐 다들 알고 있는 대로, 별로 좋지 않아요. 어렵습니다, 어렵지만 그래도 지점장님, 부지점장님 믿고 올해는 한번 끝까지 달려 봅시다. 한 가족으로 똘똘 뭉쳐서 멋지게 완주합시다, 자!"

술잔이 다시 채워지자 홍 팀장은 먼저 경필을 끌어들였다. "너무 정 청경만 보지 말고 우리 소 계장도 좀 봐봐. 괜찮지 않아? 덩치도 황소 같고 힘 좋게 생겼잖아. 남자는 힘이야, 이 정도는 돼야 치명적 남자지, 안 그래?"

"들으셨죠? 힘 좋습니다, 저. 남자들도 인정한다니까요." 경필이 굵직한 어깨를 추켜올리며 너스레를 떨었다. "정 청경이 요즘 핫한 스타일이라면 전 클래식이라니까요. 고전 영화에 나오는 험프리 보가트 같은. 그대의 눈빛에, 건배!"

서 대리가 받았다. "고전 영화, 그거 아니고 변강쇠 같은데. 자기 '마님! 물이 아주 시원합니다요.' 그거 한번 해주면 안 돼?"

모두 웃고 있을 때 홍 팀장은 자연스럽게 수영을 봤다. "안 주임은 어때? 정 청경 타입이야, 소 계장 타입이야?"

"고전 영화 별로예요."

다시 웃음. 홍 팀장은 자연스러운 척 종현을 봤다. "정 청경은? 우리 아리따운 여직원들 중에서 좋아하는 타입 없어?"

"말 잘해야 돼, 우리 애기. 어설프게 없다고 하면 분위기 확 죽는 거 알지?" 서 대리였다.

난처한 얼굴이던 종현은 슬몃 웃으며 대답했다. "저도 고전 영화는 안 좋아합니다."

환호성, 사귀라는 소리가 터져 나왔다. 종현은 손사래 치며 얼굴을 붉혔고 수영은 여유롭게 웃으며 적당히들 하라는 듯 손짓했다. 홍 팀장이 장난스럽게 물었다. "설마? 두 사람, 설마?"

두 사람은 당치도 않다는 얼굴로 손을 내저었다.

"정말 아냐? 정말?" 홍 팀장은 웃는 얼굴로 잔을 들었다.

"아니에요, 팀장님." 수영이 대답했다.

"정말, 아닌 거지?" 잔을 내려놓으며 한 번 더 묻는 홍 팀장의 얼굴에는 웃음이 걷혀 있었다.

두 사람의 얼굴에도 웃음기가 걷혔다.

서 대리가 서글서글 웃으며 일어났다. "한창땐데 사귀면 사귀는 거지, 뭘 그리 취조처럼 물으신데요, 선남선녀 당장 사귀라고 등 떠밀어도 시원찮을 판에. 한잔 드릴 테니 쭉 들이켜셔요."

홍 팀장은 선선히 웃으며 잔을 마저 비우고 받았다. "그러니까. 사귀면 사귀는 거잖아. 내가 형사 나부랭이도 아니고 팀장인데 얘기 못 할 건 뭐야, 안 그래?" 홍 팀장은 좌중을 쓱 둘러본 다음 수영을 쳐다봤다. "안 주임, 정청경이랑 사귀어, 혹시?"

분위기가 싸늘하게 가라앉았다. 모두 저렇게까지 물을 게 뭐냐고 생각하면서도 수영을 쳐다보고 있었다.

"아닌데요." 수영이 말했다.

"정 청경은?"

"아닙니다."

"그렇지? 두 사람 안 사귀는 거지?" 홍 팀장은 수영을 봤다.

"네." 수영이 홍 팀장을 똑바로 보고 말했다.

홍 팀장은 씩 웃었다. "혹시 잘되면 말해 줘. 좋은 일이잖아, 두 사람 취향도 비슷하고. 내가 무슨 형사 나부랭이도 아니고, 고작 팀장인데."

살얼음 낀 분위기에 경필이 나섰다. "팀장님, 자꾸 형사 나부랭이, 나부랭이 하시면 큰일 납니다. 정 청경 고시 패스해서 형사 되면 어쩌시려구요."

홍 팀장이 웃었고 모두 따라 웃었다. 각양각색의 웃음이었다. 용무를 마친 홍 팀장은 한 번 더 올 한 해도 가족처럼 잘해 보자는 소리를 하고, 부지점장과 다른 팀장들이 있는 자리로 갔다.

종현이 자리에서 일어났다. "그만 들어가 봐야 할 것 같아요. 모의고사가 다다음 주라. 분위기 좋아서 까먹고 있었는데, 이만 들어가 보겠습니다. 즐겁게 보내시고 내

일 뵈어요." 모두 아쉽다고들 말하면서도 종현을 잡지는 않았다. 종현은 다른 자리에도 가 일일이 인사한 다음 나갔다.

가족, 여행, 공휴일 이야기들로 삼삼오오 다시 묶이면서 종현의 빈자리는 금세 메워졌다. 수영은 이쪽에도 한마디 끼어들고 저쪽에도 한마디 끼어들었지만 오래 웃지 못했고 이따금 혼자 술잔을 비웠다. 사람들과 눈이 마주치면 웃는 척만 했다.

상수는 입술을 잘근잘근 씹었다. 후련할 줄 알았는데, 고소하고 통쾌할 줄 알았는데 전혀 그렇지가 않았다. 소주 한 병을 꺼내 와 수영에게 가려고 할 때 경필이 붙잡았다. 한 대 피우러 나가자고 손짓했다. 상수는 놓으라는 듯 몸을 돌렸지만 경필은 억세게 상수를 잡아끌었다. "일단 나와, 나와 봐."

밖으로 나온 경필은 담뱃불을 붙이며 상수에게도 한 대 권했다. "모른 척해."

상수는 막 빤 연기를 거칠게 내뱉었다. "할 거면 둘이 따로 불러서 하든가. 저게 뭐야? 미친 거 아냐?"

경필은 연기를 깊숙이 빨았다. "팀장도 부러 돌려 찬 거야. 불러다 얘기하자니 그 자리에서 아닙니다 하면 자기 꼴만 우스워지는 거고, 넘기자니 듣고도 못 들은 척하는 거니까 위신이 안 서는 거 같았을 거고. 나중에 딴 입 통해서 이야기 돌면 그건 그거대로 짜증 나는 거고. 나름대로 손실최소화 한 거지."

상수는 경필을 쳐다봤다. "그래서? 넌 팀장이 네가 그랬다고 안 불고 안수영 조진 게 아주 다행인가 보다? 좋아? 뿌듯해? 그래서 팀장 변호질하고 자빠졌냐, 지금?"

"고만해. 나라고 홍 팀장이 저렇게 할 줄 알고 그랬냐? 저렇게까지, 머리 데굴데굴 굴려 가며 기어이 해치울 줄 알았겠냐고. 잠잠하길래 넘어가는 줄 알았다니까."

"몰랐으면 다야? 너 때문에 저렇게 된 거야. 애초에 네가 아무 소리 안 했으면 안수영이 이 개 같고 이상한 창피는 안 당할 수 있었다고! 넌 미안하지도 않냐? 가책 안 느껴?"

경필은 미간을 찌푸리며 상수를 쳐다봤다. "그게 지금 그깟 여자애 하나 때문에 나한테 할 소리냐? 그래, 내가 미안하다 치자, 잘못했다 쳐. 어쩌라고? 가서 다 내 탓이네 불어? 사과하고 빌기라도 해? 아니라고 한 건 걔들이야. 안수영이 그 잘난 성격에 먼저 그러자 했을 건 뻔한 거고. 내 잘못이라고 해 봤자 가스 밸브 열린 집에 성냥불 하나 던진 거야, 아냐?"

상수는 반박하지 못했다.

"아까는 안 깐다고 안수영한테 지랄이더니, 이제는 왜 나한테 지랄이야? 그리고, 아까 여자들 못 본 척 모르는 척해 주는 거 봤냐, 못 봤냐? 네가 안수영이면 이 상황에서 아는 척하는 게 좋을 것 같아? 고맙고 기쁘고 위로되고, 그럴 것 같애? 지금 누가 누굴 도와줬다고 생각해?"

상수는 대꾸하지 못한 채 담배 연기만 내불었다.

경필은 답답하다는 얼굴로 담배를 빨았다. 이해가 가서 더욱 답답했다. 같은 남자지만, 정말 남자들이란 어쩌면 이렇게 목적만 뚜렷하고 수단이라는 게 없을까?

"나 걔 좋아해." 상수가 보지 않은 채 내뱉었다.

"누가 몰라?"

"나 안수영 좋아한다고!"

"그러니 닥치고 가만히 있으라고, 좀!" 경필은 담배를 탁탁 털어 껐다.

3

상수는 닥치고 가만히 있지 못했다. 수영을 좋아한다고 말한 것은 처음이었다. 그간 곱씹던 후회까지 더해져 감정은 더욱 확실해졌고 뭐라도 해야 했다. 이대로 가만히 있을 수는 없었다.

며칠 뒤 저녁을 먹고 지점으로 돌아가던 중, 상수는 앞서 혼자 가고 있던 수영을 봤다. 망설였지만 이렇게 마주칠 일도 이제는 드물었다. 수영을 앞질러 가서 잠깐 얘기 좀 하자고, 말을 꺼냈다.

편의점 온장고에서 상수는 캔커피를, 수영은 유자차를 꺼냈다. 계산을 끝내고 두 사람은 나란히 취식대 앞에 섰다. 상수는 유자차 페트병을 든 수영의 손을 볼 뿐, 좀처럼 말을 꺼내지 못했다. 막상 둘만 있게 되니 머릿속은 섬광탄이 터진 것 같았고 가슴은 창피할 만큼 두근거렸다.

"무슨 얘기예요?" 수영은 핸드폰을 봤다. 시계를 보는 것이기도, 종현에게서 연락 온 것이 없는지 확인하는 것이기도 했다.

"정 청경이랑 사귀죠?"

수영은 미간을 찌푸리며 상수를 쳐다봤다. 도대체 이게 뭔 소릴까?

상수는 당황했다. "아니, 그러니까, 다른 뜻이 있는 건 아니고요, 물어보는 거예요."

수영은 대꾸하지 않았다. 상수를 보는 시선은 긍정도 부정도 아닌 채 날카로웠다.

"정말이에요, 그날 팀장이 너무 심했잖아요. 솔직히 말도 안 되는 짓거리를 했잖아요, 그쵸? 자기가 뭐라고, 사람들 다 있는 데서……"

"그런데 하 계장님께선 왜 저한테 그걸 물으시는 거죠?"

무슨 자격이냐는 말인가? 상수는 입술을 질근거렸다.

"그리고, 불쾌한 일인 줄 알면서 왜 다시 꺼내고 싶어하시는 건데요? 제가 그 일을 이런 데서, 하 계장님과 다시 떠올리고 싶어 할 거라고 생각하세요?"

"수영 씨, 그러니까 난 그게 아니라, 그날 홍 팀장이 너무 미친 짓거리를 했으니까……."

"그래서요? 팀장이 미친 짓거리를 했는데 왜 저한테 다시 그 얘기를 하시는 건데요? 뭘 어쩌라고요? 더 참으라고요? 아니면 지금이라도 가서 그때 왜 그랬냐고 대들기라도 하라고요?"

"아니, 난. 난, 수영 씨 괜찮은가 해서요. 그날 이후로 좀 처져 있는 거 같아 보이길래, 말수도 별로 없고, 그래서……."

수영은 더욱 어처구니없다는 듯 상수를 쳐다봤다. "괜찮아요. 당연히 괜찮죠. 괜찮지 않으면 어쩌고요? 본사에 투서라도 해요? 사표라도 써요?"

상수는 미칠 지경이었다. 이게 아닌데, 아 정말 이런 게 아니었는데!

수영은 피식 한숨을 내뱉었다. 나는 왜 이러고 있나, 상수가, 아니 상수 같은 남자들이 눈치 없는 뻔한 소리로 사람 자극한 게 어디 한두 번인가.

"미안해요, 미안합니다. 내가 괜한 말을 꺼냈네요. 본뜻은 이게 아니었는데."

수영은 코웃음 쳤다. "만만한 거죠. 제가 텔러고 여자니까 다들 만만히 보시는 거죠."

"아니 무슨, 그렇게까지 말해요. 그냥 홍 팀장이 나빴어요. 그게 사실이고 나도 그 얘기를 하고 있는 거잖아요."

"그래서요?" 수영은 도무지 납득이 안 간다는 듯 상수를 봤다. "정말 그렇다고 생각하시면 제가 아니라 팀장한테 가야 하는 거 아네요? 왜 저한테 와서 싫게 이러시는 건데요? 원래 그런 인간이니 그러려니 하고 참으라고요? 그것도 몰라서 이러고 있는 걸까 봐요?"

상수는 시선을 피했다.

"혼자 다른 사람인 척 구는 게 더 짜증 나는 거 알아요? 그 자리에 딴 사람하고 똑같이 그러고 계셨으면 지금도 딴 사람들하고 똑같이 가만히 계시기나 하세요. 그러면 나도 똑같이 아무 일 없었던 척해 드릴 테니까, 네?"

"그런 게 아니에요, 그거 아니잖아요. 왜 자꾸 사람 말을 곡해해요, 수영 씨."

수영은 상수의 시선을 외면했다. 이따위 소리나 지껄이고 애절해지는 꼴이 더 보기 싫었다. "정확히 그거죠. 결과가 똑같으니까요."

"아니에요, 내 마음이 그렇지가 않아요." 상수는 수영을 간절히 쳐다봤다. "알잖아요, 내가 무슨 말 하는 건지."

"모르고 싶은데요." 수영은 상수를 보지 않은 채 핸드폰을 쥐었다. "더 할 말씀 있으신가요?"

상수는 이미 글렀다는 것을 알았다. 이 상황만으로도 나란히 앉아 근무하기에 충분히 불편했다. 하지만 더 잃을 것이 뭐가 있을까? 진심은 결국 통한다고 하지 않나? "진심이에요. 좋아했고 지금도 좋아한다고요." 상수는 쓴 침을 삼켰다. "두 사람 사귀는 거 알지만, 마음이 그래요. 그렇더라구요." 발가벗는 말이었다. 고개를 들어 수영을 보는 것이 두려워질 만큼.

수영의 표정은 냉랭했다. 종현이 있기 때문만은 아니었다. 상수라는 존재가 불쾌했다.

상수는 고개를 들어 수영을 봤다. 망한 것을 직감할 수밖에 없었지만 그래서 더욱 간절히 수영을 바라봤다. "수영 씨. 그러니까, 좀……"

"그만하시죠."

"수영 씨."

"됐다고요. 괜찮다고요. 못 알아들으세요?"

거절이 아니었다. 모욕이었다. 수영이 왜 그렇게 하는지 생각하지 못한 채 상수는 분노를 느꼈고 한껏 경멸을 담아 이기죽거렸다. "그러시겠죠. 들어온 지 한 달도 안 된, 은행이 어떤 덴지 알지도 못하는 애, 어리고 잘생긴 맛에 꼬셨을 정도니 사람 진심 따위 중요하지도 않으시겠죠. 얼마나 좋고 아까우실까, 팀장 앞에서 사귄다고 제대로 말도 못 하셨을 정도니, 누가 뒷말이라도 할까 봐. 그죠?"

"아," 수영은 잔인하면서도 매력 있게 웃었다. "그런데, 하 계장님. 제가 정말 종현 씨랑 사귀는데 안 사귄다고 말했을까요?"

상수는 당황했다. 믿기지 않으면서 일말의 희망이 이는 것도 느꼈다. 이 상황에 말도 안 되게 구차했지만, 어쩔 수 없었다.

"그런데 우리 사귀어요. 나 종현 씨 좋아하고 종현 씨도 나 좋아해요. 전에 하 계장님 그러셨죠? 남녀 관계 깔끔하게 시작해서 깔끔하게 끝내는 거 좋아한다고. 그러니, 깔끔하게, 됐죠?"

상수의 눈빛이 진동했다.

수영은 차가웠다. "그러게요. 막상 팀장이 물어보니 얼마나 창피하고 부끄러운지, 입이 안 떨어지더군요. 정직원 계장이 자기가 뭐라도 되는 줄 알고 계약직 텔러 하나 간이나 보다 말다 하던 게 다 이해가 갈 정도로요."

"무슨 말입니까, 그게?" 상수의 목소리가 극도로 낮아졌다.

수영은 상수가 계산한, 아직 뜯지도 않은 유자차를 들어 보였다. 쓰레기통 뚜껑을 밀고 가볍게 던져 넣었다.

"무슨 소리냐고요!"

수영은 주변을 의식하지 않았다. 상수를 쳐다봤다. 아무 거리낌 없이, 거의 순진한 눈으로. "남자들은 늘 이렇게 비겁하죠. 세상없이 순한 척, 착한 척, 점잖은 척 다 내줄 것처럼 굴다가 몰리면 반말하고 으르렁거리고 주먹질하려 들고. 벽에든 문짝에든 강아지한테든, 여자한테든. 자기보다 센 남자한테만 빼고, 그렇죠? 비겁도 남자들 본성인가? 아, 종현 씨는 안 그렇던데." 수영은 어깨를 으쓱한 뒤, 고개를 까딱하고 나갔다.

수영은 걸음을 서두르지 않았다. 가슴이 빠르게 뛰기는 했지만 공포까지는 아니었다. 그래도 뒤는 한번 돌아봤다. 상수는 취식대에 머리를 박고 있었다. 조금 심했나 싶은 생각이 얼핏 들었다. 사실 상수야말로 만만했다. 만만한 여자보다 더 만만한 남자. 처음부터 그랬다. 어쩌면 그래서 한동안 끌렸을까? 수영은 핸드폰을 꺼냈다. 종현에게서는 연락 온 것이 없었다. 얕은 한숨이 새어 나왔다.

홍 팀장의 해괴한 소리가 있고 종현은 전 같지 않았다. 퇴근 후 연락이 줄었고 수영이 먼저 연락하지 않으면 자기 전 한 번밖에 연락하지 않는 날마저 있었다. 수영이 확실히 알고 있는 것은 어쭙잖은 밀고 당기기가 아니라는 것뿐이었다.

사귄다는 사실을 알리지 말자고 먼저 말한 사람은 종현이었다. 의아했지만 수영은 선뜻 동의했다. 그때만 해도 종현은 진지한 대상이 아니었다. 우연히 자신에게 마음이 있다는 것을 알아차렸고 그러자 안 될 건 뭔가 싶어 눈길을 줬다. 자꾸 보다 보니 마음이 갔다. 종현은 훌쩍 큰 키에 이목구비가 반듯하면서도 간결했다. 눈썹은 가는 붓으로 그린 것처럼 섬세해 부러운 마음이 들 만큼 아름다웠다. 함께 버스를 타거나 지하철을 타면 다른 여자들의 시선을 느낄 수 있었고 수영은 그때마다 뿌듯했다. 하지만 얼굴 하나 보고 남자를 사귈 만큼 정신없지 않았고 그런 적도 없었다. 제법 생겼다는 남자들도 만나 볼 만큼은 만나 봐 막연한 결핍감 따위도 없었다. 수영은 종현이 달콤한 디저트 같은 남자, 예쁘고 사르르 녹지만 입가심밖에 안 되는 남자라고 지레짐작했다. 상수처럼 퍽퍽한 닭 가슴살 같은 남자를 잊어버리기 위해 잠시 쉬어 가는.

시간이 지나고 만남을 거듭하면서 수영은 종현이 다르다고 느꼈다. 종현은 섬세하거나 다정하지는 않았다. 대신 진중하고 분명했다. 작은 것 하나도 말했으면 지켰고 세심하게 챙기지는 않아도 서운하거나 의아해할 만한 여지는 결코 남기지 않았다. 잘생긴 남자들 특유의 재수 없음, 고작 권총 몇 발 땅땅거린 주제에 핵폭탄이라도 떨어뜨린 것처럼 착각하고 생색내는 꼴값도 기이할 만큼 찾을 수 없었다. 종현의 안에는 숫돌처럼 단단하고 네모반듯한 것이 있는 듯했다. 이따금 종현의 쌍꺼풀 없는 눈을 말끄러미 들여다보고 있으면 순진이라는 말이 떠올랐다. 하얀 말티즈의 새까만 눈 같은 순진함, 너무 순진한데 이상하게 깨물어 버리거나 못살게 굴고 싶지는 않은, 차라리 마음을 툭 던져 놓고 계속 바라보고 싶은 순진함.

종현의 태도가 변한 것은 어쩌면 당연한 일이었다. 놀라기도 했을 것이고 곧은 자존심에 상처도 됐을 터였다. 짐작할 수 있어서 수영은 더 함부로 말할 수 없었다. 차라리 자신을 탓했다. 왜 그때 평소처럼 하지 못했을까. 누나랑 사귈까, 같은 희떠운 소리들로 더 과장하고 능쳐서 오히려 홍 팀장을 머쓱하게 만들어 보내 버릴 수도 있었는데. 아예 생각 못 한 것도 아니었다. 하지만 종현이 정말 그렇게 여길까 봐, 자신을 오해할까 봐 두려웠다. 혀가 묶인 것처럼 아니라는 말밖에 못 했고 한 번 아니라고 했으니 두 번도 아니어야 했다. 미안했다. 미리 그러기로 한 것이고 평소 자신이라면 별것 아니라고 넘겼을 텐데도, 마음이 그랬다. 그날 그렇게 종현이 나가고 곧바로 따라나가지 못한 것 역시 그 미안함, 죄책감에 가까운 미안함 때문이었다. 그만큼 종현이 좋아졌다는 것이겠지. 그런데 왜 착잡할까. 좋으면서도 좋기만 하지가 않을까. 모르지는 않았다. 고시생 종현에게는 아직 장래가 없었으므로.

야근을 끝내고 지점에서 나온 수영은 택시를 잡았다. 택시는 종현의 집으로 향했다. 아직은, 아직은. 뒤에 어떤 말을 더 붙이지도 않은 채 수영은 택시 안에서 되뇌었다. 창밖으로 지나가는 풍경은 차갑고 무의미했다. 수영은 더 빨리 종현에게 가고 싶었다. 꽉 끌어안았으면, 꽉 끌어안겼으면.

택시는 차 두 대가 간신히 지날 만큼 좁은 도로 한 곳에 섰다. 골목을 따라 다닥다닥 붙어 선 원룸 건물 중 하나에 종현의 집이 있었다. 처음이었다. 수영은 설레고 두려웠다. 수영은 짧게 심호흡하고 종현에게 전화했다.

"네." 조금 높으면서도 부드러운 종현의 목소리였다.

"잤어요?"

"씻고 나왔어요."

수영은 종현이 먼저 물어봐 주기를 기다렸다. 하지만 종현은 아무 말도 없었다. "이제 나왔어요, 나."

"지점장님이 뭐라고 길게 하시길래 늦을 것 같더니, 그래도 일찍 끝난 편이네요." 종현은 여리게 웃었다.

종현의 웃는 얼굴을 떠올리며 수영도 웃었다.

"피곤할 텐데, 얼른 들어가요." 종현은 잠시 사이를 두고 말했다. "오늘도 수고했어요."

수영은 싱긋 웃었다. 종현은 매일 잊지 않고 말했다. 오늘도 수고했다고, 수고 많았다고. "근데 지금 집 앞이에요. 잠깐 내려와요."

종현은 잠시 말이 없었다. "정말이에요?"

"싫어요?"

"아니, 좀, 좀 놀라서요. 시간이 너무 늦기도 했고."

"그냥 가요?"

"잠깐만요, 지금 집이 엉망인데……."

"나 추워요. 꽁꽁 얼어서 코가 빨개."

종현은 바로 내려왔다. 끊지도 않은 전화기를 든 채, 진회색 운동복 차림으로. 수영은 웃으며 달려들었다. 잘생긴 배구 선수 같은 종현을 끌어안았다. 탄탄하고 든든한 몸, 차가운 공기에 더 선명해진 비누 향, 종현의 온기가 가만히 전해졌고 자신을 살며시 당겨 안는 종현의 팔을 느낄 수 있었다.

"왜 말도 없이 왔어요?"

"갈까요?"

종현은 웃었다. 눈을 맞춘 채 수영이 오면서 풀어 내린 머리를 부드럽게 쓰다듬었다.

이대로 눈이 오면 좋겠다고 생각했다. 4월의 눈. 물론 오지 않아도 좋았다. 아무것도 가진 것 없는 종현이라도 상수 같은 남자들보다 훨씬 좋았다. 종현의 가슴에 얼굴을 묻은 채 수영은 심장박동에 대고 말했다. "같이 있고 싶어서." 한 번 더 말했다. "같이 있고 싶으니까."

종현의 큼직한 손이 수영의 머리를 부드럽게 감싸 안았다.

4

회의가 끝나고 각자 흩어질 때 지점장이 수영을 불러 세웠다.

지점장은 덥고 축축한 손으로 만지는 듯, 안 만지는 듯 수영의 손을 쥐었다. "이달에도 안 주임 실적이 텔러 중 탑이라던데."

"행원 포함해도 최곱니다. 부행장님 상품도 가장 많이 했고 교차 판매 실적도 최곱니다." 부지점장이 거들었다.

"은행원 되려면 한참 먼 계장들보다, 안 주임이 나아, 훨씬 나아." 지점장은 쥐고 있던 수영의 손을 오른손으로 덮어 감쌌다. 역시 만지는 듯, 안 만지는 듯.

수영은 웃었다. "감사합니다."

“오늘도 수고해.” 지점장 눈가의 두툼한 웃음 주름이 눈보다 먼저 웃었다.

수영은 자연스럽게 손을 빼고 고개를 숙인 뒤 밖으로 나갔다.

“다들 안 주임 같기만 하면 좋겠는데 말이야.” 지점장이 몸을 돌려 남아 있던 상수와 부지점장에게 말했다. “그렇다고 절실하기만 해서 된다는 얘기는 아니야. 그건 기본이고 그걸 뛰어넘는 패기, 열정, 조직에 대한 충성심, 우리한테는 그런 게 있어야 해. 우리가 그만한 연봉을 받는 건 다 그 가치와 지향의 차이 때문인 거야. 안주하지 말고 모두, 심지어 한 지점에 있는 사람들조차 얼마나 이 자리에 오고 싶어 하는지, 본인들 역시 얼마나 노력하고 희생해서 여기까지 왔고 또 더 나아가야 하는지, 항상 그걸 생각해야 돼.” 악역을 맡는 사람이 따로 있으니 지점장은 그런 말을 남 얘기처럼 하는 것이 오락이고 습관이었다. “박미경이는 그새 나갔나, 하여튼. 들여보낼 테니까 바로 시작해.” 지점장은 숱 많은 눈썹을 한번 찌푸리고 나갔다.

부지점장은 은근슬쩍 지점장 자리로 옮겨 앉았다. “솔직히 안수영이 실적이야, 외모가 받쳐 주니까, 그렇잖아. 쟤가 오빠 하면서 카톡 한번 돌리면 양식장 미역 줄기처럼 주루룩 다 딸려 오는 건데, 실적 안 할래야 안 할 수가 있나." 부지점장은 끈끈한 공모의 눈빛으로 상수를 쳐다봤다.

상수는 그사이 회의실 문간에 와 서 있는 미경을 보고 있었다. 동그랗게 친 짧은 머리, 짙고 선명하게 화장한 얼굴. 미경은 냉담하게 부지점장을 쳐다봤다. "지금 그거, 아시죠?"

"농담이야, 농담. 박 대리." 부지점장은 다시 상수를 봤다. 남자들끼리 하는 농담 맞지 않냐는 듯, 여자들은 왜 저렇게 별거 아닌 걸로 예민하게 구느냐는 듯 짧지만 복합적인 눈짓을 한 다음 서둘러 본론을 꺼냈다. "회의 시간에 들었지? 혁신 대회. 그거 두 사람이 나가면 좋겠다고 지점장님께 보고했고 지점장님도 재가하셨고. 오케이?"

사내 앱 혁신 대회였다. 은행에서 배포, 운영 중인 앱들의 문제점을 현장과 밀착해 있는 지점 직원들이 검토하고 문제 발의해 실질적 혁신을 창출한다는 것이 취지였다. 물론 본사 공문의 거창한 말이 그렇다는 것이고 속뜻은 각 지점에서 두 사람씩 앞으로 한 달간 센터에 가서 대회 준비를 시키라는 것이었다.

가점이 있을 테고 내후년이면 대리 진급이었으니 상수는 마다할 이유가 없었지만 영 내키지가 않았다. 지난번

건을 계기로 기업 금융 업무를 당겨 하고 있는 데다 상대방이 미경이라는 것도 마음에 걸렸다. 같은 학교 후배였지만 입행은 미경이 두 해나 빨랐고 직급도 대리였다. 업무 역시 미경은 사무실형 창구를 따로 쓰는 PB라 대회 준비에 도움이 될 리도 없었다.

“그런데 일주일에 꼭 이틀이나 빼야 하는 건가요?” 미경이 물었다. “횟수를 줄이고 그 시간에 각자 준비를 해서 만나는 게 더 생산적일 것 같습니다만.”

맞는 말이기는 했지만 미경을 보는 상수의 얼굴은 떨떠름했다. 어차피 위에서 내려온 걸 텐데, 그냥 좀 하지.

부지점장은 넥타이로 안경알을 닦으면서 말했다. “본부장님 지시 사항이야. 즉슨 그렇게 할 시간, 안 할 시간 미리 정해 놓고 적당히 할 생각 말고 최선을 최대한 다해 보라는 뜻이신 거지.” 부지점장은 안경 없이 눈을 찡그려 두 사람을 봤다. “요샌 일에 대한 성의란 게 없어. 딱딱 정해 놓은 시간만큼만 하면 난 다 했소, 다들 손 털고 시계나 힐끔거리고. 참 세월 좋아. 내가 행원 때만 해도 지점장님 들어가고 나가실 때 일동 기립해서 정문까지 나갔는데.” 부지점장은 안경을 썼다. “뭐 이런 말 하면 꼰대 소리나 들을 거고, 두 사람, 타 지점 참가자들과 시간들 맞춰 보고 정리해서 올려. 각자 주요 업무 대직자들도 구해서.”

선뜻 대답이 안 돌아왔지만 부지점장은 기다리지 않았다.

"전략기획실 주관이야. 시상도 행장님이 직접 하실 거고. 어느 정돈지 감이 오지? 중간 심사 끝나면 전산실까지 조인트시킨다니까, 한번 여봐란 듯 해 봐야겠지? 가점이나 챙긴다고 설렁설렁하면 내 선에서 끊을 거야. 리테일에서만 나올 수 있겠다 싶은 거, 적어도 본부장님까지는 갖고 올라갈 수 있는 걸로 해 와. 이상."

오전 근무가 끝나고 두 사람은 지점 근처 부페식 샐러드 바에 마주 앉았다. 둥그런 접시 안에서 샐러드가 말라가는 동안 미경은 한 손을 머리에 파묻은 채 업무 노트에 줄을 직직 그어 댔다. 차라리 밥이라도 맛있는 데 가서 먹자고 할 것을, 상수는 미경을 흘깃거리며 풀떼기를 뒤적거렸다. 어색한 사이라 서로 뭐 드실래요, 하다가 하필 이런 곳에 온 것이었다.

"많이 바쁘신가 봐요." 상수가 애매하게 말했다.

미경은 고개를 들어 상수를 봤다. "걱정 마세요. 대충 안 할 거니까."

"그런 뜻은 아니었는데……." 뜨끔하지 않은 것도 아니었다.

"무임승차 싫어요." 미경은 상수를 보지 않은 채 말했다. "재수 없어요. 여자든, 남자든."

으름장처럼 들리기도 해 상수는 입술을 쭉 당겨 오므렸다. "드시고 하시죠. 좀만 더 있으면 시래기 된장 끓여야 될 것 같은데요."

미경은 피식 웃다가 고개를 들었다. "그거나 먹으러 갈까요?"

시래기 감자탕집으로 옮기자 분위기가 한결 풀렸다. 상수는 장소가 편했고 그런 곳을 마다하지 않는 미경도 조금 전보다 편했다. 미경은 꼬이는 일정에 굳이 자신을 이 일에 투입한 지점장의 계산이 보여 심란했지만, 관두고 집중했다. 적극적으로 의견을 내기 시작했다. "어차피 시간은 다들 못 낸다 할 거예요. 주말로 잡죠. 좋잖아요, 가정의 달 행사라고 가서 물티슈 나눠 주고 종이컵 커피 타 주는 것보다야. 위에서도 말만 안 했지 벌써 그 생각 하고 있을걸요?" "아뇨, 그렇게 앱 하나하나 접근하면 끝이 없을 것 같아요. 결론도 자잘해서 힘이 떨어지고. 아예 판을 확 뒤집는 얘기를 해야 할 것 같아요. 그게 혁신이라는 타이틀에도 맞으니까 더 먹힐 거예요." "요점은 왜 혁신이 필요한가가 아니에요. 우리끼리 아무리 이게 문제다, 저게 문제다 얘기해 봤자 시간 낭비밖에 안 돼요. 본사에서 왜 혁신이 필요하다고 생각했을까, 거기서 시작하는 게 맞아요. 주관식 같지만 사실은 객관식인 거죠. 다 그렇잖아요, 우리나라." "생각해 둔 게 있기는 한데, 확인해 볼 것도 있고 조금 더 정리한 다음에 한번 같이 얘기해 봐요. 아까 얘기한 그거, 하 계장님도 알아봐 주시고요. 전 모레 오전까지 보낼게요."

정신없이 전환하는 화제, 거침없이 튀어나오는 좋다 싫다, 맞다 틀리다 소리, 넌지시 자기 일정을 주지시켜 압박하는 대화 방식에 상수는 따라가기 급급해하면서도 매력을 느꼈다. 미경은 똑똑하고 강단 있고, 확실했다. 대충 이야기가 끝나자 식사에 돌입한 모습도 그랬다. 뼈다귀를 참 알뜰하다 싶을 만큼 발라 먹었고 감자는 국물을 자작하게 적신 다음 시래기까지 한 조각 더해 흰밥 위에 올려 먹었다. 상수는 보기 좋았다. 자신을 전혀 남자로 생각하지 않는 것 같아 좀 섭섭할 만큼.

"잘 먹었습니다." 습관인 듯 자연스럽게 말하고 미경은 숟가락을 놨다. 잠시 두리번거리고 있을 때 상수는 탁자 서랍에서 새 냅킨을 꺼내 건넸다. "고마워요." 미경은 별 감정 없이 말하면서도 잠깐 상수를 봤다.

약속한 시간에 맞춰 보내온 미경의 초안은 훌륭했다. 한 번에 읽힐 만큼 흐름이 좋았고 초안이라 생각하기 어려울 만큼 논리가 매끈하고 탄탄했다. 말한 대로 결론도 대담했다. 통합 앱 하나만 남기고 다 없애자는 주장이었다. 각각의 앱이 아니라 앱들의 난립이 문제라는 것을 지적, 활용 빈도 높고 인접해 묶을 수 있는 기능을 결집시켜 사용자에게 왜, 언제 사용해야 하는지 먼저 각인시키자는 것이 목표, 이용률과 완성도를 충분히 올린 다음 추후 업데이트로 차차 기타 편의성 업무와 판촉성 기능을 확장해 나가자는 것이 향후 계획이었다.

상수는 미경을 적극 도왔다. 매력 때문이 아니라 정말 미경의 안에서 가능성이 보였기 때문이었다. 미경이 상의해 오면 두말없이 응했고 논거를 보강할 사례와 통계치도 수집, 정리해 미경에게 전달했다. 부지점장과 지점장도 꽤 마음에 들어 했다. 하지만 타 지점 사람들을 설득하는 일은 쉽지 않았다. 각자 자기 지점에서 가져 온 안을 최소 센터안 정도로 가져가고 싶어 했고 그러면서도 주말에 마지못해 나온 신세들이라 의욕은 없었다. 논의가 길어지고 슬슬 말꼬리나 잡아 가는 분위기에 미경은 열심히 준비해 온 안이 아까우면서도 설득할 마음이 도무지 나지 않았다.

상수가 공손한 낯빛으로 조심스럽게 말을 꺼냈다. "모두 일리 있는 말씀을 하셔서 제가 무슨 말을 더해야 할지 모르겠습니다만, 저 나름대로 이런 생각이 들기는 했습니다. 어차피 기존 앱들 다 위에서 당신들 업적이라고 만

들어 놓으신 건데, 정말 저희가 이렇게 하나하나 짚어 가며 이건 좋다, 저건 나쁘다 품평하면 과연 좋게 보실까? 또 표도 그만큼 갈리지 않을까. 은행 생활 한 지 얼마 되지는 않았지만 의사 결정이라는 게 항상 무난하게, 아무도 욕 안 먹는 게 되는 거 같고 지점의 선배님들도 거기에 불만이 많으시더라구요. 그러니, 오해가 없으셨으면 하는데, 저는 한번 싹 다 뒤집어 엎고 새 판 짜자고 하면 위에서도 사실 좋아하시지 않을까, 그런 생각이 들었습니다. 서로 눈치 볼 일 없고 네가 잘했느니, 내가 잘했느니 그럴 거 없으니 오히려 반기시지 않을까, 한편 생각해 보면 굳이 이제 와 이렇게 대회까지 하는 것도 사실 그 명분을 챙기려고 그러시는 거는 아닐까, 그런 생각 말입니다. 정말 저희 안이라서가 아니라 위에서 원하시는 게 그런 방향이라면 저희도 그쪽 방향으로 잡아야 하는 게 아닐까 싶어서요."

벌써 다 한 이야기를 뭘 저렇게 장황하고 없어 보이게 할까? 미경은 의아했지만 이내 상수가 왜 그러는지, 무엇 때문에 그러는지 알 수 있었다. 자기가 하기 싫은 일, 할 수 없다고 생각하는 일을 상수가 대신 해 주고 있는 것이었다. 효과가 있었다. 상수가 그렇게 자신을 낮추고 에두른 말로 설득하자 분위기가 슬슬 바뀌었다. 미경의 안을 제외하면 그닥 큰 차이가 없다는 것을 모두 알았고 소모전에 지쳐 가던 중이었다. 상수가 체면을 세워 주며 뒷문까지 열어 주자 하나둘 그리로 빠져나가기 시작했다. 우리끼리 이러지 말고 일단 센터장에게 올려나 보자는 쪽으로 의견이 모였고 자리가 정리됐다.

자리가 끝나고 미경은 상수에게 맥주 한잔하지 않겠냐고 물었다. 상수도 그러자 했다. 준비 후 처음으로 함께 한잔하는 자리였다. 미경은 상수 덕분에 그래도 마무리 됐다고 말했고 상수는 별것 아니라며 오히려 미경의 안이 그만큼 좋았기 때문에 자기가 그럴 수 있었다고 말했다. 분위기가 좋았지만 두 사람은 맥주 한 잔씩만 마시고 헤어졌다.

미경의 안은 센터안이 됐다. 상수는 더 많은 시간을 보내면서 미경을 알아 갔다. 미경은 자존심 강하고 집중하면 곧장 빠져드는 성격이었다. 그 때문인지 어처구니없을 만큼 허술하기도, 종종 이해할 수 없을 만큼 예민해지기도 했다. 상수는 그런 미경을 챙기고 짜증도 무던하게 받아 줬다. 미경에게 매력을 느낀 것도 이유였지만 실은 수영에게 그렇게 해 주고 싶었기 때문이었다. 상수는 미경과 함께 있을 때도 수영을 떠올렸다. 세심하게 맞추고 가벼운 농담으로 분위기를 띄우는 이 별것도 아닌 일을 왜 그때는 못했을까? 진즉 수영에게 지금처럼 쉽고 자연스럽게 했다면. 상수는 미경에게 더 잘했다. 자꾸 허해지는 마음을 채우고 싶어서, 미경에게라도 자신이 꽤 괜찮은 남자라는 것을 인정받고 확인받고 싶어서.

미경은 어느 사이 상수와 나란히 앉기도 바투 붙어 걷기도 했다. 상수가 재미나거나 짓궂은 말을 하면 툭 치거나 슬쩍 밀치기도, 가볍게 잡아당기기도 했다. 별로 재미없는 소리에도 상수가 자신에게 농담을 하고 있다는 그 사실이 즐거운지 싱긋 웃기부터 했다. 상수는 별난 매력이 있는 남자는 아니었다. 여자를 잘 안다, 손발이 착착 맞는다, 그런 것도 없었다. 하지만 유순하고 착했다. 함께 있으면 잘해 주려 애쓰는 것이 보였고 대체로 투박했지만 이런 것까지 마음을 쓸까 싶을 때가 있었다. 감자탕집에서 냅킨을 건넸을 때처럼. 적당히 평범해서, 무엇보다 한눈팔지 않을 것처럼 수더분해 보여서 미경은 상수에게 호감이 갔다. 너무 기준이 낮다는 생각은 하지 않았다. 양 과장을 겪어 봤기 때문에, 그리고 종종 독선적이고 이기적인 자기 성격의 약점을 잘 알았기 때문에 오히려 상수야말로 자신에게 꼭 맞는 사람이 아닐까, 생각이 들기도 했다.

미경의 안이 본부안으로 채택된 날, 지점장은 회의 시간에 직접 두 사람을 일으켜 세워 칭찬했다. 미경은 더 열심히 해서 좋은 결과 내겠다고 간단히 사의와 각오를 밝혔다. 모두 웃는 얼굴로 박수 치고 축하하면서 행운을 빌었다. 서 대리가 한마디 했다. "이 기회에 두 사람 한번 잘해 봐. 잘 어울린다!" 미경은 싫지 않았다. 사람들끼리 모이면 무슨 덕담이라도 된다는 듯 그런 소리를 주제넘게 하는 것인데도, 게다가 자신을 두고 하는 말인데도 싫지 않았다. 미경은 상수를 곁눈질했다. 상수는 귀가 빨개진 채 웃으며 손사래질 치고 있었다. 역시 싫지 않은 기색이었다. 하지만 상수는 사실 수영을 곁눈질하고 있었다. 남들과 똑같이 웃으며 박수 치는, 아무 질투의 흔적도 찾을 수 없는 수영의 얼굴, 눈빛.

회의실에서 나온 상수는 지점 밖으로 나갔다. 편의점에 들어가 본부장 발표 준비로 고달팠던 며칠 동안에도 근근이 참아 낸 담배 한 갑과 라이터를 샀다.

5

수영의 핸드폰 너머에서 지점장이 아직도 안 갔냐고 닦달했다. 수영은 통화를 끊자마자 받고 있던 고객을 경필에게 넘기고 PB 창구로 갔다. 상품 소개서와 약관, 각종 동의서들을 챙겨 서둘러 나오다 다시 자기 자리에 들러 상품 분석한 수첩을 챙겼다. 지점장은 그사이를 못 참고 또 문자메시지를 보냈다. "출발했어?" 수영은 한 손에 주소 띄운 핸드폰을 들고 다른 한 손에는 서류 뭉치를 든 채 구둣발로 뛰었다. 투자 상담사, 재무 설계사 자격증을 모두 따 놓았을 만큼 해 보고 싶던 업무였지만 두 사람이 빠지면서 일이 바빠진 데다 지점장이 뾰족한 부리로 쪼아 대니 다 싫고 짜증스러웠다. 넙죽 자원한 자신도, 덜컥 추

천해 준 미경도.

숨 넘어갈 것 같던 지점장과 달리 인터폰 안에서 들려온 목소리는 차분했다. 말끔한 잔디를 지나 돌계단을 올라서자 유럽풍 석물과 분재인양 세심하게 다듬은 관목들로 장식한 정원이 하나 더 나왔다. 여자는 묵직한 남색 현관문을 열고 나와 수영을 기다렸다. 수영은 종종걸음 쳐 정원을 가로질렀다. 목덜미에 닿는 햇살이 따끔거렸다.

"더웠죠?" 여자는 산뜻하게 웃으며 수영을 맞았다. 저택의 높은 천장과 두꺼운 벽을 실감할 만큼 실내는 선선했다. 차분히 내려앉은 공기에서는 장미 향이 은은히 감돌았다. 수영은 구두를 벗으며 벽에 걸린 큼직한 추상화를 살폈다. 유화물감의 질감이 생생한 실물이었다. 여자는 자리를 권한 뒤 경쾌하고 고상한 투로 아주머니를 부르며 주방으로 들어갔다. 여자의 살구색 원피스는 뒤에 상표를 짐작할 수 있는 실밥 장식이 있었고 손목에서 느슨하게 찰랑거리는 가죽 팔찌와 시계도 알 만한 명품이었다. 수영이 탐색하듯 주위를 둘러보는 사이 여자는 거실로 나와 밝은 초록색 소파에 앉았다. 들어오면서 혹시 노란색 고양이 한 마리를 보지 못했냐며, 말을 붙였다. 집 근처를 배회하는 길고양이지만 사료도 주고 간식도 주면서 반은 집고양이나 다름없이 돌보는 모양이었다. 홍차와 다과를 내온 아주머니는 쉰쯤, 나이 들어 남의 주방일 하는 사람 같지 않게 맵시 있는 몸매에 옷차림도 간소하고 적절해 보였다. 다과는 유크림이 듬뿍 들어간 일본제 롤과 뽀얀 모찌였다. 모두 비싸고 맛깔스러워 보였다. 찻잔과 접시 때문에 더욱 그렇게 보이는지도 몰랐다. 수영은 민망할 만큼 식욕이 동했지만 홍차만 한 모금 마시고 일 얘기를 꺼냈다.

자산 규모와 예금액 일정 이상의 고객에게만 한정 판매하는 주식 연동형 상품이었다. 수익률은 높았지만 그만큼 위험 회피를 위한 연동 지표가 복합적이라 상품 구조도, 약관도 까다로웠다. 수영은 아직 입에 안 익은 전문 용어를 주의하며 설명했다. 별 실수 없이 어느 정도 마무리가 됐을 즈음에는 속옷에 땀이 찬 것을 느낄 수 있었다.

수영이 다시 한번 내용을 요약해 주려고 하자 여자는 괜찮다는 듯 손을 들었다. 여자는 직접 상품의 개략을 짚어 가며 수영에게 확인한 뒤 몇 가지를 질문했다. 모두 전문적이고 구체적인 질문이었다. 여자는 이런 상품을 잘 알았고 투자자로서 자신이 기대할 수 있는 수익과 지불해야 할 비용, 부담해야 할 위험을 체계적으로 인식하고 있었다. 수영은 더욱 긴장하면서도 한편 뿌듯했다. 정말 어엿한 은행원, 개인 자산 전문가가 된 것 같았다. 여자의 태도가 그것을 확인시켜 줬다. 여자는 수영을 팔러 온 사람 취급하지 않았다. 물을 수 있는 것만 물었고 요구할 수 있는 것만 정확히 요구했다. 사소한 조건을 확인할 때도 까다롭게 굴겠다는 것이 아니라 단지 정확성을 기한다는 투였고 상의 후 다시 연락하겠다는 말에도 못 미더워 망설이는 기색은 전혀 없었다. 말 그대로 한 번 더 신중히 검토하기 위한 것처럼 보였다. 그러지 않을 이유가 없었으니까.

저택을 나온 수영의 얼굴은 피곤하면서도 밝았다. 지금까지 맞아 본 고객 중 가장 어려운 고객이었지만 동시에 가장 보람 있는 고객이었다. 멋진 일이었다. 매일 창구에서 만나던, 그 많은 돈을 한 푼 두 푼 아귀처럼 벌어들이느라 찌들고 시달린 사람들에게는 없는, 기품 있는 사람을 만나는 것도, 그 사람들과 자격증 준비할 때나 읽은 전문 용어로 자연스럽게 대화하는 것도.

몇 곳을 그렇게 느닷없이 찾아가서 설명한 뒤, 입소문이 돌기 시작했는지 해당 상품을 문의하는 연락이 이어졌다. 지점장의 목소리는 나긋해졌고 수영의 일처리는 능숙해졌다. 수영은 정원이나 실내에 특별히 신경 쓴 듯 보이는 부분을 칭찬해 대화를 주도하고 반복해 나오는 질문에 체계적이면서 알기 쉬운 설명을 준비했다. 한정 판매라는 점과 현재까지의 가입자 수를 넌지시 흘려 사고 싶게 콕 콕 찔러 주는 것도 잊지 않았다. 지점장이 상품을 아예 수영에게 전담시키자 더욱 자신감이 붙었다. 정말 PB가 될지도 몰랐다. 전례가 거의 없었지만 불가능한 일은 아니었고, 아니어야 했다. 수영은 미경에게 부쩍 잘 보이려 애쓰기 시작했다. 특히 미경이 일을 뺏긴 것처럼 느끼지 않도록 각별히 조심했다.

그럴 필요가 없었다. 미경은 수영에게 아무 위기감도 느끼지 않았다. 가능하다면 수영이 자기 일을 얼마쯤 뚝 떼다 가져가 줬으면 싶을 정도였다. 오래 해 온 만큼 지겹고 피곤했고 작년부터 팀장 없이 지점장과 일하게 되면서 더욱 그랬다. 수영이 돈 많은 사람들의 외양과 생활에 대해 갖는 막연한 동경이나 선망, 호기심도 미경에게는 없었다. 신물이라면 모를까. 본부안을 맡게 되면서 수영을 의식할 겨를도 없었다. 하지만 상수 때문이기도 했다.

미경은 상수에게 동료 이상의 감정을 느꼈고, 그 감정이 확실해 오히려 혼란스러웠다. 양 과장 때문에 다시는 지점 안에서 연애 관계를 만들고 싶지 않았다. 상수가 경필과 절친하다는 점도 걸렸다. 미경은 망설였고 그때마다 상수에게서 거리를 뒀다. 불쑥 데면데면하게 굴고 자연스럽게 생긴 업무 외 약속을 하루 이틀 전에 갑자기 취소했다. 하지만 상수는 상처받거나 의구심을 품지 않았다. 수영 때문이었다. 미경과 가까워질수록 상수는 초점 없는 자신의 마음을 뚜렷이 느꼈다. 스스로 혼란스러웠고 미경에게 미안했다. 미경이 거리를 두는 것도 우유부단한 자신의 태도 때문이라고 생각했다.

서툰 왈츠를 추는 한 쌍처럼, 미경이 물러서면 상수도 물러섰다. 미경이 망설이다 다가서면 상수 역시 망설이다 다가섰다. 서로 다정하게 바라보면서도 조금씩 엇갈렸고 주위를 맴돌았다. 다르면서도 비슷한 각자의 이유로 상대방의 발을 밟지는 않은 채, 끊어질 듯하다가 다시 이어지고 멈춰 설 듯하다 다시 시작하는 춤을 췄다.

수상작은 다른 본부에서 나왔다. 나쁘지 않은 정도였다. 그쪽 본부에서 가져가기로 이미 내정돼 있었다는 말도 돌았다. 미경은 분했다. 하지만 낙선 자체가 아니라 일부러 아무렇지 않은 척 자신을 위로하는 상수 때문에 더욱 분했다. 할 만큼 했으니 된 거 아니겠냐고, 자신을 위로하려 씩 웃어 주는 상수를 보자 그동안 세심하고 믿음직스럽게 도와주고 챙겨 준 것들이 하나하나 떠올랐다. 한창 바쁠 시간에도 곧장 보내오던 메신저 답장, 입이 심심해 올 즈음 무심하게 건네던 간식거리, 지점장 때문에 날카로워져 있을 때도 기분을 바꿔 주던 가벼운 농담과 둘 다 피곤해 죽을 것 같을 때도 먼저 씩 지어주던 웃음. 관심과 노력이 담긴 것들이라 모두 뭉클했고 소중했다. 연수원 강당에서 지루하고 허탈한 시상식이 끝난 뒤 미경은 상수에게 말했다. "우리 어디 가서 아주아주 맛있는 점심 먹을까요? 샴페인도 한잔하고요, 티 안 나게, 딱 한 잔씩만." 미경은 콧등을 찡긋거리며 웃었다.

상수는 난처한 표정이었다. "어쩌죠?" 그사이 식장에서 만난 동기들과 이미 선약이 돼 있었다.

미경은 알았다고, 맛있게 먹고 지점에서 이따 다시 보자고 말했다. 연수원 계단 끝에서 미경은 상수가 동기들 있는 쪽으로 몸을 돌려 걸어가는 것을 봤다. 한 번 돌아보지도 않는 상수가 얄미운데, 얄밉지만은 않았다. 미경은 가느다란 두려움을 느꼈다. 어쩌면 이렇게 다시 이전으로, 평범한 관계로 돌아가는 걸까?

미경은 수영에게 전화했다. "오랜만에 점심 먹자. 그때 내가 말한 거기에서, 그래 내가 초밥 사 갈게. 응, 집에 들러 차 갖고 갈 거니까 교대로 잡으면 딱 맞을 거야."

수영은 시간에 맞춰 지점 뒤로 나갔다. 한 블록 떨어진 곳에 미경의 흰색 렉서스가 서 있었다. 지점장의 차가 국산 차였기 때문에 미경은 어쩌다 차를 가져오면 그곳에 세웠다. 수영이 다가서자 짙게 선팅한 유리창이 내려갔다. "어서 와." 미경이 몸을 기울이며 손을 흔들었다. 흰 셔츠에 감색 정장 바지 차림, 동그란 머리에 잘 어울리는 동그란 선글라스를 끼고 있었다.

에어컨에서 흘러나오는 냉기에서는 유칼립투스 향이 났다. 창밖은 난숙한 봄이었다. 무성한 잎들이 물 오를 대로 오른 연둣빛, 이제 며칠만 지나면 여름의 녹색으로 바뀌겠다는 예감이 들었다. 주택가 담벼락에 얹힌 장미 덤불들이 탐스러웠다. 들뜬 마음에 수영은 몇 마디 말을 붙여 봤다. 미경은 평소 몰고 오지 않는 차에, 초밥을 싸 들고 소풍까지 가는 길인데도 어딘지 시무룩해 보였다. 역시 수상을 못 한 것 때문일까. 수영은 직접 위로하는 대신 미경의 흰 셔츠 사이로 보이는 목걸이를 칭찬했다. 짧고 가느다란 나뭇가지가 조금씩 엇갈리듯 맞물린 줄에 가운데 펜던트는 너도밤나무 잎사귀였다. "목걸이 너무 예뻐요, 언니. 디자인도 독특하고 색도 특이하구, 뭘로 만든 거예요?"

미경의 얼굴이 조금 밝아졌다. 금속공예 하는 친구가 만들었는데 친구가 선물하겠다는 것도 마다하고 그 자리에서 이런 건 사야 한다고, 우겨서 샀을 만큼 마음에 들어 하는 것이었다. 미경은 한 손으로 목걸이를 만지작거렸다

"이거 순동이라 되게 부드러워, 진짜 낙엽처럼 갈라져 있는데 이렇게 막 구부릴 수도 있다?"

수영은 놀란 눈으로 미경이 꾹 눌러 굽히는 것을 봤다.

미경은 웃었다. "괜찮아. 친구도 일부러 이렇게 펴기도 하고 구부리기도 할 수 있게 한 거거든. 걔 작업 테마야. 이렇게 100개를 만들어 100명에게 가면 10년 뒤, 20년 뒤 각각 어떤 모습일지, 예쁘고 연약한 것들이 시간이 지나 어떻게 변하는지, 그게 궁금한 거지. 시간이 지나면 이 목걸이가 주인이 어떤 사람인지 보여 주지 않을까, 그런 생각을 하면서 만들었다고."

수영은 짧은 탄성을 터뜨렸다. "멋져요, 정말 괜찮은 생각인 거 같아요. 섬세하면서 담대하고. 요만한 걸 만들어서 요렇게 걸어 놓고 애지중지하는 게 아니라 사람들한테 내놓는 거잖아요. 세상에 던지는 거잖아요."

"걔가 들으면 되게 기분 좋아할 것 같은 감상인데?"

"전해 주세요. 저도 나중에 작품 꼭 하나 사고 싶다고요." 너무 비싸지만 않다면.

미경은 씩 웃으며 운전대를 감아 모퉁이를 돌았다. "이거 마음에 들어? 가질래?"

"네?" 눈은 이미 웃고 있었다.

"내 일도 많이 도와줬잖아. 고마워서 그래." 하지만 괜

시리 부질없게 느껴져서, 이기도 했다.

수영은 목걸이를 봤다. 정말 예쁜 아이, 갖고 싶은 아이였다. 별로 민망할 것도 없었다. 미경은 쉽게 자기 것을 내주는 성격이었고 그간 받은 것도 장신구만 두어 가지는 됐다. 하지만 그 일은 도와주려고 한 것이 아니었다. 처음에는 그랬지만 하다 보니 아니었다. "너무 좋지만, 괜찮아요. 친구분 작품이잖아요."

"난 걔 거 몇 개 더 있어, 집에." 미경은 부담을 덜어 주려 말했다.

그 뜻을 모르지 않았지만 남아서 준다는 소리처럼 시답잖게도 들려 수영은 더 마음이 수그러들었다. "괜찮아요, 정말. 목걸이 한번 하면 한동안 같은 거만 하시잖아요."

"그래? 너라면 걔도 좋아할 텐데. 걘 정말 그런 애거든. 자기 것 알아주는 사람 좋아하는, 예술가."

미경이 무심히 던진 말에 수영은 다시 끌렸다. "나중에, 혹시 다른 거 하시게 되면 저 주세요. 그래야 제가 덜 미안하고 더 고마울 것 같아요." 수영은 '더'와 '덜'을 강조해 말했다.

리듬감 있는 말에 미경은 웃었다. 사랑스럽다는 듯 수영을 봤다. "그럼, 그러자."

차는 넓고 펀펀한 산 중턱의 공원 앞에 멈춰 섰다. 오래된 부촌의 공원답게 잘 늙은 벚나무가 입구에 널따란 그늘을 펼치고 있었고 굵직한 메타세콰이어가 주위를 옹위하듯 촘촘히 둘러서 있었다. 입구를 지나 말끔하게 관리한 운동 기구를 지나면 높게 흙을 돋운 곳에 번듯하게 지은 팔각정이 서 있었다. 미경은 수영을 데리고 팔각정 위로 올라갔다. 주택과 정원 들이 굽어보였다. 수영의 감탄에 미경은 씁쓸히 웃었다. "나도 이런 데 공원이 있을 줄 몰랐어. 밤낮없이 불려다니다 보니까 알았지. 무슨 비밀인지 자기 집도 은행도 카페도 아닌, 꼭 여기서 봐야겠다는 영감님들, 사모님들이 있더라. 지점장이 그러는데 여기는 방범 카메라도 없대. 부잣집 앞뒤, 골목 어디 가나 하나씩 다 걸려 있는데 여기만."

봄볕의 손끝이 기분 좋게 살갗을 간질였다. 새파란 하늘을 배경으로 연초록 나뭇잎들이 느긋하게 흔들렸다. 미경이 단골집에서 포장해 온 초밥을 꺼내자 수영은 탄성을 터뜨렸다. 성게 알은 두툼히 올라와 있었고 새우는 자숙이 아닌 분홍색 생새우였다. 간장 절인 전복과 직화로 바삭하게 구운 붕장어, 마블링 치밀한 참치 뱃살, 루비처럼 붉은 참치 등살에 카스테라처럼 익힌 계란구이도 있었다. 아까워서 못 먹겠는 마음과 어서 한 점 한 점 음미하며 먹고 싶은 마음이 얇은 유리판처럼 파르르 떨렸다.

식사는 즐거웠다. 미경은 부잣집들과 지점장의 뒷담화를 꺼내 놨고 수영은 이제 자신도 한 발 들여놓게 된 세상의 이야기를 흥미진진하게 들었다. 수영이 놀라고 박수치고 깔깔 웃는 사이 미경의 얼굴에 내내 묻어 있던 시무룩한 기색도 차츰 씻겨 나갔다. 자리를 정리할 즈음에 미경은 한결 홀가분해진 듯 평소의 얼굴로 돌아와 있었다.

차에 탄 수영이 아쉬운 듯 말했다. "화려한 소풍이 끝났네요."

미경은 웃었다. "화려한 소풍. 그런 제목 있는 그림이 있으면 거실에 걸고 싶다."

갈 때는 한참인 듯싶던 길이 내려올 때는 금방이었다. 차를 지점에서 조금 떨어진 유료 주차장에 세우고 두 사람은 함께 지점으로 걸어갔다. 마침 상수도 지점 뒤쪽으로 돌아서 들어오던 중이었다.

나란히 걸어오는 두 사람을 보고 상수는 흠칫 놀란 눈치였다. 촌스럽긴. 수영은 먼저 어색하지 않을 만큼 가볍게 고개를 까딱했다.

상수는 인사를 하는 둥 마는 둥 하고 미경에게 시선을 돌렸다. "점심 먹고 들어오는 길이에요?" 부러 낸, 다정한 목소리였다.

수영은 마뜩잖은 얼굴로 얼핏 미경을 봤다가, 깜짝 놀랐다. 미경이 화사하게 웃고 있었고 더없이 다정하게, 수줍어하기까지 하며 상수의 말을 받아 주고 있었다. 보면서도 믿기지 않아 수영은 몇 번이나 미경을 고쳐 봤다. 틀림없었다. 더욱 볼만한 것은 상수가 들어가고 난 뒤였다. 미경의 얼굴에 아까 본, 어딘지 모르게 시무룩하던 그 표정이 내려앉아 있었다. 믿기지 않지만, 사실이었다.

6

“재밌는 거 알려 줄까?” 수영은 종현의 티셔츠 속으로 손을 넣어 가슴팍을 어루만지고 있었다. 넓고 단단한, 대리석 같은 가슴. 일요일 오후의 햇빛이 두꺼운 커튼 사이를 지나 싱크대 위에서 어른거렸다.

종현은 수영의 포개진 허벅지 사이에 손을 넣으며 말해 보라는 듯 팔을 벤 수영을 봤다.

“미경 언니, 하상수 계장 좋아해.”

종현은 별로 놀랍지 않다는 듯 웃었다. “벌써 사귀는 거 아녔어요? 사람들이 사귀는 거 맞다고 그러던데요.”

“그거야 원래 이 사람 저 사람 서로 갖다 붙이는 거 재밌어들 하니까. 미경 언니를 잘 몰라서기도 하고.”

“그럼 아직 사귀는 건 아니고, 박 대리님만 하 계장님 좋아하시는 거다, 그거예요?”

“응, 짝사랑. 놀랍지?”

종현은 씩 웃었다. 잘 아는 사람들이 아니라 딱히 놀랍지는 않았지만 눈을 반짝거리는 수영이 귀여웠다. “그러네요. 근데, 뭐가 재밌는 거예요?”

“응?”

“아까 재밌다면서요, 짝사랑이.”

수영은 몸을 돌려 바로 누웠다. 선을 긋듯 햇살이 길게 비치는 천장을 바라봤다. “미경 언니는 정말 다 갖췄거든. 집도 어마어마하게 잘살고 학교도 좋은 데 나왔으니까. 자기 차도 렉서스야. 따로 나와 살고 있는 아파트도 자기 거고. 아버지가 대기업 임원이라던데. 거기에 성격까지 좋고 머리 똑똑하고, 일도 잘해.”

“그런데요?”

“하 계장은 평범 그 자체거든. 그리고 별로야. 여자한테 너무 못 해. 그쪽으로 너무 떨어져.”

종현이 빙긋 웃었다. “어떻게 알아요? 좀 만났어요?”

“아니, 전혀.” 수영은 새침하게 코끝을 치켜 들었다. “그쪽에서 나한테 관심이 있었지. 사실, 그쪽만 그런 것도 아니고, 다들 알게 모르게 조금씩은……. 나도 내가 참, 가끔은 그래, 그치?"

종현은 팔을 굽혀 수영을 끌어당겼다. "그래서 재미있었어요? 자기한테 대시한 사람을, 다 가진 박 대리가 좋아한다고 해서?"

"그런가?"

"아니에요?"

수영은 장난스럽게 고개를 돌렸다. "아닌가?"

"뭐예요, 정말 재밌는 게 뭔지 모르는 거 아네요?" 종현은 수영의 허리를 바짝 끌어안으며 몸을 부볐다. "그렇게 가르쳐 줬는데, 아직도 몰라요? 또 가르쳐 줄까요? 더 가르쳐 줄까요?"

수영은 즐거운 비명을 내지르며 종현을 꽉 끌어안았다.

두 사람의 접점이 되던 대회가 끝나면서 미경은 안간힘을 쓰고 있었다. 부쩍 자주 PB 창구에서 나와 상담 창구 안쪽을 한 바퀴 휘 돌고 들어가기도 했고 빠질 수 있으면 빠지던 회식에도 꼬박꼬박 참석했다. 상수가 한가한 틈을 보이면 어김없이 말을 붙였고 회의 시간에는 시선을 아예 상수에게 스테이플러로 찍어 놓고 있었다. 수영이 알기로는 양 과장과 한창 좋을 때조차 그 정도는 아니었다. 참 어이없다 싶을 만큼, 이 언니가 이런 사람이었나 의아할 만큼 미경은 온몸으로 신호를 보내는 중이었다.

반면 상수는 전혀 반응이 없었다. 수영이 뒤통수를 한 대 날려 주고 싶을 만큼 무심했다.

단지 둔감해서 그러는 것만은 아니었다. 수영은 상수가 자신에게 마음이 남아 있다는 것을 알고 있었다. 작은 몸짓, 슬쩍 흘리는 혼잣말에도 상수가 반응해 왔으니까. 하지만 미경의 태도도 문제였다. 저렇게 속을 내보일수록 상대방은 도망갈 궁리만 하기 마련이었다. 외모, 능력, 성별과 무관하게 관계라는 것이 그랬다. 끌리면 끌어와야지, 끌려가서는 안 됐다. 더구나 남자들이란 배은망덕한 사자나 다름없지 않나. 대책 없이 내주기만 하다가는 어느 날 더 내줄 것이 없을 때 내주던 손부터 먹어 치우려 든다. 덮어 놓고 안 내주면 무슨 수를 써서라도 우리 밖으로 뛰쳐나가 다시 돌아오지 않는다. 연애란 순전히 길들이기의 문제, 누구를 만나든 결국에는 언제 어떻게 왜 내주고 받을지 서로 약속하고 그것에 적응해 나가는, 험난하고 지루한 과정이었다. 대상이 가장 중요했다. 굶주린 사자는커녕 미어캣도 못 되는 상수 같은 남자는 애당초 제외해야 했다.

하지만 어설프게 미경을 말릴 생각은 없었다. 이미 마음을 줬는데, 갖고 싶은 남자가 가져지지 않아 약 올라 죽겠는데 어느 여자가 다른 여자 말 따위를 들을까. 아무리 수식을 쓰고 도표를 그리고 대차대조표까지 만들어서 그 남자가 세상에서 두 번째쯤 보잘것없다고, 내일은 아니어도 모레쯤에는 틀림없이 부도날 계좌라고 보여 줘도 무소용이었다. 제 풀에 지치지 않은 바에야 남의 말만 듣고 얌전히 마음 접는 여자는 수영이 알기로, 없었다. 갖고 싶은 남자는 가져야 했다.

차라리 이어 주는 편이 낫지 않을까? 옷은 입어 보면 알고 가방은 들어 보면 안다. 남자도 가져 보면 모르려야 모를 수 없었다. 갖기 전까지 아무리 따지고 비교하고 뜯어봐야 유리창 너머 보이는 가방, 옷걸이에 걸린 코트였다. 좋아 보일 뿐인지, 정말 좋은지, 그저 그런지 열두 번 환생해도 모른 채 콧물 같은 미련, 재생 휴지 같은 후회만 남는 것이다. 아무리 풀고 닦아 봤자 코밑만 벗겨지고 쓰라려, 다 집어던지고 이불이나 뒤집어쓰고 싶어지는. 자신이 먼저 상수에게 확실히 선을 그어 주면 상수는 분통이 터져서라도 미경에게 갈 것이고, 아니면 다른 사람을 찾아 나설 것이다. 사실 그쪽이 미경에게는 최상의 결과가 될 터였다. 단기적으로 충격은 있겠지만.

수영은 어느 날 침울한 얼굴로 술 한잔할래, 물어 오는 미경을 상상했다. 달착지근한 맛이 혀끝에 감돌았다.

미경은 상수에 관해 지금까지 얄미울 만큼 아무 말도

없었다. 수영이 넌지시 떠봐도 시치미 떼거나 다른 화제로 은근슬쩍 넘겼고 친구 얘기랍시고 상담을 해 오는 일도 없었다. 그러면서도 자신과 종현에 관해서는 속속들이 알고 싶어 했다. 양 과장 일 때문에 조심스러운 거겠지 생각하면서도 수영은 배신감을 지울 수 없었다. 자신을 무시하는 것이었고 그만큼 긴밀히, 대등하게 생각하고 있지 않다는 뜻이었다. 하지만 상수가 딴 여자를 찾아가고 나면 미경 역시 무슨 이야기라도 할 수밖에 없을 터였다. 그동안 아무 말 하지 않은 것까지 미안해하면서 아픈 속을 절절히 토로하겠지. 수영은 의연하게, 동생이지만 언니처럼 취한 미경을 보듬고 위로해 주는 자신을 떠올렸다. 그것으로 대등해질 두 사람의 관계도.

생각할수록 그러지 않을 이유가 없었다. 설령 두 사람이 사귀더라도 미경은 자신에게 의지할 수밖에 없지 않은가. 바로 옆에서 일거수일투족을 확인해 전달할 수 있는 사람이 바로 자신이니까. 그렇게 돈독해진 관계는 상수와 미경이 헤어진 뒤에도 굳건히, 오히려 더욱 돈독해져 남게 될 터였다. 하지만 정말 그래도 될까 싶기도 했다. 잘되라고 붙여 주는 관계가 아니었고 헤어지는 것은 누구에게라도 힘든 일이었다. 미경은 물론, 상수에게도 그렇게까지 할 것은 아니지 싶었다. 그 공상이 머리를 스칠 때마다 손바닥이 간질간질해지는 재미를 느끼면서도. 하지만 그런 것마저 곧 잊어버렸다.

남의 연애가 아무리 재미나 봤자 내 연애만 할까. 수영은 종현이 갈수록 더 좋았다. 종현은 규칙적이고 착실했다. 일하면서 시험 준비를 하는 것에 대한 불안감을 토로하며 이따금 약해지기도 했지만 다음 날이면 다시 균형을 잡고 정해 놓은 일과에 따라 움직였다. 기계적인 느낌이 들 만큼 생활하면서도 수영이 보안 당번이면 꼭 일찍 나와 도와줬다. 사람들 출근 시간이 가까워 오면 편의점에 가 시간을 보내다 막 출근한 듯 다시 와야 하는 수고를 하면서도. "내가 해 줄 수 있는 게 별로 없잖아요. 다른 건 몰라도, 이건 꼭 해 주고 싶어요. 이렇게 시작되기도 했으니까요." 별것 아니라서 민망하다는 듯 얼굴을 붉히며 웃는 종현이 수영은 사랑스러워 견딜 수 없었다.

시험이 여름에 있어 두 사람이 만날 수 있는 시간은 일요일 하루뿐이었다. 통화도, 문자메시지도 길게 못 했다. 종현은 그것 때문에 미안해했지만 수영은 아무 불만도 서운함도 없었다. 오히려 종현에게 고맙고 미안했다. 어려운 상황에서도 흐트러짐 없이 생활하고 자신을 만나 줘서, 시간이 흐르고 그만큼 서로 더 익숙해지는데도 얼굴 좀 생겼다는 남자들과 다르게 자신을 실망시키지 않아 줘서. 종현은 흠 잡을 데가 없었다. 굳이 하나, 걸리는 것을 꼽자면, 존댓말이었다. 어느 정도 친해진 뒤에도 꼬박꼬박 쓰는 그 존댓말과 깍듯한 태도에 더욱 매력을 느꼈고 한동안 함께 존댓말을 쓰기도 했지만 수영은 아무래도 어색했다. 입에 붙지가 않았다. 특히 잠자리하고 난 직후에 쓰는 존댓말은 이상한 느낌마저 들었다. 수영은 여러 번 편하게 말을 놓자고 부탁했다. 종현은 듣지 않았다. "소중한 사람이니까, 나한테 가장 친밀한 사람이니까 더 깍듯하게, 갖춰서 대해 주고 싶어요. 창구에 앉자마자 대뜸 수영 씨한테 반말해 대는 사람들이 너무 보기 싫기도 하고요." 수영은 어쩔 수 없었다.

완벽한 일요일을 보내기 위해서는 토요일부터 준비가 필요했다. 수영은 창문을 활짝 열고 청소부터 시작했다. 보이지 않는 곳까지 말끔히 털어 내고 닦아 내고는 마트에 나가 장을 봤다. 냉장고에 정리하고 미리 만들거나 재워 둘 것들까지 마무리하면 노트북 컴퓨터에 동영상을 틀고 요가를 했다. 저녁은 아무리 배가 고파도 금식, 샤워는 오랫동안 했고 끝나면 꼼꼼히 제모도 했다. 욕실에서 나오면 냉장고에 넣어 둔 팩을 꺼내 들고 침대에 누웠다. 시원한 팩을 붙인 채 내일 가기로 한 곳과 근처 식당을 확인하거나 새로 검색하다 보면 종현이 독서실에서 수영의 집으로 곧장 왔다. 수영은 이따금 벨이 울리기도 전에, 발소리만 듣고도 침대에서 일어났다. 후다닥 얼굴을 다듬고 현관으로 뛰어가면 거짓말처럼 벨이 울렸다. 현관문을 열어 주면 선선한 바깥 공기를 묻혀 온, 피곤하면서도 씩 웃는 종현이 서 있었다.

전날 아무리 늦게 자도 아침이 되면 수영은 아주 쉽게 눈을 떴다. 혼자 잔 어떤 잠보다 푹 잔 것 같았다. 기지개를 켜면 따스한 기운이 몸 전체로 쫙 퍼져 나가는 것을 느낄 수 있었다. 종현이 여전히 곯아떨어져 있는 동안 수영은 간단한 아침을 준비했다. 종현은 보통 그 소리에 깼다. 아침 준비를 도왔고 끝나면 다시 침대로 왔다. 커튼을 반쯤 열고 이불에 파묻힌 채 텔레비전을 보면서 함께 아침을 먹었다. 가끔 늑장을 부리기도 했지만 점심 전에는 나갔다. 두 사람은 종일 꼭 붙어 다녔다. 일주일에 딱 하루였기 때문에 여행하는 것처럼 보냈다. 사고 싶은 것을 사고 먹고 싶은 것을 먹고, 일도, 가족도, 가물가물한 장래도 생각하지 않았다. 종현은 수영의 뺨과 가늘고 흰 목을 쓰다듬었다. 수영은 종현의 아름다운 눈썹과 단단한 턱을 어루만졌다. 헤어져 집에 돌아오면 피곤했지만 그 피곤조차 좋았다. 다시 한 주를 열심히 살아야지, 돈 벌어서 더 재미나게 살아야지 하는 피로였다. 이런 게 사는 맛일까?

수영은 혼자 실실 웃었다. 바보가 된 것 같았다. 바보가 돼도 좋았다.

지점에서 일도 잘돼 가는 중이었다. 수영은 지점장에게 미경 대신 맡은 상품의 최종 실적을 자신 있게 건넸다. 완판이었다. 자리에 앉은 지점장은 이미 알고 있으면서도 서류의 숫자를 하나하나 짚어 가며 확인했다. 흡족하게 웃었고 연신 고개를 끄덕였다. "좋아, 잘했어. 실적이 제대로 됐어." 지점장은 자리에서 일어났다. 만지듯, 안 만지듯 수영의 손을 잡았다. 속을 알 수 없는 눈가의 웃음 주름. 수영은 진저리 쳤지만 늘 그렇듯 아무 내색도 하지 못했다. 그런 듯 아닌 듯 모호한 탓도 있지만 당장의 생활과 장래, 평판 모든 것이 볼모인 탓이 더 컸다. 그런 듯 아닌 듯 먼저 빼 버리지도 못했으니까. 지점장은 넌지시 말했다. "안 주임 공이 아주 커, 훌륭해. 본부에서도 후속 상품을 내기로 했어." 지점장은 제법 뻔뻔하게 수영의 손을 만지작거렸다. "이건 부지점장도 아직 모르니까 모른 척하고, 알았지?" 수영은 웃는 얼굴로 지점장의 늙고 축축한 손을 견뎠다. 칭찬이나 격려, 비밀 공유의 신호. 어쨌거나, 추행은 아니라고 생각하려고 애썼다. 그렇게 하지 않으면 참고 견뎌야 하는 자신을 참고 견딜 수 없었으니까. 기대감 때문에 수월하기는 했다. 후속 상품까지 맡게 된다면, 그래서 이 기회에 이쪽 업무의 작은 일부라도 확실히 자기 것으로 해 놓을 수 있다면.

두어 주쯤 지났을 때 수영은 미경을 통해 지점장의 호출을 받았다. 좀처럼 없는 일이었다. 지점장이 있는 회의실로 가기 전, 수영은 미경에게 먼저 들렀다.

"무슨 일인지, 혹시 아시는 거 있어요?"

미경의 표정은 어색했다. "들어가서 직접 듣는 게 좋을 것 같아."

회의실로 걸어가는 수영의 얼굴은 차츰 밝아졌다. 지점장이 정말 후속 상품을 자신에게 줄 생각인 것 같았다. 굳이 미경을 통해 자신을 호출한 것과 미경의 관리 안 된 표정, 아마 틀림없을 터였다. 미경에게 미안하면서도 수영은 지점장이 후속 상품을 맡기겠다고 말할 때 어떤 표정을 지어 보일지 생각했다. 알고 있었다는 듯 자신 있게? 미처 짐작하지 못했다는듯 순진하게? 두 가지를 합친 것이 가장 좋겠지. 기대하지 못했지만 자신은 있다는 듯. 회의실 유리창에 수영은 한 번 더 옷매무새를 다듬은 다음 문을 두드렸다.

지점장 옆에 부지점장이 함께 앉아 있었다. 긴히 사담이라도 한 듯 수영이 들어서자 두 사람은 서로 기울였던 몸을 바로 했다. 부지점장이 앉으라는 듯 눈짓했다. 수영은 깍듯하게 인사하고 자리에 앉았다.

"위너스 플랜, 지금까지 한 거 전부 박 대리한테 인계해." 지점장이 말했다.

"네?"

"원래 박 대리 일이잖은가."

무슨 소린가, 그럼 그때는 박 대리 일이 아니라서 줬나? 수영은 빠르게 안색을 수습했다. "그러시면 후속 상품 하신다는 건 어떻게?"

"시즌 2부터는 당연히 박 대리가 해야지." 지점장은 등을 기대며 한시름 놓인다는 듯 웃었다. "그동안 수고 많았어. 어려울 때였는데 안 주임이 기초를 잘 다져 줬어. 박 대리가 이제 알뜰하게 잘 챙겨서 키워야지."

수영은 아무 말도 못 했다. 아무 말도 못 들은 것 같았다.

"염려 말고 잘 넘겨줘. 박 대리가 잘 챙길 거야. 전문이니까 잘할 거야."

염려는 무슨! 그건 내 일이야, 박미경이 대회 준비한답시고 하상수 쫓아다니느라 헤롱거릴 때 내가 일일이 집집마다 찾아다니며 판 내 거라고! 수영은 뜨끈거리는 침을 삼켰다. "다른 시키실 일은 없으신가요?"

지점장은 못 들은 척 부지점장에게 말을 붙였다.

이야기 끝. 지점장의 방식을 알면서도 수영은 발이 떨

어지지 않았다. 부지점장이 나가 보라고 눈짓하고서야 인사하고 몸을 돌렸다.

수영은 회의실을 나오자마자 복도의 벽을 짚었다. 지점장의 말이 맞았다. 원래 미경의 일, 계약직 창구 직원인 자신에게 하라고 시켰을 뿐인, 그렇게 시켰고, 시킬 수 있는 많은 일 중 하나였을 뿐이다. 계속 그 일을 하게 해 줄 것이라고, 또 그쪽으로 진로를 열어 줄 것이라는 언질은 하나도 없었고 모두 자기 혼자만의 착각이었다. 하지만 왜? 멍청해서? 어리석어서? 잠깐 눈이 멀어서?

꼬투리 하나 남기지 않으면서 그런 기대감을 줄 수 있는 사람이 지점장이었다. 꼬투리 하나 없는데 그런 기대감을 품을 수밖에 없는 사람이 수영 자신이었다. 줄 듯 줄 듯할 수 있는 것은 지점장의 유력(有力) 때문이었고, 안 줄 것을 알면서도 줄 듯 줄 듯할 때마다 입을 뺑긋거릴 수밖에 없는 것은 자신의 무력(無力) 때문이었다. 눈에 보이지 않는 격차, 그래서 더 아프고 굴욕적인 위압, 모멸감, 창피스러움. 수영은 화장실로 갔다.

얼굴을 수습한 뒤 자리로 돌아온 수영은 그동안 만든 자료를 모조리 챙겨 미경에게 갔다. 기다리고 있었는지 미경은 남아 있었다. 수영을 보자마자 말했다. “미안해, 정말 너무 미안하다, 수영아. 그동안 혼자 수고 많이 했는데, 이렇게 돼 버렸네. 나도 안 이러고 싶었는데, 정말 이러고 싶지 않았는데. 어쩔 수 없었어, 지점장님이 벌써 그렇게 결정해 버려서, 여러 번 말씀드려 봤는데, 안 됐어."

수영은 미경을 쳐다봤다. 진심으로 미안해하는 얼굴이었지만 미경의 말은 자신의 마음을 깊게 그었다. 미경은 성벽 안에 있는 채 성벽 밖 자신에게 이제서야 말하고 있었다. 말해 봤는데 안 됐어, 고작 그 소리였다. 이렇게 될 것을 알았으면서 미리 얘기 하나 해 준 것 없이, 지금까지 상수에 관해 한마디도 안 해 온 것처럼! 미경이 자신과 같은 쪽에 서 있다고 생각한 것 역시 자신의 착각이었다. 미경은 그럴 이유가 없었다. 다 갖췄으니까, 다 가진 여자니까. 수영은 싱긋 웃었다. "별말씀을요, 당연히 언니 일인데요."

수영은 색깔 색인을 붙여 가며 정리한, 상담 중에 청취하고 관찰하면서 적은 것들, 자주 문의받은 사항과 그 답들을 포함해 튼튼이 작성해 둔, 후속 상품에서 보완하거나 강화해야 할 약관들까지 모두 미경에게 넘겼다. 놀라워하는 미경에게 담담히 말했다. "저 딴에는 한다고 했는데, 전문가인 언니한테는 조잡해 보일지도 모르겠어요. 그동안 많이 배웠어요. 감사합니다, 도움이 됐으면 좋겠어요."

밖으로 나온 수영은 자리에 앉았다. 망설임 없이 상수에게 메신저로 말을 붙였다. 상수가 야근할 수밖에 없도록 자료 몇 가지를 당장 만들어 달라는 내용이었다.

"갑자기 이러는 게 어딨어요? 마감 막 끝내고 나가려는 사람한테." 상수가 자판을 두드리다 말고 곧장 고개를 돌려 말했다.

"저도 방금 갑자기 얘기 들었어요. 약속 있는데 취소하고 야근해야 된다고요." 수영은 조금도 미안하지 않은 얼굴로 말했다.

"아, 간만에 일찍 좀 나가나 싶었는데, 오늘 다 일찍 들어가는 분위긴데." 상수는 미간을 찌푸려 가며 한숨을 푹푹 내쉬었다. 하지만 내일 한다고 말하지는 않았다.

"그러실 거면, 그냥 두세요. 가시고 나면 제가 혼자 다 할 테니까." 수영은 상수를 쳐다봤다. "퇴근하시라고요."

상수는 혼자 툴툴거리다 마지못한 듯 말했다. "저녁 먹고 와서 시작할게요."

7

수영이 말한 자료를 다 건넸을 때는 10시가 지나 있었다. 다음 날 보안 당번인 서 대리도 두 사람에게 부탁하고 퇴근한 뒤였다. 지점에는 두 사람만 있었다. 자료를 넘겨주고도 상수는 책상 정리를 하면서 괜히 시간을 끌었다.

"안 가요? 많이 남았어요?" 상수가 물었다.

수영은 바로 던졌다. "아직도 나한테 마음 있어요?"

상수의 얼굴이 덜컥 붉어졌다. 귀까지 빨개졌지만 피식 웃기부터 했다. "왜, 정 청경이랑 잘 안 돼요?"

"아뇨, 너무 잘되고 있는데요." 수영은 고개를 돌려 상수를 쳐다봤다. "난 딴마음 없으니까, 접어요."

상수는 어금니를 꽉 물었다. 무시했어야 했는데, 씹어

버렸어야 했는데, 줄 것 주고 바람 소리 나게 가 버렸어야 했는데, 왜 남아서!

수영은 모니터를 본 채 무심히 물었다. "박 대리님 어떻게 생각해요?"

상수는 대꾸하지 않았다. 짐을 챙겨 들었다.

"적당히 좀 하죠?"

"뭘요?"

"박 대리님도 간 보시는 거예요?"

상수는 들었던 가방을 소리 나게 내려놨다. "무슨 말씀이세요, 안수영 주임님."

수영은 앉은 채 상수를 올려다봤다. 왜 모르는 척하냐는 듯 피식 웃었다.

"제가 간을 보긴 무슨 간을 봤다고 그러십니까. 그동안 어떤 남자를 어디서 어떻게 얼마나 만나셨는지 모르겠는데, 전 아닙니다. 그런 적 없어요."

수영은 의자를 빙글 돌려 상수를 똑바로 봤다. "그럼 한번 말씀해 보시죠. 그날 왜 안 나오셨는지."

상수는 맥이 풀린다는 듯 털썩 의자에 앉았다. "몇 번이나 말씀드리고 사과드렸잖습니까. 뭐 뒤집어쓴 것처럼 시재가 계속 빵꾸 났다구요. 나만 그런 것도 아니었단 말입니다. 미치고 환장하게 세 사람이나 그랬어요, 세 사람이나. 그게 아무리 있을 수 없는 일이라지만, 그리고 휴가라서 직접 못 보셨다지만 저만 얘기한 것도 아니고, 들어서 잘 알고 계시지 않습니까."

"네, 알아요, 들어 잘 알고 있지요. 8시가 넘어서까지 마감 못 한 사람은 하 주임님 혼자라는 걸."

"그래서, 내가 약속 잡아 놓고 일부러 빵꾸를 내기라도 했단 말입니까? 설사 그렇다 한들 그거랑 간을 봤느니 말았느니랑 무슨 상관입니까? 그날도 내가 얼마나, 몇 번이나 문자를 보냈어요? 미안하다, 정말 미안하다, 금방 될 것 같은데 안 된다, 돌아 버리겠다, 환장하겠다, 그런데도 안 된 걸 도대체 나보고 어쩌란 말입니까?"

"왜 흥분하세요?"

"안 주임이 자꾸 이상한 소리, 아무 상관 없는 소리 하면서 생사람 잡고 있잖습니까."

이상한 소리, 아무 상관 없는 소리라. 표면상으로는 그랬다. 상수의 말대로 상수는 사과했고 그때 그 사과를 받은 것도 분명히 자신이었다. 꼬투리는 없었다, 지점장이 그랬듯. "하나 묻죠. 그날 저녁이, 평소랑 똑같이 그냥 약속 잡아서 얼굴 한번 보는 거였나요?"

"아닙니까? 그전에도 종종 보고 하물며 주말에도 서너 번 만나서 밥도 먹고 영화도 봤잖아요."

"서너 번이 아니라 두 번이죠. 그리고 그날은 제 휴가였어요. 쉬고 싶다고, 몸도 좀 안 좋다고 내가 말한 거 기억나죠? 그래도 부득부득 우겨서 보자고 한 사람이 누구였죠? 호텔 일식당 가자고, 오늘까지만 카드 할인받아 1인당 15만 원에 최고급 코스 먹을 수 있다고 말한 사람도 누구였는지, 치매는 아니죠?"

"그러니까, 내가, 난들 거길 안 가고 싶었겠냐구요!"

"그러니까, 오시지, 왜 안 왔어요?"

"몇 번이나 말합니까, 빵구가 났다구요, 시재 빵구가!"

"고작 28만 얼마였잖아요. 그날 밥 한 끼 먹는 값이었다고요, 네?" 수영은 눈썹을 찌그러뜨리며 웃었다. "먹었다면 말이죠, 안 먹은 게 천만다행이지만."

"부지점장이 같이 있었댔잖아요, 내 바로 뒤에서 갈고리 눈을 뜨고."

"그러니까요! 싫고 무서운 사람 눈총 받느니 미안하다, 내 돈 내서 메꾸겠다, 그러고 나오면 됐잖아요. 아니에요? 나올 마음만 있었으면 나올 수 있던 거 맞잖아요, 아닌가요?"

상수는 당혹감을 감췄다. "그런 분위기가 아니었습니다. 세 명이나 빵꾸가 나서 부지점장이 눈에 불을 켜고 있는데, 하필 거기서 딴 사람들 다 메꾸고 마지막에 걸린 게 난데, 내가 어떻게 빠져나갑니까, 예? 거기다 낮부터 이모, 삼촌, 큰아버지까지 전화해서 환전해 달라, 카드 할 수 있냐 시달려 정신도 없었습니다, 정말요, 예?"

"그뿐인가요?"

"뭐가 또 있어야 합니까?"

"그 전 주에, 그러니까 주말에 만난 두 번 중 두 번째에 내가 말했죠? 애매한 관계 원치 않는다고. 그때 뭐랬어요? 관계 깔끔하게 정리해서 가는 거 좋아한다고, 그 말 했죠?"

상수는 입술을 깨물었다. 어느새 자기 감정대로 잊어버리고 있던 것이었다.

"그리고 그날 약속 잡기까지, 계장님과 저 어느 정도 소강 상태였죠, 아닌가요?"

"그래서 내가 그날 약속 잡지 않았습니까, 다시 전처럼 잘 지내자고……."

"전처럼 잘 지내서 뭘 더 어쩌자고요?" 수영이 어처구니없다는 듯 상수를 봤다.

상수는 잠시 아무 말도 못했다. "알았습니다, 알았어요. 내가 다 잘못했습니다. 이미 사과했지만 다시 한번 사과드리지요. 제가 다 잘못했어요, 잘못했으니 용서해 주세요, 됐습니까?" 상수는 고개를 내저었다. "말로는 역시 안 되겠네요, 여자들한텐."

"야비하시네요, 정말." 수영은 경멸스럽게 상수를 쳐다봤다.

"또 아무 말씀이나 막 하실 겁니까?"

"또 소리 지르시게요, 만만한 여자라서?"

"만만한 여자는 만만한 남자한테 아무 말이나 막 해도 되는 겁니까?"

"만만한 사람이 만만한 사람한테 말 좀 만만히 했거니 뭐가 문젠가요? 만만한 사람끼리는 맨날 부둥켜 안고 팔자타령 하면서 울고 불기라도 해야 하나요? 아니면 만만하다는 말도 남자 앞에 붙는 거랑 여자 앞에 붙는 거랑 다른가요? 만만하다는 말, 너무 만만히 보시는 거 아녜요?" 수영은 경멸을 지나 도무지 이해할 수 없다는 듯 상수를 쳐다봤다. "어쩌면 이렇게 매번 바닥을 갱신하세요? 사람 민망하게."

"안수영 씨!" 상수는 수영을 노려봤다. 적개심이나 경멸감은 아니었다. 후회하고 창피스러워하는, 쓰라림이 있었다. "관두죠." 불분명하게 내뱉고, 상수는 가방을 챙겨 든 다음 그대로 나갔다.

수영은 보안 기기를 작동하고 건물을 나왔다. 마지막 자신을 노려보던, 상수의 쓰라린 눈이 떠올랐다. 후회했다. 너무 간 것이었고 애초에 그렇게까지 낱낱이 꺼내 몰아세울 일도 아니었다. 어차피 아무 관계도 아닌데. 상수에게 그동안 맺혀 있던 것을 털어 낸 것이었고, 오늘 지점장과 미경에게 당한 감정까지 더 섞어 쏟아 낸 것이었다. 양심에 걸려 미뤄 두고 있던, 그래 바라는 대로 만나서 피나게 한번 깨져 봐라 하던 것을 빌미로. 속이라도 시원해야 하는데, 쏴 하고 내려가는 것이라도 있어야 하는데, 그렇지가 않았다. 왜 그랬을까, 뭣 때문에 그렇게까지 했을까. 모호한 그 질문만 싱크대에 걸린 음식 찌꺼기처럼 남아 있었다.

수영은 핸드폰을 꺼냈다. 종현이 보고 싶었다. 하지만 평일이었고 시험은 이제 두 달도 안 남아 있었다. 참아야 했다. 수영은 버스 정류장에 섰다. 버스는 막 지나갔는지 12분이나 기다려야 했다. 수영은 전화를 걸었다. 종현이 아직 독서실에 있을 시간이라 잠깐 목소리만 듣고 끊을 생각이었지만 결국 묻고 말았다. "가도 돼?" 부잣집 인터폰에서 들리던 공백 같은, 막막한 침묵이 흘렀다. 수영은 쓸쓸했다. 아니라고, 피곤해서 들어가야겠다고 말하려 할 때 종현이 대답했다. "와요, 얼른." 수영은 전화를 끊었다. 빈 택시들이 서 있는 곳으로 걸었다. 뛰었다.

상수는 동네에 진즉 도착했으면서도 집에 들어가지 않

왔다. 이 골목, 저 골목 빙빙 돌다가 편의점에 들어갔다. 맥주 한 캔을 사서 밖으로 나왔다. 따서 벌컥벌컥 마셨다. 어느새 후덥지근해진 밤공기에 맥주는 시원하게 넘어갔지만 상수의 얼굴은 시르죽어 있었다. 상수는 한 번 더 벌컥벌컥 마셨다. 맥주 냄새 나는 한숨을 푹 내쉬었다.

사실 수영의 말이 맞았다. 망설였다. 관계를 더 발전시킬지 말지. 수영이 텔러, 계약직 창구 직원이라는 것, 정확히는 모르지만 변두리 어느 대학교를 나온 듯한 것, 다 걸렸다. 일도 잘하고 똑똑한 사람이라는 것을 누구보다 잘 알고 있으면서도, 그랬다. 그 두 가지가 상수 자신의 밑천이었기 때문에, 상수가 세상에서 지금까지 따낸 전리품이자 직장과 일상생활에서 그 위력과 차별을 나날이 실감하고 있었기에, 어쩔 수 없었다.

그래, 간 봤다고 할 수 있겠지. 하지만, 그래서, 뭐? 그게 뭐가 나쁜데? 그만큼 진지하게 생각했다는 거 아닌가? 진심이니까, 정말 좋아하니까 그럴 수밖에 없었다. 당연한 일, 생각할수록 억울하기까지 한 일이었다. 경필처럼 여자라면 사족을 못 쓰는 부류가 아닌 바에야, 남자라면 누구나 그럴 것 아닌가? 오히려 여자들은 더 하지 않나? 소개팅하러 나가 인사도 하기 전에 어디 사는지, 어떻게 왔는지부터 묻는 여자들이 이제는 놀랍지도 않았다. 아무

것도 모르고 나왔다가 은행 명함에 눈빛이 바뀌던 여자도 있었다.

후, 상수는 한숨을 내쉬며 벌컥벌컥 맥주를 마셨다. 하지만 남자라는 종자들이 얼마나 지겹고 추잡스러운지도 너무 잘 알고 있었다. 뒤로 자기들끼리 모여 수영을 얼마나 말로 벗기고 핥아 댔나, 침이 질질 흐르는 것같이 더러운 소리들을 너도 그러고 싶잖냐는 눈빛으로 지껄여들 댔나. 모른 척 스치고 만진 뒤 그걸 자랑처럼 떠들기는? 같은 남자가 듣기에도 한심한 수작질을 부려 놓고 부끄러운 줄도 모르고 떠벌리기는 또? 위에서 압박이 내려와 조심들 한다고 했지만 말 그대로 걸리지 않게, 조심한다는 것이었다. 하긴, 아직도 유튜브에는 본사에서 제작한 홍보 영상이 걸려 있었다. 후궁이 된 텔러들이 임금인 신입 사원 눈에 들려 아양을 부리고 서로 암투를 벌인다는 내용이었다.

여자들한테는 말로 안 되겠다고 말한 것이 혀를 깨물고 싶게 창피했다. 난감하니까, 불리하니까, 넘겨 버리고 싶고 도망치고 싶어서 한 말이었다. 수영을 여자들 중 하나로 만들어서 논점을 뭉개고 대화를 끊은 것이었다. 상수 자신이 뒤에서 지껄여 대는 남자들 중 하나가 아니듯, 당연히 수영도 인사가 끝나기도 전에 어디 사는지, 어떻게 왔는지부터 묻고 은행 명함에 눈빛이 바뀌던 여자들 중 하나가 아니었다. 그 상황에서도 야비하다고 정확히 집어서 말한, 똑똑하고 야무진 데다 끝내주게 예쁘기까지 한, 다른 어떤 여자도 아닌 안수영이었다. 상수는 왁 소리를 질러 버리고 싶었다. 짜증이 터져 나왔다. 이렇게 당하고도, 찍소리 못하고 궁지 끝까지 몰려서 혼자 맥주나 마시고 있는 주제에 왜 난 덮어 놓고 안수영을 욕하지도 비난하지도 못할까? 공기 알처럼 사람 갖고 노는 안수영이 미워 죽겠으면서도 왜 개나발 같은 후회와 자기반성이나 하고 자빠졌나? 차라리 뻔한 남자 새끼들 중 하나가 되고 싶었다. 하지만 어쩔 수 없었다. 여자한테 안 되겠는 것이 아니라 수영한테 안 되는 것이었으니까. 아무리 해 봐도 안 이겨지는 안수영이라 더 좋으니까. 여자가 아니라 안수영이 좋았다, 안수영을 좋아했다. 하필, 망할!

상수는 가슴뼈가 꺼지도록 한숨을 내쉬었다. 문득 손가락을 굽히며 달을 셌다. 수영이 종현과 사귄 지 얼추 6개월이었다. 너무 잘 지낸다고, 자기는 아무 마음 없으니 그만 접으라고 말하던 수영의 표정이 떠올랐다. 단호했다. 일말의 여지도 없었다. 나쁜 년, 너무한 년.

상수는 자리에서 일어났다. 콱 밟아 찌그러뜨린 캔을 쓰레기통에 던져 넣고 집으로 터벅터벅 걸었다.

8

상수는 미경과 예술의전당에서 자코메티 전시회를 보기로 했다.

일요일 오후 양재역 지하철 출구 앞에 나와 서서 상수는 미경을 기다렸다. 보자고 했을 때 좋아하던 미경의 얼굴이 떠올랐다. 좋았다. 퍽 설레기까지 했다. 미경은 좋은 여자였다. 수영이 이러쿵저러쿵한 것과 무관하게. 상수는 높다란 가로수를 올려봤다. 매미 소리가 요란했다. 화창하고 뜨거운 여름날, 자글자글 끓는 대로 너머로 하얀 뭉게구름이 보였다.

잠시 후 흰색 렉서스가 멈춰 섰다. 상수는 미경의 차를 몰랐다. 창문이 내려가고 타라며 손짓하는 미경을 본 뒤에야 애써 별로 놀라지 않았다는 듯 차에 탔다.

미경은 가볍게 웃었다. "많이 기다렸죠? 미안해요. 엄마 골프장 모셔 드리고 꽤 서둘렀는데 많이 막혔어요."

"얼마 안 기다렸어요. 금방 왔어요." 상수는 차 안을 슥 둘러봤다. 선루프에 중앙부 버튼들을 보아하니 풀 옵션, 가격이 대충 나왔다. 엄마 차인가? 제법 사는 모양이라고 짐작은 했지만 그 이상인 듯했다. 상수는 은근한 위압감을 느끼며 화제를 찾았다. 마침 룸 미러에 돌돌 감아 놓은 염주가 눈에 띄었다. "불교 믿어요? 우리 집도 불굔데."

"아," 미경은 난감한 얼굴로 돌돌 감겨 있던 것을 풀어 내렸다. 거울 뒤에서 나무 십자가가 찰랑 내려왔다. "천주교예요, 묵주. 염주 아니고."

"아, 아." 상수는 적당히 넘겨 보려고 했지만 아무것도 안 떠올랐다.

미경의 웃음이 터졌다. 상황이 재미있기도 했지만 상수 때문에 미경은 더 길고 선명하게 웃었다. "미안해요, 내가 너무 웃었죠."

"아뇨, 아뇨. 그럴 수 있죠, 사람이. 묵주 보고 염주라고, 그럴 수도 있는 거고. 우리, 다 그럴 수 있잖아요." 상수가 아무렇지 않다는 듯 어깨를 으쓱거렸다.

미경이 다시 웃음을 터뜨렸다.

상수도 씩 웃었다.

미경은 분위기가 전혀 달랐다. 지점에서 매일 보던, 장식 없는 블라우스나 셔츠에 바지 정장 입은 모습이 아니었다. 보랏빛이 감도는 해청(海青)색 리넨 원피스에 큼직한 투명 테 선글라스, 화장은 옅어서 희고 통통한 뺨이 도드라졌고 동그랗게 떨어지는 까만 단발 아래로 금색 체인 귀고리가 찰랑거렸다. 여성스럽고 깜찍해 보였다. 하지만 운전하는 자세는 건들거리기 좋아하는 택시 기사 같았다. 한 손은 창틀에 기댄 채 한 손으로만 운전대를 잡고 있었다. 상수의 시선이 잠시 미경의 손에 머물렀다. 투명 매니큐어를 바른, 깨끗하고 세심하게 다듬은 손이었다.

"운전 잘하네요." 사실이었다. 미경은 도로 흐름을 타고 함께 흘러가면서도 끼어들 때는 과감하고 확실했다. 번잡하고 붐비는 길을 요령 좋게 헤쳐 나가는 중이었다.

"좀 하죠? 근데, 난 처음 할 때부터 잘했어요." 미경이 장난스럽게 어깨를 으쓱거렸다.

상수는 웃었다. 화사하고 자신감 있는 미경이 예뻤다.

"이따 전시 다 보고 잠깐 빵집에 들를래요? 근처에 크루아상이랑 앙버터 맛있는 집 있던데."

"앙버터 완전 좋아하는데!"

"그럼 끝나고 가는 걸로?"

미경은 고개를 끄덕끄덕했다. "그런데 거긴 어떻게 알았어요? 찾아봤어요?" 일전에 상수가 빵을 그닥 즐겨 먹지 않는다고 말한 것이 떠올랐다.

"전시회 후기 찾다가 보니 나오더라구요. 엄청 맛집이라길래." 상수는 부러 능청스럽게 말했다.

미경의 얼굴에 밋밋한 실망이 잡혔다.

"그런데 믿을 수가 있어야죠. 요샌 워낙 광고가 많으니까. 그래서 여기저기 막 뒤져 검색했죠. 누가 빵을 그렇게 좋아하신다는 게 생각나서요."

"어머, 누가요?" 미경이 먼저 시치미를 뗐다.

"지금 양재역에서 운전 제일 잘하시는 누가 그렇다 하더라구요. 어렸을 때 빵 잡고 잠든 사진도 있으시다고."

미경은 깔깔거리며 웃었다.

상수도 웃었다. 미경의 호응은 이전에도 기분 좋았지만 오늘은 달랐다. 더 예쁘고 매력적이었다. 가질 수 있을 만큼 가까워서인지도 몰랐다.

미술관은 매표소, 입구, 출구, 소품 판매장까지 인파로 바글거렸다. 당황한 상수가 어렵사리 줄을 찾아 입장권을 구매할 동안 미경은 능숙하게 음성 안내기를 대여했다. 하나씩 나눠 갖고 두 사람은 환형동물처럼 굼실굼실 밀려 들어가는 행렬을 따라 전시장 안으로 들어갔다.

내부는 어두컴컴하고 번잡했다. 작품 순서에 따라 보는 사람들과 보고 싶은 대로 보는 사람들이 섞여 행렬은 이내 흐트러졌다. 여기저기서 카메라 셔터 음이 계속 들렸다. 여기서 사진 촬영하시면 안 된다는 안내원들의 목소리도 계속 들렸다. 상수는 미술품에 딱히 취향도 조예도 없어서 작품보다는 사진과 서술 자료에 더 흥미를 느꼈다. 미경은 전시회 가는 것도 좋아하고 도록 수집벽도 있었다. 한 작품을 천천히 오랫동안 지켜보기도 하고 거리를 달리하거나 방향을 바꾸며 두루 살펴보기도 했다. 집중할 때 그러듯 다람쥐처럼 볼을 빵빵히 부풀린 채, 이따금 이쪽저쪽 움직이기도 하며, 음성 안내기로 부족한지 핸드폰을 꺼내 자료를 더 찾아보기도 했다. 액정 불빛이 비치는 진지하고 면밀한 표정이 귀엽기도 하고, 멋지기도 해서 상수는 이따금 물끄러미 미경을 바라봤다. 아무 관심이 안 가는 작품 앞에서도 미경의 보조를 맞춰 기다렸다.

한 시간 반 가까이 지나 두 사람은 밖으로 나왔다. 무척 피곤했지만 더 친밀해진 느낌도 들었다. 홍보물 앞에서 사진 찍는 사람들을 보며 상수는 우리도 같이 인증 사진 한 장 찍자고 말했다. 카메라를 들자 미경이 몸을 바짝 붙여 기대 왔다. 상수는 씩 웃으며 셔터를 눌렀다.

미경이 예약한 이탈리아 식당으로 가는 동안 두 사람은 전시에 관해 이야기했다. 미경은 좋았던 작품들을 분명히 집어서 왜, 어떻게 좋았는지, 자코메티의 다른 작품이나 다른 작가의 작품들과 비교까지 하면서 구체적으로 말했다. 상수는 몇 마디 보태 보려다, 포기했다. 아는 척 정도로 어떻게 해 볼 수 있는 수준이 아니었다. 대신 사진과 서술 자료를 보면서 나름대로 떠올려 본 자코메티를 얘기했다. 젊어서 쉽게 얻은 아내에게서 평생 도망치려고 한 예술가, 일본인 친구에게 자기 아내와 사귀어 보라고 부추기까지 하고 임종마저도 아내가 아니라 그때쯤 빠진, 어리디어린 술집 여자가 지키게 한, 예술적으로는 거장일지 모르지만 가정생활은 엉망진창이었던 한 남자. 미경은 의외로 아주 재미있어했다. 미처 생각하지 못한 관점이었던 데다 보는 내내 찜찜하던 것을 상수가 시원스럽게 긁어 주는 것 같았다.

상수는 전시 기획자가 자신들 같아서 감정 이입까지 되더라는 말도 했다. "누가 보더라도 불륜이고 늙어 바람나 조강지처 내팽개친 건데, 아주 세계적, 역사적 거장이시니 전시도 이렇게 크게 벌여놨으니까 곧이곧대로 쓰지는 못하겠고, 결국 이런저런 사정들 다 조사해서 쓰기는 세세하게 다 써 놓고 제목은 사람들 좋아하게 거장과 뮤

즈, 예술적 영감의 탄생, 부활, 그런 말을 쓸 수밖에 없었던 것 아닐까, 참 이 사람도 힘들었겠다, 그런 생각이 문득문득 들더라구요. 우리랑 별로 다를 거 없는 팔자구나 싶고."

"완전 우리네요. 제목이랑 기획 의도는 거창하게 뽑고 정작 뒤로는 카톡 찍어서 여기 들어가서 앱 받아 줘, 회원 가입해 줘, 이거 하나 들어 줘, 저거 하나 사 줘, 그런 걸로 실적 만들고 그 실적으로 고과 받고. 아, 갑자기 서글프다."

대화는 지점과 은행 뒷담화로 이어졌다. 서로 조심스럽던 이전과 달리 팀장, 부지점장, 지점장을 직접 언급하고 구체적인 상황까지 묘사하면서 그동안 품고 있던 불만과 울분을 털어놨다. 대개 씁쓸하게 끝나는 일화였지만 끝맛까지 씁쓸하지는 않았다. 공감을 확인하고 교환하면서 더 가까워지고 서로 알게 된 것 같았다. 이해한다는 웃음, 무슨 말인지 안다는 눈빛이 가만히 오갔다.

이탈리아 식당은 빌라들이 연립한 주택가의 반지하에 있었다. 둥그스름한 천장 때문에 아늑한 동굴 같았다. 미경이 언니라고 부르는 여자가 두 사람을 자리로 안내했다. 전채부터 후식까지 주문하고 나서야 두 사람은 크루아상도 앙버터도 사지 않은 것을 떠올리며 웃었다. 시간이 그렇게나 빨리 갔다니, 서로 이렇게나 잘 맞다니. 사실 두 사람 모두 만나기 직전까지 걱정하던 바였다. 막상 봤는데 어색하고 대화가 자꾸 끊기면 어쩌지? 두 사람은 홀가분하게 웃으며 와인잔을 부딪쳤다.

음식은 아주 좋았다. 상수가 지금까지 먹어 본 곳 중 최고였다. 많은 곳을 가 본 것도 아니고 가격도 최고였지만. 맛있게 먹는 상수를 흐뭇하게 보면서 미경은 몇 해 전 다녀온 이탈리아 여행 이야기를 했다. 차를 빌려 몇 시간씩 운전하던 시골길, 완만한 구릉이 나른하게 이어지고 포개지면서 그리던 풍경, 긴 장대로 후려치며 올리브를 수확하던 모습, 바람조차 상큼하던 레몬 과수원과 드넓게 펼쳐진 포도원. 그리고 한낮의 호텔 테라스에서 새하얀 밀라노 대성당을 보며 아삭아삭 베어 먹은 사과 한 알과 가로등이 켜지기 시작하는 아르노 강변에서 파르스름한 어둠이 차오르는 것을 보며 마신 차가운 맥주 한 병.

상수는 작년에 혼자 다녀온 터키 이야기를 했다. 무심코 구둣솔을 주웠다가 돈 뜯길 수 있다는 이야기가 생각나 얼른 구두닦이에게 던져 주고 도망쳤던 일화, 관광책을 보고 있을 때 접근해 온 남자를 미친 척 따라갔다가 한국전에 참전한 할아버지를 만나 셋이서 포커 친 일화, 처음 본 물담배를 멋모르고 쭉쭉 빨았다가 카페에서 10분쯤 정신을 잃었던 일화. 웃긴 남자로만 보일까 봐 아야소피아를 등지고 본 석양도 이야기했다. 축축하고 드세던 바닷바람, 쇳물처럼 붉게 물든 바다, 구름이 말갈기처럼 나부끼던 하늘에서 기도 시간을 알리는 노랫소리가 울려 퍼졌다.

상수는 비워진 와인병 너머로 미경을 봤다. 어느새 두 병째였다. 와인과 촛불에 물든 미경의 뺨은 유리 등피처럼 반드럽고 투명했다. 미경은 탁자보 위에 얌전히 올려진 상수의 왼손을 봤다. 길지도 짧지도 않은 채 단단하고 강인해 보이는, 잘 조여진 기계 관절을 연상시키는 손. 이전부터 자꾸 눈이 가던, 미경이 좋아하는 모양의 손이었다. 미경이 고개를 들자 두 사람의 눈이 잠시 마주쳤다. 별말 없이 웃었다. 눈을 떼지 않은 채 와인 잔을 들었다.

두 사람은 그다음 주 주말에도 만났다. 이른 저녁을 먹고 극장에 가 영화를 봤다. 로맨틱 코미디 영화였다. 조금 심심한 듯하면서도 끝맛이 달착지근한 영화가 끝나고 출구로 나오면서 상수는 자연스럽게 미경의 손을 잡았다. 미경도 손을 잡아 왔다. 연인들이 들어찬 엘리베이터에서 두 사람은 꼭 붙어 서로 마주 봤다. 어딘지 풋풋한 내음이 느껴지는 웃음. 자꾸 매만지게 되는 손. 미경은 손을 뺐다가 다시 잡았다. 깍지를 꼈다.

두 사람은 일찍 퇴근하면 함께 저녁을 먹었고 늦게 퇴근하면 함께 술을 마셨다. 대화와 농담들, 술잔과 웃음들. 육체적 거리는 빠르게 좁혀졌다. 이내 몸을 맞붙이듯 가까이 앉았고 서로 자연스럽게 기댔다. 손등을, 손목을, 어깨와 허리를 쓰다듬고 부비고 매만졌다. 너무 빠른 것 같지 않냐고, 키득거리면서도 그만하지는 않았다. 은행 비상구 계단에서 두 사람은 처음으로 입을 맞췄다. 미경의 차 안에서는 서로 옷 안에 손을 넣어 어루만졌다. 늦여름 밤, 창문 너머로 들리던 아득한 매미 소리, 땀이 얕게 밴 살갗.

아찔한 속도감을 즐기면서도 이따금 미경은 자신이 너무 쉬운 여자로 비치지 않을지 걱정했다. 하지만 상수는 오히려 미경을 더 아끼고 정중하게 대하고 있었다. 미경이 빠르고 대담하게 자신을 받아 줄수록 회복해 가는 자신을 느낄 수 있었으니까. 미경의 까만 눈동자에 비친 자신은 매력 있고 괜찮은 남자였다. 더는 수영에게 벌거벗겨지고 거절당한 남자가 아니었다. 상수는 진심을 다해 미경과 만났다. 수영에게 입은 상처를 아물리고 수영과 하고 싶던 모든 것을 미경과 해 나갔다. 아주 즐거웠다. 단지 감정 때문만이 아니었다. 수영에게는 정중하자니 거들먹거리는 것 같고 친밀하자니 찝쩍거리는 것 같았다.

솔직하자니 고지식해지는 것 같고 쾌활하자니 실없이 가벼워지는 것 같았다. 바로 옆 창구에서 별 차이 없는 일을 하지만 어쩔 수 없이 서로 달랐다. 정규직과 계약직, 행원과 텔러. 조직이 주입해서든 스스로 장착해서든, 상수가 먼저든 수영이 먼저든 의식할 수밖에 없는 격차가 있었다. 난감하고 불쾌한 순간이 항상 있거나 생길 수 있었다. 미경과 있을 때는 그런 불안이나 불편을 의식할 필요가 없었다. 함께 있고 함께하는 즐거움에 몰두하기만 하면 됐다. 왜 진즉 미경을 마주 보지 않았을까? 애초에 사이즈가 안 맞았던 수영에게 왜 그렇게 집착했을까?

이제야 가을바람이 분다 싶은 밤, 상수는 미경의 집 앞에 있었다. 두 사람이 앉은 긴 의자는 커다란 히말라야시다 아래에 있었다. 가지 너머로 미경이 혼자 사는 아파트 동이 보였다. 지은 지 오래되기는 했지만 한강이 남쪽으로 바로 보이는 자리였다.

미경은 상수에게 기댄 채 깍지 낀 손을 매만지고 있었다. 상수는 미경의 머릿결에 코를 묻고 말랑말랑한 어깨를 어루만졌다. 상수는 욕구가 일어서는 것을 느꼈다. 하지만 망설임도 너절한 천막처럼 함께 일어서 있었다. 왜 망설일까? 뭘 망설일까? 지금껏 주춤할 사이도 없이 단숨에 달려왔는데, 사소한 다툼 한번 없이 서로 잘 맞고 잘 어울린다고 확인하고 믿어 왔는데, 이제 이 선을 넘기만 하면 되는데. 알 수 없는 채 상수는 감색 바지 아래 미경의 발목을 봤다. 아무것도 신지 않은, 움켜쥐고 싶게 희고 가느다란 발목이 자주색 가죽 구두 위에 드러나 있었다.

욕실 문을 닫자 어둠이 마지막 속옷처럼 미경의 알몸을 감쌌다. 상수는 촉촉한 미경의 몸을 어루만졌다. 미경은 수줍어했지만 어둠과 상수의 손길에 익숙해질수록 더 몸을 감아 왔다. 교태나 기교는 아니었다. 미경은 믿기지 않을 만큼 서툴렀다. 파고들듯 안겨 왔지만 다급하거나 갈구하기보다 도망치고 싶은 듯했다. 상수에게서, 상수에게로. 미경은 상수를 두려워하면서도 원했다. 상수가 자신에게서 쾌감을 찾기를, 상수를 통해 자신 역시 그 쾌감을 향유할 수 있기를. 상수는 욕구와 망설임을 다시 한번 동시에 느꼈다. 맹렬해진 욕구만큼 망설임도 이제 팽팽하고 또렷했다. 자신이 왜 망설이고 뭘 망설이는지 상수는 확실히 알 수 있었다. 자신이 원하는 것은 미경이 아니었다. 미경은 다다르고 싶던 결승선이 아니라 지금껏 달려온 궤도의 어느 지점, 무수히 지나온 분기점에 불과했다. 멈춰 서야 했다. 그나마 지금이 멈춰 설 수 있는 유일한, 최후의 찰나였다. 하지만 누구를 위해, 무엇을 위해?

정남향 아파트의 아침 빛은 부드러웠다. 상수는 일어나

북유럽풍의 화장대를 봤다. 견고해 보이는 나무 장식대에는 여러 전시에서 사 모은 도록과 소품들이 있었고, 가장 잘 보이는 자리에 상수가 선물한 자코메티의 작품 모형도 놓여 있었다. 벽에는 유럽에서 찍은 여행 사진들이 옹기종기 붙어 있었다. 미경은 새벽에 잠시 일어났던 모양이었다. 화장대 의자에 잘 개켜진 셔츠와 바지가 차곡차곡 놓여 있었다. 남의 것처럼 낯설어 보였다. 상수는 고개를 돌려 미경을 봤다. 슬립을 입고 잠들어 있었다. 화장기 없는 피부가 맑았다. 흘러내린 머리칼을 상수는 부드럽게 쓸어 넘겼다. 감은 눈의 가지런한 속눈썹이 앳돼 보였다. 상수는 조용히 자리에서 일어났다.

거실은 환했고 커다란 창으로 한강이 굽어보였다. 날은 흐렸다. 지하철 전차가 회색 강을 가로지르고 있었다. 상수는 간결하고 세련된 형태의 주황색 소파에 앉았다.

미경은 좋은 여자였다. 좋은 연애 상대였고 아마 좋은 결혼 상대일 터였다. 좋다고 다 갖고 싶은 것은 아니었다. 하지만 갖고 싶지 않다고 마다할 이유도 없었다. 좋다는 것은 그런 뜻이었다.

좋은 대학, 좋은 직장, 다음에는 좋은 여자. 어른들이 누누이 얘기하고 부모님이 불경처럼 외며 등골 휘게 깔아 준 철로가, 궤도가 진즉부터 그곳으로 이어져 있었다.

지난밤 느닷없이 떠오른 분기점의 의미가 그것이었다. 선택인 듯 보이지만 실은 모두 궤도 위에 이미 존재하는, 안전하고 예정된 과정의 매듭에 불과한 것. 후회스럽지 않았다. 오히려 편안했다. 상수는 소파에 느긋이 등을 붙였다. 비로소 수영에게서 완전히 벗어나 제대로 된 답을 찾은 것 같았다. 지금껏 그래 왔듯 밝은 장래, 좋은 미래로 쭉 뻗은 궤도를 미경과 나란히 달려 나갈 일만 남아 있었다. 다들 개성, 특색, 자기만의 어떤 것이나 남들과는 다른, 하고 말들 했다. 하지만 상상하는 성공과 행복의 장면은 우스꽝스러울 만큼 엇비슷했다. 어차피 같은 목적지라면 왜 굳이 험한 길을 택하거나 그런 길을 택한 척 가식을 떨어야 할까. 검증된, 효율적이고 안전한 궤도를 놔두고. 상수는 피식 웃었다. 간밤에 나눈 짧은 대화가 생각났다. "박미경, 내 이름 너무 흔하지 않아? 우리 아빠 내 이름 너무 대충 지은 것 같아." "하상수, 내 이름은 어떻고." 상수는 영감 목소리를 흉내냈다. "세월이 하수상하네그려." 미경은 발을 파닥파닥거리며 웃어 댔다. 필남필부, 잘 어울렸다. 상수는 웃으며 벽에 걸린 출력화를 봤다. 젊고 화사한 남녀들이 뱃놀이 중 점심을 먹는 르누아르의 작품이었다.

두 번 더 함께 밤을 보낸 뒤 두 사람은 지점장실로 가

교제 사실을 알렸다. 미경이 그랬으면 하는 눈치였고, 상수 역시 그러지 않을 이유가 없었다. 사내 규정을 들먹이며 캐묻고 참견할 것 같던 지점장은 뜻밖에도 반색했다.
"잘해 봐, 두 사람. 은행원 둘이서 쌍끌이로 당기면 서울에 집 한 채 금방이야. 나도 우리 집사람 아녔으면 택도 없었어. 서울이 어떤 데야, 국물도 없지. 사는 거 다 거기서 거기야. 어지간하면 참고 넘어가 주면서, 결혼까지, 한번 잘 가 봐들."

9

종현은 수영이 빨래를 개고 있을 때 현관문을 열고 들어왔다. 고향 집에 다녀오는 길이었다. 가방을 내려놓고 신발을 벗는 모습이 구부정하고 무거워 보였다. 종현은 곧장 화장실로 들어갔다. 왔냐는 말 한마디 없었지만 수영은 화가 나기보다 미안했다.

종현은 젖은 얼굴로 화장실에서 나왔다. 물기가 장판에 뚝뚝 떨어졌다. 수영이 일어서며 새 수건을 건넸지만 종현은 침대로 몸을 던졌다.

"저녁은?" 수영이 말했다.

"불 좀 꺼 줄래요?"

"저녁은?"

"배고프면 뭐라도 꺼내 먹어요. 별거 없지만."

수영은 참았다. 목소리를 차분히 가다듬어 말했다. "미안해, 내가. 내 잘못이 큰 거 같아."

종현은 대답이 없었다.

수영은 다가가 종현의 등을 쓰다듬었다. "시험 떨어진 거 때문에 많이 뭐라고들 하셨지? 힘내자, 우리. 나도 이제 잘할게. 내가 더 잘하고 최대한 도와줄게. 방해하지 않을게."

"안 갈래요?" 종현은 얼굴을 이불에 묻은 채 말했다.

수영은 못 들었다. "자기는 돼. 되는 사람이고 돼야 하는 사람이고. 나는 믿고, 믿을 수 있어. 그러니까 기운 내자, 응? 주변 사람들 말에 너무 상처받을 거 없어, 아무리 가족이라고 해도. 나도 우리 엄마 반대 무시하고 세 번 만에 여기 된 거야. 자기는 이제 두 번이잖아. 내년에는 돼, 틀림없이 될 거야. 점수도 아슬아슬했잖아. 내가 정말 미안해, 나만 아니었으면, 이번에 분명 됐을 텐데."

종현은 고개를 돌려 수영을 봤다. "오늘은 가 주지 않을래요?"

수영은 말보다 얼굴에 놀랐다. 운 얼굴이었다.

종현은 수영을 똑바로 봤다. "미안한데, 가면 좋겠어요. 오늘은, 가 주면 좋겠어요."

"뭔데? 무슨 일인데? 뭐가 있었어? 심한 말 들었어? 아니면 다른 얘기라도 들은 거야?"

종현은 맥없이 이불에 얼굴을 묻은 채 아무 말도 하지 않았다. 수영이 더 묻고 사정해 봤지만 답이 없었다.

수영은 화가 나 일어났다. 아무 말도 없이 불을 끄고 현관문을 열었다. 종현은 끝내 일어나지도, 잘 가라고 말하지도 않았다.

월요일인 다음 날도, 그다음 날도 수영은 종현에게서 연락받지 못했다. 지점에서 단둘이 마주칠 때도 다른 사람이 지켜보고 있기라도 한 것처럼 까딱 인사만 하고 지나쳤다. 서로 남모르게 웃음을 주고받던, 고객용 책상 모서리 자리에도 서지 않았고 수영이 보안 당번이던 금요일 아침에도 나타나지 않았다.

수영은 자기 잘못을 부정할 생각이 없었다. 일요일에만 보기로 한 원칙을 어긴 뒤, 종종 평일에도 종현을 찾아갔고 부르기도 했다. 늦은 시간까지 통화를 길게 끌기 시작한 것도 그즈음이었다. 안 된다고 생각하면서도 그러고 싶었다. 종현의 애정을 확인하고 싶어서, 종현에 대한 자신의 애정을 보여 주고 싶어서, 어떤 날은 혼자 누운 밤이 막연히 싫고 무서워서. 시험 결과가 나오자 수영은 진심으로 미안하고 후회했다. 왜 참지 못했을까, 사랑스럽고 사랑하는 종현을 왜 제때에 제대로 다독이고 보살펴 주지 못했나. 다 자기 잘못인 것 같았고 그래서 종현이 고향 집에 말 한마디 없이 내려갔을 때도 군소리 없이 찾아가 종일 집 청소를 하고 저녁밥까지 차린 것이었다. 하지만 종현은 수영이 하한선이라고 생각한 주말을 지나서도 여전히 답이 없었다.

아무리 힘들고 괴롭다지만 이렇게까지 하는 건 아니지 않나? 종현의 성격을 고려한다고 해도 힘들고 괴로울 때마다 이렇게 화를 낸다면 차라리 관계를 다시 생각해야 했다. 하지만 지금 힘들고 괴로운 것이 그 정도라는 짐작도 들어 수영은 심란하고 속상했다. 고심을 거듭한 끝에 짧지 않은 문자메시지를 보냈다. 최후 통첩임을 암시하는 내용도 있었다. 종현은 읽지도 않았다. 수영은 전화했다. 종현은 받지 않았고 다시 걸어 오지도 않았다.

종현의 얼굴은 꺼칠했고 침울했다. 멍하니 선 채 유리로 된 정문 밖을 보는 시간이 많았고 핸드폰을 든 채 객장 밖으로 서둘러 나가는 모습도 자주 보였다. 고향 집에서 어떤 일이 분명 있었다. 다른 일, 모르는 일이. 하지만 수영은 퇴근하는 종현을 붙잡지도, 집으로 찾아가지도 않았다. 종현이 자신을 무시한다면 자신도 종현을 무시해야 했다. 타인이 아니라 연인이었으므로 더욱 그래야 했다.

부지점장이 점심을 사는 자리였다. 누가 먼저랄 것도 없이 종현에 관해 한마디씩들 했다.

"요즘 자리 너무 비우던데?"

"어제도 또 그러더라니까요. 그 할아버지 와서 내가 얼마나 기겁했는데."

"지점장님이 한번 불러서 주의를 주셨다는데도 자꾸 그러네. 이래서 내가 요즘 어린애들은 안 된다고, 연세 좀 지긋한 분이 낫다고 내가 말한 건데."

"난 미중년이 그렇게 섹시하더라. 잿빛 머리 가르마 타서 넘기고 제복 잘 어울리고."

"그쯤 되면 아저씨 아니고 할아버지 취향인데?"

"미청년이 유혹에 안 넘어오니까 취향을 바꾼 거 아냐?"

"다들 너무 오냐오냐해 준 거 아닌가 몰라. 오히려 좀 생긴 애들일수록 꼬투리 잡아서 확 기선 제압해 놔야 하는 건데. 얼굴값 못하게."

"참 촌스러우시다들. 잘생긴 애가 일까지 잘해 뭐 하니, 여자나 우습게 알지. 가만히 있으라 그래, 누나가 다 벌어 먹여 줄 테니 꽃병처럼 얌전히 좀, 응?"

수영은 더 듣지 않고 먼저 자리에서 일어났다. 화창한 가을날이었다. 한 옥타브 내려간 듯한 햇살, 끝이 오그라

들기 시작한 나뭇잎들, 차고 메마른 바람이 불어왔다.

상수가 미경과 사귄다고 사람들에게 알리고 며칠 뒤, 수영은 침대에서 종현의 배를 베고 있다가 물었다. "우리도 얘기할까, 사귄다고?"

종현은 잠시 답이 없었다. "뭐 하려요, 이제 와서."

"왜? 이제쯤 됐으니까 말할 수도 있는 거잖아."

"달라질 것도 없잖아요."

가볍게 꺼내 본 말이었기 때문에 완강한 반대가 기분 나빴다. 수영은 침묵했다.

종현은 수영의 정수리를 쓰다듬었다.

"나랑 사귄다고 말하기 싫어?"

종현은 다시 답이 없었다. 긴 한숨을 흘렸다. "그런 게 아니에요. 그럴 리가 없잖아요."

수영은 일어나 앉았다. 종현의 눈을 봤다.

종현은 담담하게 말했다. 아무도 우리를 상수와 미경처럼 봐 주지 않을 거라고, 결국 잘생긴 청경 꼬신 텔러, 예쁘장한 텔러 후린 청경이 될 뿐이라고. "흥미롭게 지켜들 보겠죠. 얼마나 갈까, 어떻게 될까?" 수영이 그렇게까지 생각할 게 뭐냐고, 사람들 남의 일에 그렇게 관심 없다고 말했지만 종현은 차갑게 웃었다. "남의 일이라서 더 잔인하고 적나라하게 벌거벗기는 게 사람들이에요. 자신과 다를수록, 위가 아니라 아래에 있을수록 더 뻔뻔하게, 무자비하게." 종현은 일어나 침대 머리에 등을 기댔다. "호텔에서 일할 때 객실 정비부 여자애랑 사귀었어요. 나보다 네 살 어렸고 정말 아무것도 모르는 애였어요. 애기처럼 생겨서는 누구한테든 네네 하면서 잘해 주고 뭘 시켜도 그저 열심히 하는, 엄청나게 착하고 미치도록 순진한 애였어요. 내가 걔랑 사귄다고 말했을 때 팀장이 대뜸 뭐라고 했는지 알아요? 메이드 복 입히고 해 봤냐는 거였어요. 다른 일 때문에 호출에 늦으면, 더럽게 쪼개면서 둘이서 몇 호실에서 나왔는지 CCTV 찾아본다고, 그런 소리를 들어야 했다고요. 나만 당한 것도 아니에요. 걔랑 같이 일하던 언니들은 걔한테 내 사진 보여 달라고, 같이 돌려보자고 그랬어요." 종현은 어처구니없다는 듯 웃었다. "더 웃긴 건 뭔지 알아요? 걔가 정말 그렇게 했다는 거예요. 맨날 자기 따돌리고 힘든 일, 더러운 일 미루던 언니들이 좋겠다, 부럽다 해 주니까 나랑 같이 찍은 사진, 나만 찍은 사진, 나 모르게 찍은 사진까지 전부요. 아무래도 이상하다 싶어 내가 물어보기 전까지 그렇게 했어요. 거짓말 같죠? 그쵸?" 수영이 다 그런 건 아니라고, 그 사람들이 이상한 거라고 말했다. 하지만 조금 전 사람들이 수군거리던 것을 들었다면 종현은 어떤 얼굴을 할까. 종현이 맞았다. 아무도 종현이 어떤 사람인지 궁금해하지 않았다. 자기들이 종현을 모른다는 사실에 대한 인지조차 없었다. 종현은 흥분한 목소리로 그 대화를 마무리 지었다. “많든 적든, 이상하든 이상하지 않든 그게 중요한 게 아니에요, 나나 걔나 바닥이었기 때문에, 어리고 임시직이니까 그딴 짓을 당했고 당할 수밖에 없었던 거예요. 지금도 난 별로 다를 게 없어요. 항상 눈치 보면서 객장 정리하고 지점장님, 부지점장님 한 번씩 객장 둘러볼 때마다 조마조마하다고요. 청소 아주머니 있고 내 일 아니란 걸 알지만 그렇다구요. 그게 밑바닥에 있다는 거예요.”

종현은 아직도 그 밑바닥에 있었다. 수영이 모르는 어떤 일과 함께. 수영은 지점 정문 앞에 섰다. 유리문 너머 제복을 입고 서 있는 종현의 뒷모습을 보았다.

그날 저녁, 아직 학원에 있을 시간이었지만 종현의 원룸은 불이 켜져 있었다. 수영은 다시 골목길을 나왔다. 편의점에 들러 소주 두 병과 종현이 좋아하는 달달한 과자 두어 가지를 샀다.

종현은 말없이 현관문을 열어 줬다. 순순히 뒤로 물러섰다. 방 안은 난장판이었다. 종이 박스들이 여기저기 놓여 있었고 옷과 책들이 널려 있었다. 일부는 이미 박스 안에 들어가 있기도 했다.

수영은 들고 있던 것을 내던졌다. "뭐 하는 거야, 이게?"

"앉아요."

"뭐 하는 거냐니까, 이게 다 뭐 하는 거냐고, 이 나쁜 놈, 이 나쁜 새끼야!" 수영은 소리 질렀다.

종현은 진정시키려 수영을 잡았다. "앉아요, 우선 좀 앉아요."

수영은 진정하지 못했다. 그간의 복잡하던 감정들이 일시에 몰려와 혼란스럽고 어지러웠다. "뭐야, 이게 다 뭐야! 나한테 말도 안 하고, 어떻게 말 한마디 안 하고!" 수영은 종현을 잡고 흔들었다. 때리고 밀쳤다. 가만히 있는 종현이, 변명하거나 소리치지도 않는 종현이 더 섬뜩해 악을 써 댔다.

다시 고요해졌을 때 동그란 스탠드는 비어 있는 책상 위 흰 벽지 한 곳을 비췄다. 방은 어둑했고 진 빠진 수영은 종현에게 기대 있었다. 그러고 있는 것이 너무 싫으면서도 너무 좋았다.

"어떻게 말을 꺼내야 할지 생각이 안 났어요."

수영은 대꾸하지 않았다.

"아직은 준비만 해 보는 거예요. 방은 다음 달 말이나 돼야 뺄 수 있어요. 주인이 보증금 어디 묶여 있다고 그래서."

"이유를 말해."

종현은 한숨을 내쉬고 소주병을 들었다. 병째 두어 모금을 마셨다. "시험 때문에 내려간 게 아니었어요. 아버지가 다쳐서, 그래서. 아버지는 노가다 해요. 상하수도관 묻는 일 하는데 가끔 결합이 안 맞으면 물이 샌대요. 그날도 그랬나 봐요. 포크레인이 파 놓은 구덩이로 내려가서 흙탕물에 발 담그고 결합시킨 데를 보고 있는데 갑자기 물이 터져 나왔대요. 별로 세지는 않았어요. 아버지가 지레 놀라 뒤로 주춤 미끄러질, 겨우 그 정도였다고요. 근데 흙탕물 속에서 미끄러져 넘어진 데가 하필 암반이었던 거죠. 공기(工期) 맞춘다고 대충 깨부수다 만."

수영은 가슴이 두근거렸다.

"뇌진탕에 골반이 다 바스러졌어요. 정말, 사진이 그랬어요. 재활까지 최소 6개월, 지금은 화장실도 못 다녀요. 의사가 앞으로도 솔직히 장담은 못 하겠다, 그러더라구요."

"산재는? 보상은? 보험 같은 거 있지 않아?"

"업체에서 치료비하고 합의금 얼마쯤 나올 거래요. 4대 보험은 안 들었대요. 현장이 다 안 드는 분위기이기도 했고 동생이 대학교 다니고 있으니 당장 한 푼 아쉬워 그렇기도 했고. 사보험 하나 들어 놓은 거 없으면서 무슨 깡으로 그랬는지."

수영은 침을 삼켰다. "그래서, 그 일 때문에 나한테 그런 거야? 이런 식으로 안 보고 끝내자고?"

종현은 담담했다. "동생은 아르바이트 세 개 뛰어요. 평일에는 맥줏집, 주말에는 낮에 결혼식 부페랑 저녁에 고깃집. 편의점 알바도 한번 못해 봤어요, 걘. 시급이 낮아서. 걔가 학교를 그만두겠대요. 엄마는 다리 때문에 일을 못 하니까 자기가 생활비 벌겠다고." 종현은 억지로 웃었다. "엉망진창이에요, 우리 집은. 바닥인 줄 알았는데, 끝도 없나 봐, 바닥이란 건."

막막한 침묵이 고였다. 수영은 무릎을 감싸 안은 채 머그잔에 든 소주를 마셨다. 다시 반을 채웠다. 술내 나는 한숨이 더웠다.

"내가 관둔다고 했어요. 다시 호텔 일 하겠다고."

"거긴 싫은 데잖아. 사람들 잡는데도 관두고 나왔다면서."

"어쩌겠어요. 그래도 대학은 나와야죠. 그래 봤자 친구들 어학 연수, 해외여행 다 다녀오도록 캐리어 한번 못 사 보고 끝나는 대학 생활이겠지만, 그래도 대학은 나와야 하잖아요. 남자도 고졸이면 힘든데, 여자애가 더 말해 뭐해요. 간호대, 나와서도 그렇게들 고생한다지만 그래도 나와야죠. 나와야 아무것도 없는 우리한테 그만둘 데라도 하나 생기는 거잖아요." 종현은 빨간 눈으로 피식 웃었다. "그런데 우리 엄마가 뭐라고 했는 줄 알아요 나보고 계속 하래요. 아들이, 장남이 잘돼야 한다고. 어차피 여자애는 시집가면 그만이라고, 인물 반반하니 누구라도 데려갈 거라고, 그것도 걔 있는 앞에서 그러는 거예요. 더 웃긴 건 이 속도 없는 게, 자기 괜찮으니 그렇게 하라는 거예요. 정말 괜찮다고, 이번에 거의 됐으니 다음번엔 꼭 될 거 아니냐고. 내가 뭐라고 했을까요? 뭐라고 해야 했을까요?"

수영은 눈물이 차오르는 것을 느꼈다.

"쌍욕을 해 줬어요. 멍청한 소리 하지 말라고, 대학교도 안 나와서 네 주제에 어디 가서 뭘 할 거냐고, 돈 없고 배운 거 없고 얼굴이나 반반한 여자애가 어디 가서 무슨 짓을 해 돈 버는지 그렇게 궁금하냐고."

수영은 종현의 어깨를 때렸다.

"난 다 봤어요. 겪었어요. 군대 가기 전 노래방에서 새벽 알바도 하고, 룸살롱에서 웨이터도 했고. 나보고 호스트 바에서 같이 일하잔 형도 있었어요. 나 같은 얼굴이 잘 먹힌다면서." 종현은 맥없이 웃었다.

"무슨 말이야, 그게 다 무슨 말이야."

"나도 거기까진 안 가요, 정말 가기 싫어요. 그래서 호텔에, 전에 일하던 형님도 뵀고, 자리 알아봐 주신댔어요. 임시직으로 있다가 나중에 티오 나는 대로 정직원 해 보는 걸로. 일단은, 그렇게 하기로 얘기가 됐어요."

"그럴 바에 지금 하는 일 하면 되잖아. 일하면서 잘하고 있잖아."

"호텔에서 일하면 수당이 좀 나와요. 시프트해서 더 할 수도 있고, 팁도 생기고."

"그럼 정말 안 할 거라구? 시험, 그만할 거야?"

종현은 머뭇거렸다. "네."

"나랑도 안 보구?"

종현은 고개를 겨우 끄덕였다.

"왜? 일해도 나는 볼 수 있잖아. 우리 만나는 건 아무 상관 없잖아."

종현은 차분히 수영을 봤다. "아니에요. 안 될 것 같아요."

"그러니까, 왜? 시험도 안 볼 거라면서!"

"그래서 못 보는 거예요."

"또 무슨 말이야, 그게."

"수영 씬 청원경찰이나 호텔 접객부 말단한테 어울리는 여자가 아니에요. 더 낫고 더 나은 사람 만날 수 있는 여자예요."

"그걸 왜 네가 결정해!"

"결정한 게 아니에요. 내가 만약 아무 꿈도 없는, 그냥 청원경찰 알바나 하러 온 애였으면 수영 씨 날 만났을 거예요? 어쩌다 셔터 올릴 때 마주쳐서 도와주고 해장국 한 번 같이 먹었더라도, 앤 그냥 그런 애구나, 그러고 말았을 거잖아요. 똑같이 나도 수영 씨 엄두 못 냈을 거고요."

"내가 지금 사랑하는 건 너야."

"나도 지금 사랑하는 사람은 수영 씨예요."

"그럼 되잖아."

"그러니 된 거죠." 종현은 울음을 삼키며 말했다. "그만해요, 우리."

수영은 원망스럽게 종현을 쳐다봤다.

종현은 수영의 손을 감싸쥐었다. "앞으로 내가 어떻게 될지 모르겠어요. 당장은 호텔로 간다지만 계속 붙어 있을 자신이, 솔직히 지금까지도 없어요. 적응 못 해서 결국 다른 길을 찾을지도 모르겠고, 또 시험 다시 본다고 할지도 모르겠고, 어디서 어떻게 뭐가 될지, 정말 나도 너무 모르겠어요." 종현은 수영을 바라봤다. "그런 미래에 수영 씨를 데리고 갈 수는 없는 거잖아요. 너무 이기적이고 무책임하고, 수영 씨도 나도 결국 못 견딜 거예요."

"내가 괜찮다고 하잖아, 내가." 수영은 종현을 안고 울었다. "다 괜찮다고, 뭐라도 괜찮다고!"

술병이 모두 비었지만 창밖은 더욱 어둡고 고요하기만 했다. 방 안에는 희미한 술냄새와 빗물 같은 눈물 냄새가 났다. 두 사람은 어깨를 기댄 채 앉아 있었다. 곧 휩쓸려 갈 해변의 모래 더미처럼.

10

수영은 핸드폰의 사진을 봤다. 지난여름 갤러리 카페에서 종현과 함께 찍은 사진이었다. 종현은 에곤 실레의 자화상 아래에서, 수영은 발리 노이질의 초상화 아래에서 고개를 튼 채 카메라를 보고 있었다. 쌍둥이처럼 닮은 두 그림 속 인물처럼 두 사람의 모습도 닮아 보였다. 젊고 아름다웠으며 자신이 그렇다는 것을 알고 있어, 도도했다.

종현의 문제는 해결할 수 있는 것이었다. 종현과 함께 살면서, 종현이 보증금을 내려보내 동생 등록금으로 쓰게 하고 집세만큼 아껴 어머니께 보낸다면 적어도 현상 유지는 할 수 있었다. 종현을 설득할 말도 있었다. 말한 대로 바닥이라는 건 끝이 없는데, 시험부터 관뒀다가 더 나

빠지면 어떻게 할 텐가? 바닥에 바닥이 없다면 추락에도 끝이 없다. 한번 끌려가기 시작하면 끝도 없이 끌려다녀야 한다. 아무것도 없어질 때까지, 탈탈 털려 가면서. 가진 것은 가지고 있어야 한다. 버틸 수 있을 때까지는 가지고서 버텨 내야 한다. 악착같이 붙들고 버텨서 차라리 뺏길지언정 순순히 내줘서는 안 된다.

제법 살던 집이 하루아침에 망가져 가는 꼴을 보면서 수영이 몸으로 배운 것이었다. 하지만 엄두가 안 났다. 차바퀴 옆에서 바들바들 떨고 있는 새끼 고양이조차 한번 데려오면 돌이킬 수 없다. 종현과 함께 간다는 것은 끝까지 함께 가야 한다는 뜻이었고 종현이 쥔 것을 놓지 않게 한다는 것은 대신 수영 자신이 쥐고 있던 것을 놓아야 한다는 뜻이었다. 먹고 사고 쓰던 것을 한 등급씩 낮추고 한 푼 두 푼 쓰는데도 세 번 네 번씩 생각하는, 수영이 지긋지긋하게 잘 알고 있고 가까스로 빠져나온 지 얼마 되지 않은 그 생활로 다시 돌아가야 했다. 더는 어리숙하지조차 않은 채. 할 수 있을까? 창구에 앉은 수영은 번호표를 보며 걸어오는 고객을 봤다. 옷차림, 가방과 구두, 눈빛, 걸음걸이를 훑으며 남자가 여신이 아니라 수신 쪽 용무임을 파악했고 역시나 남자는 일정 연봉 이상 직장인을 대상으로 한 적금 상품을 문의해 왔다. 수영은 거의 틀리지 않았다. 조금만 유심히 보면 돈을 맡기러 온 사람인지, 꾸러 온 사람인지 알 수 있었다. 돈이 사람을 만드니까. 매일 그 돈이 만든 사람들을 보고 파악한 것에 맞춰 신속하고 정확하게 대응하는 것이 수영의 일, 실적이었으니까. 수영은 자신 없었다. 종현을 사랑했지만, 그날 밤 뭐든 괜찮다고 말했지만, 이런 자신이 너무 싫지만, 어쩔 수 없었다.

그날 밤 이후, 종현은 한결 차분해졌다. 더는 자리를 비우지도, 짙은 그늘을 얼굴에 드리운 채 딴생각에 빠져 있지도 않았다. 평소처럼 정중히 고객들을 대했고 노인과 아이들에게 특히 친절했다. 퇴근하면 일하게 될 호텔 근처에 고시원을 알아보러 다닌다고 했다. 야간에 총무를 보는 대신 숙박을 제공받을 수 있는 자리를 찾는 중이었다. 지점장에게는 그 자리까지 구해지면 말할 예정이라고, 머릿속에 이미 순서도를 다 짜 놓은 것처럼 말했다.

나쁜 놈, 혼자 잘난 척 멀쩡한 척은 다 하고! 하지만 그 마음을 모를 수도 없었다. 생활이, 돈이 정리가 안 된다면 마음이라도 정리해야 했다. 한 번도 집을 손 내밀면 잡아 줄 곳이라고 생각해 보지 못한 자신이나 종현 같은 사람에게 당연한 일이었다. 밥을 먹고 잠을 자는 일처럼 쉽든, 쉽지 않든 그래야 하는 일. 그러니 이렇게 끝내야 했다. 종현의 말대로 끝내는 것이 맞았다. 왜 우리는? 왜 하필 우리만? 자꾸 되물어져도, 억울하고 서러워도 그래야 했다.

일요일, 아무 생각도 하고 싶지 않아 수영은 넷플릭스를 연속 재생시켜 놓고 멍하니 침대에 누워 있었다. 저녁으로 접어들 무렵에야 겨우 일어나 밀린 빨래를 돌렸다. 청소도 할까 했지만, 그만뒀다. 머릿속처럼 어질러진 책상이나 정리하던 중에 책꽂이의 에릭 사티 악보집이 눈에 띄었다. 「짐노페디 1번」의 악보를 읽으면서 수영은 오른손으로 나무 책상 위를 건반처럼 짚었다. 음정 없는 울림을 들으며 음들의 상승과 하강을 따라갔다. 밤처럼 내려앉는 선율을, 손바닥 위의 눈송이처럼 음과 음 사이에서 녹아 사라지는 침묵을 떠올렸다. 소실해 가는 것들에 대한 송가. 창문 너머, 주택들이 조개껍질처럼 뒤덮인 언덕에서 짧아진 해가 졌다. 세탁기가 덜컹덜컹 돌아갔다.

"늦게 끝나? 오랜만에 한잔 안 할래?" 미경이 메신저로 보낸 말이었다. 지난번 일로 서로 내밀히 어색해진 후 처음이었다. 두 사람이 잘 만나고 있는 것이 차라리 보기 좋았고 관계를 회복하기에도 좋은 기회였지만 수영은 내키지 않았다. 그러자고 한 것은 순전히 다른 사람과 함께 술 한잔이 하고 싶어서였다. 혼자서 마시면 주체할 수 없을 것 같았다.

자리에 앉자 바텐더가 따스한 물수건을 작은 나무 쟁반에 얹어 내밀었다. 촉촉한 온기로 손을 닦자 자스민 향이 감돌았다. 두 사람은 똑같이 뜨거운 홍차에 탄 위스키를 주문했다.

한 잔을 마시고 한 잔이 더 나왔을 때 미경이 말했다.

"종현 씨 그만둔다면서."

"아버지가 다치셨대요."

"당장 그렇게 해야 할 만큼 위중하신 거야? 아니면 집이, 많이 좀 그런가?" 미경은 수영의 눈치를 살폈다.

"아마, 둘 다인가 봐요." 수영은 한 모금 마셨다.

"너무 안됐다. 사람이 볼수록 괜찮았는데."

수영은 잔을 만지작거리다가 내려놨다. "언닌, 하 계장님이랑 잘돼 가요?"

미경은 웃기부터 했다. "미안."

수영은 피식 웃었다. "엄청 좋은가 보네."

"좋아, 너무 잘 맞고, 잘 지내." 미경은 감추지 않기로 했다. 자신이 아직 시작도 못 할 때 수영은 얼마나 종현 얘기를 했나. "너무 좋아서 망설이는 게 있었어. 나만 콩깍지 뒤집어쓰고 이러는 거 아닌가, 너무 초라하고 쉬워진 거 아닌가. 그런데 아닌 거야. 정말 진심으로 이 사람이 날 바라봐 주고 있구나, 다른 남자들처럼 네가 날 좋아한다니 어디 한번 보여 봐라, 날 감동시켜 봐라 저만치 위에서 그러고 있는 게 아니라 내 옆에서, 바로 곁에서 나랑 함께 있구나, 오히려 더 잘해 주려고 하는구나 싶으니까, 어느 순간 확 무너져 내리더라, 나도 겁이 날 만큼. 이렇게 남자를 좋아해 본 적도 처음인 것 같고, 이렇게 빨리 좋아해 본 적도 처음인 것 같아. 아찔아찔해. 짜릿짜릿하구."

수영은 빙긋이 웃었다. 진심이었다. 아는 느낌, 종현을 한창 만날 때 자신 역시 그랬으니까.

"결혼, 생각하고 있어." 미경은 진지한 얼굴로 웃었다.

"정말요?"

"나도 알아, 지금 살짝 미친 것 같아."

"좀 갑작스럽긴 하네요."

"정말 처음인 것 같아서, 아니 마지막인 거 같아서 이러는 것 같아. 이렇게 정신없이, 다른 거 아무것도 안 보고, 그 사람 하나만 보고 좋아할 수 있는 게, 그런 사람을 만나고 있다는 게. 점점 그러기가 쉽지 않아지니까."

상수가 그만한 남자였나? 수영은 피식 웃었다.

"왜 웃어?" 미경은 웃음기 없이 수영을 쳐다봤다.

"바텐더 좀 불러야겠어서요."

"왜?"

"술에 뭐 탔는지 물어보려고요, 내 거에도 좀 타 달라

하려구."

미경은 그제야 웃었다. "정말 너무 좋아서 힘들 정도야. 떨어져 있고 싶지가 않아. 주말마다 헤어지는 게 너무 싫어, 아쉽지도 않고 정말 그냥 싫어. 월요일보다 더. 살짝이 아니라 좀 많이 미쳤나?"

수영은 미경을 물끄러미 봤다. 예뻤다. 사랑하고 있으니까, 어떤 화장으로도 만들 수 없는 윤기와 향기가 흐르고 있으니까. 씁쓸한 마음이 차올랐다. 나도 저랬을 텐데, 아니 저보다 훨씬 반짝이고 향기로웠을 텐데. "그래도 좀 겁나지 않아요? 경제적으로도 그렇고, 감정적으로도, 그만둘 수가 없는 거잖아요. 끝까지 가야 하는 거잖아요. 끝이 날 때까지."

"사실 그게 제일 고민이야. 우리 상수 씨," 미경은 민망한 듯 혀를 쫑긋하며 웃었다. "상수 씨 마음은 어떤지, 함께한다는 걸 얼마나 어디까지라고 생각하는지. 그 개념만 일치하면 다 괜찮을 것 같아. 집도 지금 살고 있는 집에서 살면 되고, 애초에 부모님이 신혼집이라 생각하고 마련해 주신 거였으니까, 살림도 그렇고. 차도 상수 씨 차만 바꾸면 될 거 같고, 아버지한테 물려받은 거라 좀 오래됐거든." 미경은 잔을 들었다. "새삼 어른들 말씀이 맞구나 싶어. 두 사람 마음이 가장 중요한 거라고. 부족할 것 없는 사람들이 왜 성격 차이로 이혼하는 걸까, 이제 좀 알 것 같아." 미경은 잔을 기울여 한 모금 마셨다.

참 달랐다. 결혼이, 함께 산다는 것이 단지 마음과 성격의 문제이기만 하면 되다니. 짜증이 나면서도 부러웠다. 수영은 웃었다. 울기는 싫으니까. "테스트해 봐요. 같이 살 만한 남잔지 아닌지."

"여행은 벌써 몇 번 다녀왔어. 잘 맞아. 꽤 힘들 때도 서로 배려해 주고, 오래 걷는 것도 둘 다 좋아해. 다니다 맛있어 보이는 데 들어가서 먹고 쉬고, 그런저런 입맛, 취향들 다 잘 맞는 편이야."

"여행은 여행이고, 얼마쯤 같이 살아 본다든가, 그럴 수 있잖아요."

"동거 같은 거? 난 그런 거 싫더라. 정말 이해를 못 하겠어. 왜 결혼도 안 한 사람들이 결혼한 사람들처럼 사니? 나중에 뒷감당을 어떻게 하려고?"

수영은 입을 다물었다.

미경이 키득거렸다. "나 확 다쳐 버릴까? 아는 언니가 남자 친구랑 같이 자전거 타다가 십자 인대가 나갔는데, 퇴원하고 얼마 안 돼서 바로 결혼했거든. 남자가 너무 극진하더란 거야. 매일 퇴근하면 병원 오고 주말에는 종일 같이 있어 주고. 만난 지 얼마 되지도 않은 데다 별로 좋지도 않았는데 그런 일 겪어 보니 확실히 알겠더라고, 나중 되니 안 되겠더래, 없으면 못 살 것 같더래. 아, 정말. 나 지금 뭐래니?" 미경은 자기도 자기가 감당이 안 된다는 표정으로 수영을 봤다. "내가 요즘 이런다? 일하다가도 이런 공상이나 해."

수영은 입술로만 활짝 웃어 주고 잔을 비웠다.

미경도 잔을 비웠다. "한 잔 더 할까?"

수영은 안 될 것 없다는 듯 표정을 지었다. 비싼 술로 더 취하고 싶었다, 계산도 미경이 할 테니.

목록을 훑던 미경이 수영을 슬쩍 봤다. "마르가리타로 해야겠다, 난."

수영은 받아 줬다. "웬일이실까? 멕시코 게으름뱅이들이 마시는 술 같다고 그러시더니. 소금, 레몬 따로 먹기 귀찮아서 다 때려 넣어 만들었다고."

"아니라고, 그때 네가 너 같은 낙천가들의 술이라고 그랬잖아. 내일엔 내일의 태양이 뜨겠지, 빨갛고 이쁜 해가 높이높이 뜨겠지, 그런 사람들이 소파에 푹 파묻혀 홀짝홀짝 마시는 술이라고." 미경은 기지개 펴듯 몸을 뺀었다. "그런 기운이 요즘 나한테 필요한 것 같아. 다 잘될 거고 잘 풀릴 거란, 대책 없는 낙천 같은 거 말야."

내가 그랬나? 나 같은 낙천가? 수영은 피식 웃었다. "그럼 잔에 소금 말고 설탕을 묻혀 달라고 해야죠. 시큼하고 달착지근하게."

"그래야겠다. 넌 뭘로 할래?"

뭘 마실까, 뭘 마셔야 이 아린 속이 덜해질까. "마티니로 할래요. 올리브 말고 레몬 트위스트로, 드라이하게."

"그건 내 술인데." 미경은 장난스레 눈을 흘기고 바텐더를 불렀다. "진 마티니, 레몬 트위스트로 드라이하게 하나, 그리고 마르가리타 하나, 그렇게 할게요. 마르가리타는 소금 말고 설탕 묻혀서."

"백설표 정백당으로 듬뿍요." 수영은 교태 부린 웃음으로 바텐더를 봤다. 그래 보고 싶었다.

"난 잠깐 화장실 좀." 미경은 자리를 비웠다.

수영은 턱을 괸 채 조명을 받고 있는 술병들을 바라봤다. 바텐더는 한쪽에서 셰이커를 흔들었고 재즈 트리오의 경쾌한 즉흥연주가 허공을 맴돌았다. 갑작스레 취기가 몰려왔다. 문득, 수영은 미경에게 다 털어놓고 싶은 충동을 느꼈다. 무슨 일이 어떻게 진행 중인지, 자신과 종현이 어떻게 될 것인지. 지금 자신이야말로 그 대책 없는 낙천이라는 것이 필요하다고, 그 허무맹랑한 것에 기대서라도 종현을 붙잡고 싶다고, 정말 이렇게 놓치고 싶지는 않다고 모두 말해 버리고 싶었다. 펑펑 울어 버리듯.

미경이 새로 더한 크리드 향수 냄새를 풍기며 자리로 돌아왔다. 수영은 아무것도 말하지 않았다.

드라이 마티니는 아주 썼다. 솔잎 냄새가 지독하게 올라왔고 레몬 트위스트인데도 신맛은 향뿐이었다. 모르지, 취해서인지도. 수영은 쓰게 웃었다. 삶이 너무 달콤해서 술이라도 써야 할 것 같은 귀족과 신사 숙녀들의 술. 수영은 크고 둥근 마르가리타 잔의 설탕을 핥고 있는 미경을 보다가 마티니 잔을 내려놨다. 다시 입에 대기도 싫었지만 끝까지 다 마실 작정이었다. 얼른 이 자리를 끝내 버릴 수 있게. 그런 다음 종현에게 갈 것이다, 택시를 타고.

종현을 붙잡을 작정이었다. 놓아야 한다고, 그래서 놓아 보내려고 했지만 더 꽉 움켜잡을 작정이었다. 대책 없는 낙천 따위가 아니라 그래야 하는 것이니까. 종현에게 들려주려 했던 말은 기실 수영 자신에게 필요한 말이었다. 가진 것은 가지고 있어야 했다. 가지고 버틸 수 있을 때까지는 가지고서, 끝까지 버텨 내야 했다. 후회도 미련도 남지 않게, 차라리 빈손이라서 앞을 볼 수밖에 없게. 그것을 일깨운 사람은 미경이었다. 쓰고 불쾌하게. 진실이라는 것이 늘 그렇듯. 슬프지는 않았다. 종현이 더 가깝게 느껴졌으니까. 끝장이 나는 그 끝까지 함께 갈 수밖에 없을 만큼.

11

"연차 소진 공지 봤지? 얼마나 남았어?" 미경이 보낸 문자메시지였다.

상수는 고객을 보내고 난 다음 대답했다. "5, 6일쯤 남았을걸?"

미경의 대답은 바로 왔다. "나도 5일 남았는데! 혹시 뭐 할지 계획한 거 있어?"

상수는 입술을 삐죽히 당겼다. 궁금해 묻는 것이 아니라 자기가 하고 싶은 것이 있다는 뜻이었다. "정말 하와이 가려고?"

"그건 아니고……." 미경은 잠시 답이 없었다. "우리 집에서 같이 있으면 어떨까?"

"응?"

"양쪽에 주말 끼면 9일이잖아. 그러면 우리 집에서 같이 지내면서 쉬면 어떨까 해서."

"왜 갑자기?"

"요즘 많이들 한대. 비행기표랑 호텔비를 집에서 쓴다고 생각하는 거야. 넉넉하고 편하게. 이동 안 해도 좋고. 생각해 보니까 서울에 안 다녀 본 곳도 많길래."

상수는 망설였다. "생각 좀 하고 다시 얘기하면 안 될까?"

"혹시, 좀 그래?"

"꼭 연차 써야 할 일 있는지 한번 보려고."

"알았어. 어차피 서울에 있는 거니까, 어지간한 일은 중간에 보면 되고. 긍정적으로 검토 부탁해요, 하 계장님."

"그런데 꼭 9일이나 해야 하는 거야?"

"너무 길어? 좀 그런가?"

그렇다고 하면 이야기는 길어질 것이고 미경은 결국 토라질 터였다. 좋거나 싫은 성향의 문제를 미경은 부쩍 자신에 대한 애정과 배려의 문제로 환원하고 있었다. "아냐. 여튼 이따 다시 말씀드리겠습니다. 박 대리님."

한겨울, 서울은 매일 갑갑한 미세 먼지 하늘이었다. 어쩌다 걷힌다 싶으면 어김없이 한파. 싸매고 껴입어도 욕

나오게 추웠다. 외근 다니는 친구들은 지점 안에 앉아 있으니 팔자 늘어졌다고 부러워했지만 사실 그만큼 퍼지고 둔해지는 기분에 체중도 불어나 있었다. 상수는 어디 먼 남쪽에, 적도 가까운 곳에 가서 일주일쯤, 아니 사나흘 정도라도 푹 쉬다 오고 싶었다. 태국이나 베트남 같은 곳에 가서 반바지와 슬리퍼 차림으로 걸어 다니면 얼마나 좋을까. 히터 바람이 아닌, 진짜 훈훈한 바람을 맞으며 낯선 길을 지치도록 걸으면.

밥시간 상관없이 배고파지면 어디 들어가 쌀국수나 꼬치구이를 시켜 먹고 나와서 어슬렁어슬렁 걷고 또 걷고. 그러다 다리가 좀 팍팍하다 싶으면 깔끔해 보이는 마사지점 들어가서 한 시간이나 한 시간 반쯤, 선선한 에어컨 바람 쐬며 비몽사몽 전신 마사지 한판 받아 주고. 저녁 되면 관광객 없는, 현지인들만 바글바글한 식당 찾아가서 사람들 제일 많이 먹고 있는 걸로, 서너 가지 넉넉하게 시킨 다음 병 뚜껑이 하얗도록 차가운 병맥주도 하나. 꽝꽝 언 유리컵에 맥주 살살 부어 쭉 들이켜면서 담배 한 개피 피워 물면 아, 얼마나 좋을까?

그렇게 다녀 본 것이 언제인지 기억도 안 났다. 미경은 아무리 맛있는 식당이라도 허름해 보이는 곳은 꺼렸다. 걷는 것을 좋아한다지만 자주 쉬어야 했고 인적이 드물거나 현지인들만 다니는 길은 싫어했다. 기념품 하나를 사도 백화점이나 번듯해 보이는 편집 매장에서만 샀고 비행기 시간 때문에 새벽에 잠깐 자고 나오는 곳도 최소한 프랜차이즈 호텔이어야 했다. 위생과 안전을 담보할 수 있는 곳에서만 미경은 안심하고 먹고 자고 사고 걸을 수 있었다. 불만이라고 할 것까지는 없었다. 미경이 고르는 곳은 안락하고 쾌적했다. 까탈을 부리는 것도 아니었고 계산도 선뜻 먼저 했다. 선선히 양보하고 배려하면 그만큼 미경 역시 다정하고 세심하게 자기를 챙겼다. 요컨대 미경의 뜻을 따르는 것은 늘 최선이자, 최상의 선택이었다. 하지만 왜 가끔씩 그러기가 싫을까. 왜 눌리고 오그라드는 기분이 들까?

퇴근하고 집에 온 상수는 그렇게 하자고 메신저로 말했다. 좋은 생각인 것 같다고, 여행과 달리 서로 더 깊이 알아보는 기회가 될 것 같다며 한번 잘 지내 보자는 말도 덧붙였다. 미경은 하트 이모티콘을 빽빽하게 날려 보냈다.

생각해 보면 자신에게도 이런 시간이 필요한 것 같았다. 결혼은 일찍 하고 싶었고 작년 런던 지사에 석 달간 파견 근무 다녀온 뒤로 더 마음을 굳힌 상태였다. 해외 지사에 주재원으로 나가 근무하려면 반드시 기혼이어야 했다. 집에서 눈치를 주는 것도 이유라면 이유였다.

휴가를 시작하는 금요일 저녁 미경은 상수를 데리고 강남 중심가에 있는 대형 마트로 갔다.

에스컬레이터를 내려가자 농장에서 갓 날라 왔다는듯 나무 궤짝에 실린 유기농 사과와 배가 보였다. 탐스러운 레몬과 포도는 마대 자루를 씌운 나무 광주리에 넘칠 듯 담겨 있었다. 지푸라기로 만든 둥지에는 당일 낳았다는 유정란이 다 팔리고 두 알만 남아 있었다. 냉장 진열대 쪽으로 가자 하얀 냉기 너머 여느 마트에서는 볼 수도 없는 식용 꽃과 향신채들이 놓여 있었다. 수산물을 손질해 파는 곳에서는 러시아 대게와 방어, 문어와 광어가 넓게 부려 놓은 얼음 위에 마취당한 것처럼 싱싱하게 죽어 있었다. 처음 보는 풍경에 이곳저곳 기웃거리며 두리번거리다 상수는 어느 사이 떨어진 미경을 찾았다.

미경은 장 보는 일에 열중하고 있었다. 꼼꼼이 내용물의 상태와 원산지, 첨가제를 읽으며 필요한 것을 담는 모습은 평소와 다름없었지만, 달라 보였다. 카트나 유모차를 밀며 쇼핑 중인 다른 여자들, 고급스러운 옷을 입고 예쁠 뿐 아니라 잘 가꾸고 단장했다는 인상까지 주는 여자들 속에서 미경은 아무 위화감 없이 어울렸다. 코트, 가방, 구두, 머리 모양, 이런 곳에서 장 보는 것이 일상이라는 듯 자연스럽게 무심한 표정까지 모두. 이럴 줄 알았으면 좋은 걸로 차려입고 나올걸. 은행에서 입는, 서로 작업복이라고 빈정거리는 정장 차림에 하필 구두조차 늦게 일어나 대충 신고 나온 것이었다. 상수는 여자들과 함께 장보는 남자들을 곁눈질했다. 모두 인상이 뚜렷했다. 귀엽든 활동적이든 진중하든 분명해 보이게 입고 쓰고 신고 들고들 있었다. 그 남자들은 어떤 생활을 생생히 보여 주고 있었다. 상수가 살아 보고 싶은, 미경과 함께한다면 불가능하지 않을 것 같은 생활.

상수는 미경이 골라 온 것들을 계산대에 올렸다. 생각보다 많지 않았다. 하지만 최종 금액은 옆구리를 걷어차는 발길질 같았다. 상수는 신음을 내뱉는 대신 지갑을 꺼냈다. 다른 계산대의 남자들이 그러듯.

집은 새삼스럽게 낯설었다. 앞으로 9일이나 함께 지낸다고 생각하니 무엇을 해야 할지 잘 모르겠는 기분이 들었다. 미경은 사 온 것들을 정리하며 자기가 준비할 테니 일단 씻고 한숨 돌리라고 말했다. 상수는 잠깐 생각한 후에 같이 만들고 같이 먹자고, 그런 다음에 같이 쉬자고 말했다. "그럴까, 그럼?" 무덤덤한 척 말했지만 미경의 입술은 기분 좋게 끝이 올라가 있었다. 상수가 예상한 대로였다. 이럴 때 왜, 미경은 그냥 같이 하자고 말하지 않을까. 배려하는 사람이면서 배려받는 사람도 되고 싶은 걸까.

묻지는 못했다. 조용히 셔츠 소매를 걷어 올렸다.

미경은 즉석 밥으로 만든 전복죽에 문어 카르파초, 크래커에 크림치즈를 바르고 루콜라와 앤초비를 얹은 카나페를 만들었다. 상수는 재료 포장이나 자투리를 치우거나 설거지거리를 바로 해결했다. 주방장과 보조 주방장이 된 듯 말장난도 하고 괜히 물을 튀기거나 잘라 낸 문어 다리를 슬쩍 빼다 목덜미에 대 미경을 깜짝 놀라게 하는 장난도 치면서. 재미있었다. 광고나 리얼리티쇼 속의 신혼부부가 된 것 같았다. 텔레비전으로 볼 때는 가식이고 거짓말이라고 피식거렸지만 직접 해 보니 재미나고 즐겁기만 했다.

준비가 끝나자 마지막으로 미경은 와인 냉장고에서 빈티지 소테른 와인을 꺼냈다. 포도를 삭혀 만든 황금색 와인이 잔에 채워지면서 달콤하고 화사한 향기를 피워 올렸다. 두 사람은 웃으며 잔을 부딪쳤다. 경쾌한 소리가 울렸다.

토요일에는 하루 종일 「워킹데드」를 봤다. 상수는 그중 몇몇을 지점 사람에 빗대 미경이 배를 잡고 웃게 만들었다. 일요일에는 대청소를 했다. 상수는 미경의 키나 손이 닿지 않는 곳까지 구석구석 쓸고 닦고 치웠다. 미경과 함께 침대와 소파, 서랍장 배치를 바꿨다. 월요일에는 갤러리와 박물관을 둘러봤고 화요일에는 폭설이 내려 집 안에서만 지냈다.

세차게 내린 눈이 얼어붙은 한강을 뒤덮었다. 강 건너 늘어선 아파트와 고층 건물들도 눈발에 가려 회색 윤곽으로만 보였다. 한강 공원은 산책로도 자전거 도로도 보이지 않았다. 하얀 벌판이었다. 상수에게는 이 아파트에서 처음 보게 된, 새롭고 아름다운 풍경이었다. 폭설은 다음 날도 이어졌다. 묵직한 눈송이가 끝도 없어 쏟아져 내리며 보이는 모든 것을 두껍게 뒤덮었다. 속보를 되풀이하는 텔레비전은 꺼져 있었다. 창문 앞 탁자에서는 미경이 내린 하와이코나 커피가 김을 올리며 식어 갔다. 상수는 미경을 뒤에서 감싸 안았다. 그 모습이 어른거리는 창문 밖에서 세상은 희게 적막했다.

폭설이 지나자마자 강추위가 왔다. 미경이 패딩 코트를 사고 싶다고 해 두 사람은 함께 백화점에 갔다. 미경은 한 번 훑어본 다음 두어 가지를 골랐다. 한 번 더 입고 자기 것을 점찍은 다음 상수에게 하나 골라 보라고 말했다.

"사 주게?" 상수가 농담처럼 물었다.

미경은 왜 안 되겠냐는 듯 어깨를 으쓱하며 싱긋 웃었다.

"됐어, 뭔 날도 아닌데. 골랐으면 얼른 가자."

"나랑 같은 걸로 하나 맞춰서 입자. 내가 고마워서 그래.”

“고마울 게 뭐라고, 됐어. 옷이 없는 것도 아니고.” 상수는 미경의 양어깨를 잡고 살며시 밀었다.

미경은 돌아섰다. “여기 건 아니잖아. 나랑 잘 지내 줘서, 내가 정말 고맙고 좋아서 그래. 사 주고 싶단 말야.”

상수는 내키지 않았다. 200만 원이 넘는 패딩을 받는 것도, 나중에 그만한 선물을 해야 하는 것도 모두 부담스러웠다. 하지만 역시 아무 말도 못했다. 위축감이라고 말하기도 싫은 위축감을 느끼며 상수는 고르는 척했다.

“아니 그런 조끼 같은 거 말고.” 미경은 굳이 상수를 코트와 점퍼가 있는 쪽으로 데리고 갔다.

실랑이 끝에 상수는 미경이 골라 주는 것을 입었다. 막상 입어 보자 괜찮다, 됐다 하던 입이 쏙 들어가듯 다물어졌다. 두툼히 올라온 목은 든든하면서도 편안했고 무게는 믿기지 않을 만큼 가벼웠다. 지퍼를 올리자 금세 땀이 배어 나올 것처럼 따뜻하기까지 했다. 과연 비싼 데는 다 비싼 이유가 있는 법인가. 상수는 자청해 몇 가지를 더 입어 봤다. 매번 가격표를 확인하면서도 마음은 이미 이 선물을 기꺼이 받는 쪽으로 기울어 있었다. “이거 괜찮지 않아? 어떤 것 같아?” 고르고 고른 것 중 하나를 입고 상수는 미경을 봤다.

미경은 망설이는 얼굴이었다. "그게, 마음에 들어?" 볼수록 실망을 감춘다는 표현이 더 맞는 표정이었다.

상수는 다시 거울을 봤다. 좋은 것 같은데, 잘 어울리는 것 같은데?

미경이 조심스럽게 말했다. "아까 게 더 낫지 않을까?"

"아까 그거?"

미경은 고개를 끄덕였다.

이번에는 상수가 실망을 감추는 표정이 됐다.

"이것도 잘 어울리는데, 난 아까 그게 우리 애인이랑 더 잘 어울리는 것 같아. 길이도 아까 딱 좋았고 지금 날씨에도 더 잘 맞고. 춥잖아, 무지무지."

상수는 미경이 말하는 옷을 다시 한번 입어 봤다. 남색 패딩 코트였다. 색상도 형태도, 팔 옆에 큼직하게 붙은 브랜드 로고도 흠잡을 데 없었다. 하지만 거울 안의 모습이 너무 얌전하고 착실하게 보였다. 어느 모로 보나 은행원 같달까.

상수는 자기가 고른 옷을 한 번 더 입어 봤다. 카키색 패딩 점퍼였다. 엉덩이 조금 위까지 내려오고 로고는 왼쪽 가슴에만 조그맣게 있었다. 어깨에는 채도를 맞춘 갈색 스웨이드가 덧대져 있었다. 거칠고 강한 느낌을 주면서도 촉감은 부드럽고 고급스러웠다. 한 바퀴 몸을 돌려

봤다. 볼수록 마음에 들었다. 집에 있는 진한색 청바지, 갈색 스웨이드 부츠와 함께 입으면 더 근사할 것 같았다. 하지만 거울 속에서 미경의 얼굴이 아니라고 웅변하는 중이었다.

"그래, 이게 더 마음에 드네." 상수는 미경이 골라 준 것을 잡아 들었다. 미경의 선물이었으므로, 남은 나흘을 평화롭게 보내고 싶어서. 딱히 마음에 아주 안 드는 것도 아니었고.

상수가 바란 대로 미경은 기뻐했고 남은 나흘은 평화롭게, 더할 나위 없이 순조롭게 지나갔다.

일요일 저녁 상수는 운동복에 미경이 사 준, 얌전하고 착실하고 어느 모로 보나 은행원 같은 패딩 코트를 걸친 다음 쓰레기봉투를 들고 내려왔다. 분리 수거를 한 다음 한쪽 구석에 서서 그제 저녁 슬그머니 나가 편의점에서 산 전자 담배를 꺼내 물었다. 층층이 불 켜진 아파트를 올려다봤다. 고작 9일이었는데 9년 동안 산 집처럼 풍경이 익숙했다. 상수는 흰 연기를 길게 내뿜었다.

이런 것이 갖고 싶던 행복일까. 결혼한 선배, 상사들이 권태로운 한숨과 함께 발음하던 행복. 상수는 첫날 마트에서 본 남자들을 떠올렸다. 세련되고 뚜렷한 인상 속의 그 남자들도 실은 이런 행복 속에 살고 있던 걸까? 농가에서는 쓰지도 않는 나무 궤짝에 담긴 유기농 사과, 지푸라기 둥지는 구경도 못 해 봤을 닭이 낳은 유정란처럼 행복이란 꾸미고 연출한 인상뿐인지도 몰랐다. 그래서 모두 엇비슷해 보이는 것인지도. 상수는 팔을 들어 좋은 옷, 하지만 더 좋을 것도 없고, 조금 싫기도 한 옷을 흘깃 봤다. 마음에 든다던 거짓말이 스쳤다.

행복에는 늘 거짓이 그림자처럼 드리우기 마련인 듯했다. 아니, 어쩌면 거짓은 조명일지도 몰랐다. 행복이라는 마네킹을 비추는 밝고 좁은 조명.

12

종현은 수영과 함께 살기로 했다. 속내는 복잡했다. 수영과 함께하고 싶다는 마음이 절실했지만 한 번 더 시험을 봐 기어이 합격해 내고 싶은 마음도 절실했다. 수영이 어느 때보다 고맙고 사랑스러웠지만 똑똑히 마주 보게 된 자신의 무력은 혐오스럽고 무서웠다. 경계는 불분명했고 그래서 경계가 아닌 것처럼 보이기도 했다. 어쨌든 시험에만 합격한다면 모두 좋고 행복할 수 있었다. 수영도, 식구들도, 자신도.

뒷수습은 어렵지 않았다. 지점장은 젊고 잘생긴 종현을 계속 정문 옆에 세워 두고 싶어 했다. 한소리 크고 길게 하기는 했지만 결국 이번 한 번만 봐주겠다는 듯 계속 일할 수 있게 했다. 호텔에서 일하는 형은 내심 종현의 부탁이 번거롭던 차였다. 종현의 결정에 반색하며 진심 부러운 얼굴로 덧붙였다. "여자 친구 덕 제대로 보네. 역시 남자도 카바가, 이게 좋아야 한다니까." 손을 얼굴 아래 위로 경박하게 흔들며 말했다.

수영은 대출을 내 보증금을 올려 잡고 월세를 낮췄다. 전자 건반을 사려고 수개월째 모아 온 돈은 큰 침대로 바꾸는 데 썼다. 종현은 미안하다는 말 대신 애써 고맙다고 말했다. 수영을 위해서, 한편 자신을 위해서. 하지만 수영의 집으로 들어가던 날, 비워진 베란다를 보자 더는 그 말조차 할 수 없음을 깨달았다. 수영이 덤덤히 말했다. "인터넷에 올려서 입양 보냈어. 화분 예쁘다고, 잘 키워 준다고 그랬어. 괜찮아."

수영이 벌이에 비해 크고 비싼 이 집을 택한 이유는 그 화분들 때문이었다. 반지하 방이나 다닥다닥 붙어 서서 창이 있으나 마나 한 집에서는 키울 수 없는 것들. 수영은 시들시들하다가도 한 번씩 흠뻑 물을 주면 푸르고 싱싱하게 되살아나는 그것들을 보면 자신도 그렇게 푸르고 싱싱해지는 기분이 든다고 말했다. 온몸이 찰흙 덩어리가 된 것처럼 피곤할 때 한 번씩 매만져 향기를 쥐고 맡아 본다던 레몬밤과 라벤더, 금괴라도 얻은 듯 좋아하며 지점장에게서 받아 온 꼬리난초. 어느 일요일 아침 누가 꽂아 놓고 간 듯 봉긋 솟아오른 제라늄의 빨간 꽃봉오리를 보며 함께 웃던 일도 기억났다. 수영이 맛있게 한 끼 만들어 먹자며 똑똑 따서 찬물에 씻을 때 퍼지던 로즈마리와 바질의 청신한 향은 종현도 처음 알고 좋아하게 된 것이었다.

"미안해요." 종현이 말했다.

그 밖에도 자잘한 변화가 많이 있었다. 비용은 모두 수영에게서 나왔다. 종현은 자신의 무력이 수영에게까지 번지는 것을 볼 수밖에 없었다. 고맙다는 말조차 할 수 없는 처지가 됐다고 생각했는데 이내 미안하다는 말조차 할 수 없는 처지가 돼 있었다. 시험도 더 좋아지고 행복해지기 위해 할 수 있는 것이 아니었다. 무너지지 않기 위해, 파탄 나 더 굴러떨어지지 않기 위해 반드시 합격해야 하는 것이었다. 종현은 시험 준비에 매진했다. 그럴 수밖에 없다는 것이 부러진 발목이나 뒤틀린 팔꿈치를 보는 것처럼 명백했다.

새벽에 일어나 근처 공원까지 달리는 것으로 종현은 하루 일과를 시작했다. 공원에서는 턱걸이, 윗몸일으키기, 팔굽혀펴기 같은 운동들을 횟수와 개수를 맞춰 했다. 어지간한 비나 눈 정도는 무시하고 매일 했다. 체력 검정이 있어 그렇게 할 수밖에 없었다. 다시 뛰어 집으로 돌아오면 씻고 수영을 깨웠다. 수영이 씻으러 들어가면 아침을 준비했다. 빵, 즉석밥, 전날 회식이 있었으면 종종 라면이기도 한, 간단한 아침이었다. 함께 먹으면 수영이 먼저 출근했다. 종현은 설거지하고 어질러진 방을 대충 정리한 뒤 집을 나섰다. 가끔 시간에 쫓길 때도 현관문을 열자마자 보이는 침대만큼은 정리를 잊지 않았다. 퇴근하면 편의점에서 간단히 허기를 메운 뒤 독서실로 갔다. 학원보다 저렴한 동영상 강의로만 공부했고 문제집은 답과 해답을 따로 연습장에 적어 여러 번 돌려 공부했다. 집에 돌아오면 12시였다. 화장을 지우고 잘 준비를 마친 수영이 문을 열어 줬다. 입술로만 하는 입맞춤, 오늘도 수고했다는 짧고 단단한 포옹. 평일에는 대개 일찍 잤다. 수영은 종현이 씻고 누우면 잠결에도 감겨 왔다. 잠꼬대처럼 이런저런 이야기를 하다가 먼저 잠들었다. 많이 피곤한 날은 옅게 코를 골았다. 종현은 아주 피곤한 날에도 종종 새벽까지 잠들지 못했다. 이 집이 아니면 이 넓은 서울에서 갈 곳이 없었다. 이 침대가 아니면 몸을 누일 곳도 없었다. 물 위에 뜬 이파리 한 조각, 자신의 처지였다. 불안은 자신을 매일 규칙적으로 움직이게 했지만 조금씩 부식시키기도 하고 있었다. 어쩔 수 없었다. 버티고 견뎌 내야 했다.

한 달이 되던 토요일, 종현은 수영이 좋아하는 프랜차이즈 커피점에서 시폰 케이크를 샀다. 인터넷으로 미리 알아본 꽃집에서는 수영이 화관으로 만들어 쓰고 싶다던 리시안셔스 꽃다발을 샀다. 마을버스 정류장 옆 은행에서는 현금을 찾았다. 생활비라고도, 방세라고도 부르기 어려운, 어쨌든 두 사람이 합의한 30만 원이었다. 공과금이나 될까 말까 한 그 돈이 터무니없다는 것은 종현이 가장 잘 알고 있었다.

지점의 봉사 활동 때문에 나갔던 수영이 저녁에 들어오자 종현은 케이크에 긴 초 하나를 꽂아 식탁으로 갖고 왔다. 수영은 달뜬 얼굴로 환성을 질렀다. 종현은 조심스럽게 케이크를 내려놓고 불을 붙였다. 얼른 달려가 불을 끄고 다시 수영 앞에 왔다. 수영의 손을 잡고 웃었다. "같이 불어요."

주황색 불빛에 물든 얼굴로 두 사람은 웃었다. 어두워서 또렷이 들여다보이는 눈동자, 약속처럼 맞잡아 쥔 손. 촛불을 불어 끈 뒤 두 사람은 입을 맞췄다. 짧게 한 번, 길게 한 번. 어둠 속에서 맞춘 입술은 감촉이 또렷했고 은은히 풍기는 케이크의 달콤한 향기가 묻어 있었다.

종현은 꽃다발과 봉투를 차례로 건넸다. "고마워요." 생각한 말은 많았지만 입이 떨어지지 않았다. 모두 자신이

하기에 염치 없는 말이었다. "아무튼, 할 수 있는 한, 내 최대한, 집중하고 노력할게요. 실망시키지 않을게요."

자리에 어울리는 말도, 수영이 듣고 싶은 말도 아니었다. 하지만 수영은 환하게 웃었다. "나도 고마워. 지난 한 달간 나랑 살아 줘서. 나 요즘 너무 좋고 행복해. 잠도 쿨쿨 잘 자고 밥도 혼자 먹을 때보다 몇 배나 더 맛있어. 똑같은 거 며칠씩 안 먹어도 되니까 더 좋고. 몰랐는데, 기다릴 사람이 있다는 것도 설레고 좋은 거더라. 집에 오는 게 너무 기다려져. 퇴근하고 혼자 있을 때도 이젠 하나도 안 무서워. 야식도 마음 놓고 시켜 먹을 수 있고. 함께 살기로 한 거 너무 잘한 일 같아."

종현은 그제야 수영이 어떤 말을 듣고 싶어 했는지 깨달았다. 하지만 때는 이미 지나 있었고 점점 더 그런 식이 돼 가고 있었다.

수영은 다독여 주듯 종현의 손을 톡톡 두드렸다. "오랜 만에 소주 한잔할까? 여기 시폰 케이크엔 역시 소주잖아?"

수영은 소주잔을 홀랑홀랑 비우며 한동안 봉사 활동에서 있은 일을 떠들다, 조심스럽게 말을 꺼냈다. "어때? 나랑 지내면서 불편하거나 어려운 거 없어?"

종현은 부드럽게 웃었다. "없어요, 그런 거."

"그러지 말구."

종현은 소주잔을 비우며 장난스럽게 웃었다. "음, 잘 때 코 고는 거?"

수영의 얼굴이 잠시 굳었다. "거짓말하지 말구."

종현은 씩 웃으며 자기 잔을 채웠다.

수영은 종현의 잔을 잡아 주는 척했다. "정말?"

"많이 피곤한 것 같은 날에만요."

수영은 어림없다는 듯 웃으며 잔을 비웠다. "말도 안 돼, 내가 얼마나 쌔근쌔근 잘 자는데, 숲속의 공주처럼 세상 예쁘게 자는데."

"어떻게 알아요? 누가 그런 얘기 해 줬어요?"

수영은 씩 웃으며 잔을 채웠다. "그런 걸 얘기해 줘야 아나? 난 가끔 자면서도 거울 봐. 내가 여전히 예쁘나, 안 예쁘나. 그래야 잠이 더 잘 오거든. 공주들은 다 그래. 침대 밑에 있는 콩 한 조각도 배겨서 못 자니까."

두 사람은 킥킥 웃으며 잔을 비웠다.

"아직 왕자님을 못 만나 피곤한 공주인 거죠. 같이 사는 난쟁이 뒷바라지해 주느라." 종현은 씁쓸히 웃으며 수영의 잔을 채웠다. "나랑 지내는 건, 괜찮아요?" 짧은 한숨이 자신도 모르게 덧붙었다.

수영은 불그스름한 얼굴로 짐짓 진지하게 종현을 똑바

로 봤다. "바로 그거야."

종현은 입술만 당겨 웃었다. 무슨 말인지 알았다. 알면서도 안 되는 것이었다.

"그런 식으로 생각하지 마. 여긴 내 집이 아니라 우리 집이야. 자긴 내 친구도 친척도 아니라 애인이구. 형편이 어려워져 우리가 같이 있는 건 사실이지만 형편이 어렵기 때문에 우리가 같이 있는 건 아니야. 사랑하잖아, 사랑하니까 같이 있는 거잖아. 아니야?"

"그렇게 말해 줘서 고마워요."

"그렇게 말하는 게 아니라 그렇게 생각하는 거고, 그게 사실이기 때문이야. 사랑하지 않으면 당연히 이렇게 지낼 생각 안 했을 거야. 자기가 말한 대로, 그때 거기서 멈췄겠지."

종현은 고개를 끄덕였다. 생각의 마지막에는 자신 역시 늘 같은 결론에 도달했다. 하지만 위태로움과 불안 역시 사실이었다. 시험에 떨어진다면? 혹시 아버지에게 일어난 일이 자신이나 수영에게 닥친다면? 가능성의 높고 낮음과 무관하게 엄습해 오는 불안과 근심은 자신의 것이고 반드시 자신의 것이어야 했다. 수영이 자신을 사랑하기 때문에 공유할 수 없었다. 동시에 더는 수영을 힘들게 하지 않기 위해서, 그런 자신을 견딜 수 없기 때문에 공유할 수 없기도 했다. 모호한 경계였다. 모든 경계가 그렇게 모호해지고 있었고 그것이 함께 산다는 뜻일지도 몰랐다.

말 없는 종현을 물끄러미 바라보던 수영 역시 마찬가지였다. 사랑이라고 말하지만, 어디까지, 언제까지가 사랑일 수 있을까. 수영은 종현을 놓아 버리려고 했던 것을 잊지 못했다. 사랑하지만 그만큼, 거기까지라고 되뇌던 것도. 나무 책상 위에서 음정 없이 울리던 「짐노페디 1번」. 하지만 다 소용없는 생각이었다. 그때는 그때, 지금은 지금. "좀 더 편해지자, 우리. 주말에 스터디 나가던 것도 다시 나가, 내 일정 확인해서 맞추려고 하지 말고 원래 움직이던 대로, 하던 대로 해. 나 애 아니야, 가끔 혼자 있어도 되고, 또 자기도 그렇잖아. 피곤하거나 힘들면 아침 차리는 거, 침대 정리하는 거 다 건너뛰어도 돼. 엄마들도 그러잖아." 수영은 종현의 손을 잡았다. "우리고, 우리 집이라고 그것만 생각하자. 자기야, 응?"

종현은 수영의 손을 맞쥐었다. "고마워요."

"고맙다는 말도 그만하고. 존댓말도 좀! 어쨌든, 너무 좋은 사람 되려고 하지 말자. 어떤 건 당연한 거라 생각하고 넘겨 버리자. 같이 살고 있잖아, 자기랑 나랑 식구잖아."

종현은 고개를 끄덕였다.

“너무 조심하지 않았으면 좋겠어. 조심하다가 서로 지치게 될까 봐.” 무심코 나오려는 속내에 수영은 얼른 하던 말을 끊었다. “아침에 나갈 때 그렇게 살금거리지 좀 말란 말야. 그게 더 신경 쓰여.”

“깨잖아요.”

“그런다고 안 깨지도 않아. 그리고 어차피 금방 다시 자. 그 30분, 한 시간이 얼마나 꿀 같다구. 정말 푹 잔단 말야. 꿀에 폭 절여진 밤처럼.”

종현은 웃었다. 하지만 무슨 말을 해야 할지 잘 떠오르지 않았다. 수영이 얼마나 자신을 배려하는지, 자신이 선 곳에 함께 서려고 하는지 알았고 웃어야 한다는 것도, 수영이 불안을 떨칠 수 있게 더 웃어야 한다는 것도 알았다. 하지만 그럴 수 없는 것이, 그럴 여지조차 없는 막다른 곳이 자신의 처지였다. “무슨 말인지 알아요. 알겠고, 그런데, 얼마쯤은 그래도 조심하는 게, 수영 씨 눈치 보는 게 맞는 것 같아요. 아무리 애인 사이라도 신세 지고 있는 건 분명하잖아요. 그걸 당연하게 생각하면 내가 나쁜 거잖아요. 나쁜 남자 되고 마는 거잖아요.”

수영이 장난스럽게 종현을 탁자 밑으로 툭 쳤다. “나쁜 남자 좋은데? 갑자기 확 달아오르는데?”

종현은 씁쓸히 웃고 잔을 비웠다.

수영은 웃으며 잔을 채워 줬다.

"여자 등골 빼먹는 남자, 난 정말 싫어요. 우리 아버지가 얼마 전까지 엄마한테 그런 사람이었고, 아는 애들 중에도, 있어요. 솔직히 지금은 시험 떨어지는 것만큼이나 그게 겁나요. 내가 수영 씨한테 그런 남자가 될까 봐."

"걱정 마. 자기는 절대 그럴 타입 아냐. 그것도 해 본 놈이나 해." 수영은 도도하게 종현을 쳐다봤다. "나야, 나. 내가, 나 정도 돼서 그걸 모르겠어?"

종현은 웃었다.

"자기가 무슨 말 하는지도 알겠어. 접수했고, 도장 거꾸로 안 찍었으니까 걱정 마. 그러니 자기도 조금만 더, 알았지?" 수영은 잔을 들었다. "자기는 돼. 되는 사람이야. 나는 자기 믿어. 자기라서가 아니라 자기니까, 내가 알아봤으니까."

"중요한 건 결과예요." 하지만 수영의 말은 힘이 됐다. 늘 그랬다. "열심히 할게요. 해서, 보여 줄게요."

규칙적인 날들이 계속 이어졌다. 수영의 말대로 종현은 주말에 공부 모임을 나가기로 했지만, 그렇게 해야 수영이 편할 것이라고 생각한 탓이 더 컸다. 다른 것들도 종현은 그렇게 한 번 더 생각해서 행동으로 옮겼다. 어쩔 수 없었다. 두 사람이 함께 살게 된 것은 분명 사랑 때문이지만, 사랑만이라고 생각하기에는 자신의 처지가 너무 기울어 있었다. 아마 사랑일 것이라고, 그렇게 믿는 것이 최선이었다. 그 이상을 바라는 것도, 더 깊게 생각하는 것도 지금의 자신에게는 모두 사치였다. 어쩔 수 없는 일 같았다. 빠르게 달릴수록 가까운 풍경은 흐릿해져 흘러가니까. 그렇게 흘려 지나치도록 달려야만 목표에 가까워질 수 있으니까.

13

봄이 되면서 상수는 두어 주에 한 번씩 미경의 지인을 만났다. 친구들과 친한 언니들. 같은 동네, 학교, 성당, 자모회들로 다양하고 복잡하게 얽혀 있었고 직업도 공중파 기자, 변리사, 회계사, 변호사에 홈쇼핑 호스트와 사진작가, 드레스 디자이너까지 각양각색이었다.

상수는 말쑥해 보이는 옷으로 차려입고 제시간에 맞춰 미경이 고른 장소에 나갔다. 대개 아담한 방이었다. 밖으로는 야경이 보였고 천장의 좋은 스피커에서는 나직한 연주곡이 풍성한 음향으로 흘렀다. 얼마쯤 직업의 영향도 있어 상수는 새로운 사람을 만나는 것에 별 어려움을 느끼지 않았다. 상대방을 칭찬하고 자신을 끌어다 농담하면서 어색함을 풀었고 샴페인이나 와인이 두어 잔씩 돌고 나면 미경과 어떻게 시작했고 미경의 어떤 점을 좋아하는지, 진지하면서도 상대방이 더 들어 보고 싶게 얘기했다. 미경의 사람들은 유쾌하고 정중했다. 대화가 종종 끊기면 가벼운 화제로 솜씨 좋게 이었고 진지한 이야기가 나오면 귀 기울여 듣고 있음을 보여 주듯 추임새를 아끼지 않았다. 향긋한 취기를 느끼며 자리를 마무리하고 밖으로 나오면 호감과 매혹이 섞인 웃음을 지으며 간결히 말했다.

"즐거웠어요. 다시 봐요."

늘 좋은 자리, 즐거운 시간이었지만 상수는 집에 돌아오면 오피스텔 창문을 끝까지 밀어젖히고 전자 담배부터 물었다. 희고 성긴 연기를 조급하게 빨아 길게 내뱉으며 우라지게 피곤한 몸, 왠지 헛헛한 속을 달랬다. 몇 가지 이유를 떠올려 보기도 했다. 선뜻 자기 친구들도 한번 보자는 말이 안 나올 만큼 미경의 사람들이 잘나고 세련된 탓일 수도, 서로 그렇게 보이려고만 하느라 나눈 대화와 웃음이 실은 공허했던 탓일 수도 있었다. 자신이 그 사람들을 만나 보는 것이 아니라 그 사람들에게 자신을 선보이는 것 같은, 갈수록 미경에게 밀리고 눌리고 있는 듯한 요즘의 기분 탓일지도 몰랐다. 어느 쪽이든 별로 중요한 것은 아니었다. 어떤 감정을 어떤 이유에서 느끼든 자신과 미경의 관계는 계속 굴러가며 결혼을 향해 나아가고 있었다. 바라던 결과로 접근하고 있었으므로 나머지는 사소하며 당연한 것일 수밖에 없었다. 결과가 수단을 정당화하는 법이니까. 상수는 누적하는 피로와 도무지 익숙해지지 않는 헛헛함에도 미경이 약속을 잡으면 두말하지 않고 나갔다. 동의서의 빨간 동그라미가 쳐진 곳에 서명을 반복해 나가듯.

드디어 올 것이 왔다는 기분, 미경이 아버지를 만나지 않겠냐고 말했을 때, 상수는 놀라면서도 그렇게 느꼈다. 부담스럽기는 했지만 어차피 한번은 넘어야 한다고 생각한 산, 제대로 한번 넘어 보고 싶은 오기도 들었다. 하지만 산은 하나가 아니었다.

"아직 확실하지는 않은데, 어쩌면 사촌 오빠가 같이 나올지도 몰라."

"어느? 혹시 예전에 운전 가르쳐 줬다던 그 사촌 오빠?"

미경은 고개를 끄덕였다. "근데 우리 오빠, 우리 은행 다녀."

"그러시구나. 좋은데 다니시네."

"아니, 우리은행 말고 우리, 은행."

"아," 상수의 웃음이 개운치만은 않았다. "어디, 어느 지점?"

"본사, 전기실."

"전략기획실?"

미경은 고개를 끄덕였다.

자리로 돌아온 상수는 내부 전산망에서 미경의 사촌 오빠를 찾았다. 갸름한 얼굴형에 눈매는 날카롭고 입가의 미소는 자신만만했다. 전략기획실이면 인사부와 함께 본사 핵심이었고 직급도 어쩌다 거쳐 가기도 하는 과장이 아니라 차장이었다. 수많은 은행원 중에서도 따로 점찍어 둔 인재, 성골이라는 뜻이었다. 하지만 그것만 의미하는 것도 아니었다.

긴장이 바짝 올라왔다. 미경의 사촌 오빠가 인사 관련 정보를 조회해 봤을지도 몰랐다. 부지점장이나 지점장의 평가를 확인했을 수도 있었다. 원칙적으로는 불가능했지만 인사부 쪽에 아는 사람을 통하면 못 할 것도 없는 일이었다. 지점의 비슷한 기수 차장, 과장들에게 전화해 넌지시 세평을 확인해 보는 것은 더욱 쉬웠다. 보나 마나 미경의 아버지와 내용도 공유할 터였다. 그렇지 않다면 두 사람이 함께 나올 이유도 없으니까. 길게 끌 것도 없이 단번에 심사를 보겠다는 뜻일 터였다. 싫고 두려웠다. 하지만 확실히 눈에 들어 그 안으로 끼어 들어가고 싶기도 했다.

사촌 오빠를 계기로 더 알게 된 미경의 집안은 그야말

로 어마어마했다. 조그마한 도시 보험관리공단에 다니는 아버지가 가장 출세한, 상수 자신의 집안과 비교할 수 없었다. 상수는 친구들이 여기저기 연줄로 대기업 인턴에 뽑혀 올라갈 때 번번이 물먹던 일이 떠올랐다. 같은 지점에는 낙하산 타고 들어와 그 낙하산으로 떳떳한 양 과장도 있었다. 미경과 결혼한다면 얻을 수 있는 것은 경제적으로 안정한 생활 이상일지 몰랐다. 지금까지 생각조차 안 해 본 것, 감히 엄두조차 못 내 본 것.

일요일 저녁, 장소는 호텔 중식당이었다. 미경의 아버지는 회사에서 곧장 온 것처럼 넥타이를 매지 않은 정장 차림이었다. 작은 키에 얼굴은 조금 마른 듯한 역삼각형이었고 새치 섞인 머리였다. 주머니에 손을 푹 찔러 넣은 채 무뚝뚝한 표정, 비죽이 내려온 안경 너머로 상수를 살피고 있었다. 상수는 웃으며 인사했다. 미경의 아버지는 받기는 했지만 웃어 주지도 악수를 해 오지도 않았다. 상수가 말을 붙이려 하자, 획 돌아서서 먼저 앞장섰다. 미경의 사촌 오빠가 사람 좋은 표정을 지으며 상수에게 다가왔다. "원래 좀 그러시니까, 너무 마음 쓰지 마세요." 피케셔츠에 면바지를 입은 미경의 사촌 오빠는 사진보다 인상이 한결 부드러워졌다. 미경은 아버지를 못마땅하게 흘기며 들어가자고 말했다.

미경의 아버지는 성큼성큼 걸어 은수저가 놓인 상석에 앉았다. 둥그런 중국식 탁자를 따라 자연스럽게 오른쪽은 미경의 사촌 오빠, 왼쪽에는 미경, 맞은편에는 상수가 앉았다. 상수는 얼떨결에 앉았지만 미경의 아버지를 정면으로 보는 것이 부담스러웠다.

미경의 사촌 오빠가 배려했다. "상수 씨, 자리를 나랑 바꿀까요?"

"뭐 하러. 거기가 원래 좋은 자리야. 둘째 주인 자리라고. 돈 내는 사람이 앉는 자리. 안 그런가?"

"네, 맞습니다. 전무님." 종업원이 웃으며 대꾸했다.

"너무 면접 같은데요. 처음 뵙는 거라 긴장할 텐데. 저도 장인어른 처음 뵈었을 때 정신이 하나도 없더라고요."

"이게 면접이지, 아니야, 그럼? 그리고 뭐가 어떻게 될지는 아직 몰라. 안 그런가, 자네?"

"네, 네, 맞습니다." 상수는 나오는 대로 말했다.

"아빠, 좀." 미경이 싸늘하게 말했다.

미경의 아버지는 못 본 척 상수를 봤다. "자네, 자리 바꾸고 싶나? 편하면 그렇게 하고."

"아닙니다. 괜찮습니다, 아버님."

"어허, 아직 어떻게 될지 모른다니까."

미경은 아예 아버지를 외면했다. 기이할 만큼 정을 느

낄 수 없는 모습이었다.

상수는 어느 장단에 맞춰야 할지 난감했지만 우선은 방법이 없었다. 준비한 대로 넉살 좋게 웃었다. "그러니 제가 더 아버님이라고 여쭤야 하지 않겠습니까. 그래야 아버님께서 듣기 편하신지, 아닌지 아실 수 있을 테니까요."

미경의 아버지는 상수를 삐죽이 쳐다봤다. 피식 웃었다. "그럼 부르던 대로 불러 보게, 일단은."

"네, 아버님." 상수는 웃었다.

술이 들어왔다. 50도짜리 고급 고량주였다. 미경의 아버지가 병을 들고 일일이 잔을 채워 줬다. 거창한 건배사는 없었다. "반갑네. 마셔 보자고." 한마디 하고는 한 번에 잔을 비웠다. 상수도 고개를 돌리고 한 번에 잔을 비웠다. 지독했다. 지글지글 끓는 촛농이 식도를 타고 흘러내리는 것 같았다.

미경의 아버지는 이제야 생기가 좀 돈다는 표정이었다. 술병을 들어 상수의 잔부터 채워 줬다. "술 좀 하나?"

"상수 씨 술 못 한다니까, 안 하는 게 아니라 못 한댔잖아."

"합니다." 미경의 아버지는 해외 영업 전무였다. 상수도 예상하고 각오한 바가 있었다. 쉬운 선택이라는 생각도 들었다. 까짓것, 하루 진탕 마셔 주는 것 정도로 점수를 딸 수 있다면. "안 즐겨서 그렇지 못 한다는 소리는 아직까지 못 들어 봤습니다."

"그래?" 미경의 아버지가 다시 웃었다. "힘들면 말해. 억지로 권하지는 않겠네." 싸움을 걸듯 툭툭 치는 눈빛이었다.

미경의 사촌 오빠가 지난 대회 얘기를 꺼내며 분위기를 풀었다. 내내 냉랭하던 미경이 대화에 끼어들었다. 미경은 처음 안을 낸 것은 자신이지만 상수가 지원해 주지 않았다면 그만큼 성과를 내지 못했을 것이라고 치켜세웠다. 하지만 아버지가 아니라 사촌 오빠에게 말하고 있었다. 은근히 아버지가 듣기를 바라고 하는 투조차 아니었다. 미경의 사촌 오빠가 아버지를 보며, 전략기획실 내부에서도 평가가 좋았다고 말할 때도 미경은 아버지를 보지 않았다. 아버지는 아버지대로 미경을 신경 쓰지 않는 듯했다. 한두 마디 물어보는 것도 없이 사촌 오빠의 이야기에만 고개를 끄덕거렸다. 대화에 적극적으로 참여하지도 않았다. 술잔을 들어 함께 잔을 비우게 하고 잔이 비면 다시 채우기나 할 따름이었다. 일정한 속도로 꾸준하게.

예상한 것과 달리, 자신과 아버지처럼, 미경과 미경의 아버지는 데면데면한 사이인 듯했다. 상수는 그제야 미경의 사촌 오빠가 이 자리에 와 있는 이유를 알 수 있었다.

진행자로 참석한 것이었다. 익숙한 역할인 듯 미경의 사촌 오빠는 능숙하게 대화를 이끌어 나갔다. 덕분에 상수는 자연스럽게 회사나 가정에 대한 자신의 생각, 집안 배경이나 가족 사항을 이야기할 수 있었다. 하지만 낯선 관계와 긴장을 떨칠 수 없는 분위기에 도무지 편해지지 않았다. 이내 상수는 묻는 말에만 대답하며 미경의 아버지가 채워 주는 술을 반복해 비웠다.

상수는 화장실에서 속을 게워 내고, 챙겨 온 숙취 해소제를 하나 더 털어 넣고 자리로 돌아왔다. 하지만 미경의 아버지는 기다렸다는 듯 세 번째 술병을 땄다. "자, 이제 제대로 마셔 보자."

"괜찮아?" 미경이 불그스름한 얼굴로 상수를 걱정스럽게 봤다.

상수는 고개를 짧게 끄덕였다. 잔을 비운 다음 잔을 올리고, 다시 잔을 받았다.

모두 적잖이 마신 터라 대화가 성기어졌다. 말이 끊길 때마다 미경의 아버지는 어김없이 잔을 치켜들었다. 호칭으로 압박해 올 때처럼 의도가 분명한 술이었다. 미경이 옆에서 안절부절못하며 그만하라고 말리고 미경의 사촌 오빠 역시 괜찮냐고 물었지만 상수는 주는 족족 받아 마셨다. 하관이 빤 얼굴에 홍조가 올라 너구리 영감처럼 보이는 미경의 아버지도 족족 잔을 채웠다.

"푸우위엔." 너구리 영감이 옆에 서 있는 종업원을 중국어로 불렀다. 중국어로 한 병 더 가져오라고 외쳤다.

상수는 여기서 한 병 더 마시면 죽을지도 모르겠다는 생각이 들었다.

"힘든가? 그만할 텐가?" 너구리 영감이 약 올리듯 상수를 쳐다봤다.

"하시죠. 가시죠." 상수가 고개를 끄덕끄덕했다. 너구리 영감이 끄덕끄덕거리는 것처럼 보였다.

검은색 치파오를 입은 종업원이 사신처럼 새 병을 들고 왔다. 매끈한 손으로 모가지를 비틀듯 뚜껑을 땄다.

너구리 영감은 병을 넘겨 받고 일어나 상수에게 따라줬다.

자그마한 잔에 말간 독약 같은 술이 살살 들어찼다. 너구리 영감, 손도 안 떨었다. 상수는 눈을 끔뻑끔뻑거리고 있었다. 눈을 뜰 때마다 잠에서 막 깬 것처럼 낯설고 놀라웠다. 아직도 여기라는 사실이 믿기지 않았다.

미경이 경멸에 가까운 눈으로 쳐다봤고 미경의 사촌 오빠 역시 걱정스럽게 보고 있었지만 너구리 영감은 아랑곳하지 않았다. "한 잔!" 대뜸 외치고는 털어 넣었다.

상수도 모르겠다는 심정으로 훌렁 털어 넣었다. 들큰한

향이 증기처럼 솟구쳤다. 심장이 곰 발바닥처럼 터벅터벅 뛰었다.

너구리 영감이 쉴 틈도 주지 않고 잔을 채웠다. 미경이 무시와 경멸을 지나 이제 간절해진 얼굴로 아버지를 말렸다. 영감은 술에 취한 척 듣지 않고 잔을 치켜들었다.

네 번째 병이 거의 다 비워져 갔다. 상수는 산악 영화에서 보던 밧줄을 떠올렸다. 올이 하나하나 끊어지며 가늘어지는 밧줄. 자기 정신줄이었다. 너구리 영감도 슬슬 오는 모양이었다. 몸을 거적때기처럼 탁자 위에 수그리고 있었다.

어느 순간부터 가만히 지켜보던 미경의 사촌 오빠가 말했다. "작은아버지 오늘은 그만하셔야겠어요. 더 하시면 내일 힘드세요."

너구리 영감은 신기할 만큼 고집부리지 않았다. 안경을 벗고 눈을 몇 번 비빈 다음 아무렇지 않다는 듯 몸을 꼿꼿이 세웠다. 직업적으로 훈련된 듯한 자세였다. "이만하지." 자그마한 와인잔 같은 고량주잔을 엎은 다음 너구리 영감은 몸을 일으켰다. 앉아 있을 때와 달리 둔하고 구부정해 그제야 나이와 취기가 확연히 느껴졌다. 잠시 기우뚱 몸이 기울었다. 미경의 사촌 오빠가 곧바로 일어나 부축했다. 너구리 영감은 한 손으로 어깨를 잡고 고개를 떨군 채 균형을 잡으려는 듯 가만히 서 있었다. 딸을 잃는 아버지 같기도, 아들이 없는 늙은 남자 같기도 한, 쓸쓸하고 고된 모습이었다.

"화장실 좀 다녀오마." 미경의 사촌 오빠가 따라나서려고 했지만 미경의 아버지는 앉아 있으라는 듯 손을 젓고 혼자 방을 나갔다.

아버지가 나가자마자 미경은 상수에게 다가갔다. "괜찮아? 괜찮겠어?"

"응, 응. 아무렇지도 않아." 상수는 술 냄새 나는 침을 억지로 삼키며 말했다.

"응급실에라도 들러야 할 것 같아. 얼굴이 너무 창백해."

"괜찮아, 정말."

"가자, 아버지 보내고 우리 집으로 가자."

"아니야, 아니야. 혼자 가면 돼." 그랬으면 하는 마음이었지만 미경의 사촌 오빠가 옆에 있었다.

"아니긴 뭐가. 가, 우리 집에 가자."

"미경아." 미경의 사촌 오빠가 불렀다. "오늘은 아버지랑 본가로 들어가. 상수 씨는 내가 챙겨서 들여보낼게."

"됐어. 오빠도 내가 그렇게 말했잖아, 어쩌면 사람이 이렇게 되도록!"

미경의 사촌 오빠는 차분한 얼굴이었다. "작은아버지도

생각이 있으셔서 그런 거야. 그리고, 너 오늘 작은 아버지한테 괜찮으시냐는 말 한 번도 안 했다."

잠시 당혹감이 스쳤지만 미경은 더 나갔다. "아빤 어떻고? 아빤 내 입장 생각했어? 내가 그렇게 말했는데, 상수 씨 술 못 한다고, 회사에서 하던 것처럼 그러지 말라고 몇 번이나 말했는데, 또 이랬잖아? 하루 이틀이야? 아빠가 회사, 집 구분 못하는 게 한두 번이냐구!"

상수는 그만하라는듯 미경의 손을 가만히 쥐었다. 가늘게 떨리는 손에서 미경의 속이, 여지껏 꺼내 보인 적 없는 통증 같은 것이 느껴졌다.

미경의 사촌 오빠는 지갑을 꺼내 종업원에게 계산해 달라고 말했다.

1층으로 내려와 상수는 미경의 아버지와 호텔 정문에 있었다. 미경이 화장실에 가고 미경의 사촌 오빠가 전화하느라 잠시 자리를 비운 사이였다.

두 손을 바지 주머니에 찔러 넣고 고개를 푹 숙인 채 서 있던 미경의 아버지가 말했다. "남자란 간사하네. 착실하고 열심히 잘 살고 남보다 똑똑한 남자도 간사하지. 똑같거든, 멀쩡히 잘 살다가도 꼭 한 번씩 똥밭에 알몸으로 굴러 보고 싶단 말이지. 꼭지가 돼지 꼬리처럼 꼬불꼬불하게 돌아가도록 퍼마시고 지 아비, 어미도 몰라보고 싶어진다 이 말이야. 근데 또 말이지. 그렇게 퍼마시고 나면 그러는 거야. 내가 다시는 술을 마시나 봐라. 술은 쳐다도 안 본다. 술은 냄새도 맡기 싫어하고 몸에 좋고 순한 것만 먹고 마시지. 운동도 하고 등산도 다니면서 다시 멀쩡히 잘 살아. 앞만 보고, 열심히 착실하게. 한동안은 말이야. 슬금슬금 이 향긋한 똥밭이 생각나기 전까지."

상수는 취기를 억누르고 미경의 아버지를 쳐다봤다.

미경의 아버지는 상수를 똑바로 봤다. "결혼을 한다는 건 말이야, 그 향긋한 똥밭에 알몸으로 뒹굴어도 하지 말아야 할 게 생긴다는 뜻이야. 제 아비, 어미는 몰라봐도 제 마누라, 자식새끼는 몰라보지 말아야 한다는 거네. 힘든 일이지. 결혼이 그래서 어려운 걸세."

상수는 고개를 끄덕였다. 하지만 납득이 가지는 않았다. 고작 그것 때문에 이렇게까지 마셔야 했을까? 이렇게 마신다고 더 확실히 알게 되는 걸까?

미경의 아버지는 말을 이었다. "난 많이 바라지 않네. 솔직히 뭘 바랄 만큼 경이한테 아비 노릇 한 것도 별로 없고. 1년 내내 해외 나가 돌아다녔으니까. 대신 경이 저 하나 평생 돈 걱정 안 할 만큼은 벌어 놨지. 지금도 벌고 있고." 미경의 아버지는 씁쓸하지만은 않게 웃었다. "그게 내 꿈이었네. 마누라 시켜 하기 싫어하는 통화 억지로 한

다음 끊고 나면 혼자 호텔 방에 누워서 생각했지. 좋은 아비는 못 돼도 꿀리는 아비는 되지 말자. 저 하나 하고 싶은 대로 다 할 수 있게, 하고 싶기만 하면 뭐든 할 수 있게 해 주자. 경이가 나한테 와서, 뭘 하겠다고 말한 걸 난 한 번도 안 된다거나 못 한다고 말한 적 없네. 이번에도 그러더군. 마누라가 아니라 나한테 직접 와서 자넬 한번 만나 달라고. 그때 나는 이미 결정했네."

상수는 미경의 아버지를 쳐다봤다.

"딱 한 가지, 자네가 경이한테만 충실하다면. 자네가 은행에서 얼마나 올라가든, 당장 은행을 나와서 뭘 하든 난 상관없네. 그건 자네 일이고 내가 도와줄 게 있으면 당연히 자네가 말하기 전에 이미 내가 그렇게 하고 있을 걸세. 단, 자네가 경이한테만 충실하다면." 미경의 아버지는 상수를 쳐다봤다.

상수는 고개를 떨궜다. 내심 바라던 말이었다. 하지만 막상 듣고 있자니 규정하기 어려운 부정적 감정들이 차올랐다. 이상하게도 그랬다. 취기 때문인지도 몰랐다.

미경의 아버지는 상수의 답을 기다리지 않았다. "대답이 준비되면 나한테 직접 연락하게. 다시 한잔하지."

검은색 대형 세단이 들어왔다. 기사가 있는, 미경 아버지의 회사에서 내준 차였다. 미경의 아버지는 상수의 어깨를 두드려 준 후 미경과 함께 차에 탔다.

부녀가 떠난 뒤 미경의 사촌 오빠는 정말로 상수를 집까지 데려다주겠다고 말했다. 상수는 많이 좋아졌다고, 사양했지만 그러면 자신이 미경에게 거짓말하게 된다며 듣지 않았다.

택시가 남산을 지나 시내 도로로 접어 들었을 때 미경의 사촌 오빠가 말했다. "작은아버지께서 오늘 좀 복잡하셨을 겁니다."

마땅한 대꾸를 할 수 없어 상수는 고개를 끄덕였다.

"두 사람 관계가 참 이상하지 않습니까. 아니, 뭐랄까, 솔직히, 안됐지요. 딸이고 아버진데. 가끔 우리 딸 보고 있으면 문득문득 겁이 납니다. 나도 저렇게 되는 거 아닐까. 매일 10시, 11시에 사무실에서 나오고 주말에는, 알다시피, 골프 나가고. 같이 있을 새가 없죠. 며칠 전에는 딸이 영상통화하면서 그러더군요. 우리 집에 언제 오냐고. 회사는 아빠 회사, 집은 엄마랑 자기가 있는 우리 집." 쓰게 웃으며 미경의 사촌 오빠는 창밖을 봤다. "하지만 이렇게 안 하면, 죽도 밥도 안 되니 어쩔 수 없죠. 그러니 다 그렇게들 사는 거고."

상수도 느슨한 한숨을 내쉬었다. "그렇죠, 다들 그래서, 그러시죠."

"미경이 상수 씨 보자고 했을 즈음에 절 부르셔서 그런 말씀 하시더군요. 너무 못 보고 키워서 더 도둑맞는 것 같다고. 아닌 게 아니라 맨날 해외 출장에, 거기에서 미팅 끝나 숙소로 돌아오면 한국에서 근무시간 시작이니 잠도 못자고 통화로 층층이 보고하고 지시하고, 그러다 날 새면 다시 그쪽 사람들과 미팅하고. 지겨워서 안 나간다는 지금도 1년에 한 달, 두 달씩은 나가 계시니. 그래도 난 작은아버지가 부럽습니다. 일찌감치 다 준비해 두셨으니. 열심히 하셨으니까 그런 것도 있지만 사실 예전이라 그런 것도 있잖습니까. 앞으로는 뭐든 다 힘들어지겠죠. 눈은 높아지고 값은 비싸지는데 일할 수 있는 구멍은 자꾸 좁아지고. 이대로라면 좋은 아빠는커녕, 능력 있는 아빠도 못 되는 거 아닐까."

뭐라고 할 수 있는 말이 없었다. 상수는 다시 고개만 끄덕거렸다.

미경의 사촌 오빠는 생각이 많은 얼굴로 택시 창밖을 보고 있었다. 택시는 강변도로를 달리는 중이었다.

"미경 씨가 그래도 아버지 생각을 많이 하지 않겠습니까." 좋은 뜻으로 한 말이었지만 상수도 자신이 없었다. 생각해 보니 미경은 아버지에 관해 거의 말이 없었다. 인사하자고 한 뒤에도 거의 사촌 오빠에 관해서만 말했다.

“아마 그렇겠죠. 하지만 마음으로는 쉽지 않을 겁니다. 작은어머니가 자주 편찮으셨거든요. 그래서 미경이 우리 집에 자주 와 있었고 오누이처럼 크기도 했습니다만.” 미경의 사촌 오빠는 아련하게 웃었다. “작은아버지는 귀국하실 때마다 가방을 아예 따로 하나 들고 들어왔습니다. 다 미경이 선물이었죠. 옷, 인형부터 모빌, 나무조각상, 유리 장식품, 향수, 화장품 지금 생각하면 정말 끔찍이 여겼다 싶을 만큼 꼼꼼하고 죄다 비싼 선물이었어요. 미경이도 한동안은 좋아라 했죠. 그런데 어느 날부터 누가 달라고 하면 두말 않고 줘 버렸습니다. 멀쩡한 걸 내버리기도 하고 가위로 난도질하거나 망치로 다 부숴 버리기도 하고. 아마 한창 작은어머니가 병원 다니실 때였을 겁니다. 주위에서 말리고 타일러 봤지만 다 소용없었고 나중에는 작은아버지 보는 앞에서도 그랬다고 하더군요. 저한테 와서 한참을 울었어요. 그게 좋으면서도 너무 싫다고, 다 불타 없어졌으면 좋겠다고. 미경인 정이 고픈 앱니다. 겁도 많고. 또 그만큼 그런 걸 안 내보이는 데도 익숙하고요.” 미경의 사촌 오빠는 상수를 봤다. “미경이 아버지한테 소개해 준 남자는 처음입니다. 솔직히 말하자면 저한테 선 보여 준 남자는 예전에, 대학교 때 한 명뿐이었고.”

“그렇군요.”

"만약에, 이건 그러기를 바라서가 아니라 부담 주지 않으려고 하는 만약입니다만, 한 식구가 되면 모쪼록 두 사람에게 잘해 주십시오. 뭐라도 제가 도울 일이 있으면 항상 편히 말씀해 주시고요." 미경의 사촌 오빠는 상수를 봤다.

"네." 상수는 고개를 끄덕였다.

미경의 사촌 오빠는 민망하다는 듯 웃었다. "사실, 얼마쯤 상수 씨에 관해 미리 알아봤습니다. 안 그러려고 했는데, 친동생보다 더 친한 미경이다 보니, 또 작은아버지 일이다 보니 도저히 안 그럴 수가 없더군요. 다행히 모두 좋은 내용이었고 흘가분했습니다. 그래서 이렇게 말할 수 있는 거기도 하고. 일단 저는 환영입니다. 물론 남녀 일이란 식장에 들어가기 전까지 모른다고 하지만." 미경의 사촌 오빠는 은근히 웃으며 상수를 봤다. "나중에 서로 도울 수 있으면 좋겠네요. 결국 믿을 사람은 가족밖에 없으니까요."

상수는 미지근한 웃음으로 대답을 대신했다.

택시가 멈췄다. 미경의 사촌 오빠는 손을 내밀었다. 굳게 악수하고, 고생 많았다고 푹 쉬고 다시 연락하자고 말했다. 이미 한 가족이 된 것처럼 다정한 투였다. 상수는 상사들에게 하듯, 정중히 고개 숙여 인사한 다음 조심스럽게 택시 문을 닫았다.

택시가 떠나고 상수는 터덜터덜 집으로 걸었다. 어쩐지 아주 작고 초라해진 집으로. 바라던 것을 얻은 셈이었다. 하지만 뿌듯하거나 보람된 기분은 느낄 수 없었다. 속이 울렁거렸다. 취기 때문만은 아니었다.

결국 미경의 사촌오빠는 뒷조사를 한 것이고 미경의 아버지는 관계에 충실할 것을 조건으로 내 건 것이었다. 예상했고 가족의 새 일원을 맞아들이는 입장에서 당연하다고도 할 수 있는 일이었다. 하지만 뒤집어 보자면 진짜 가족은 될 수 없다는 뜻이었다. 가족이란 무엇보다 선택할 수 없는 것이니까. 아무도 면접보고 시험해서 가족을 고를 자격은 없었다. 자신도 동물병원 유리 상자 안의 강아지가 아니었다.

자신과 미경, 이 관계의 일면이 적나라하게 보였다. 미경에게 밀리고 눌리는 것 같던 기분은, 기분이 아니라 현실이었다. 동경과 선망에 끌려 때로 배려와 양보라는 명분으로 때로 결혼이라는 목적으로 그것을 덮어 보려고 했을 따름이었다. 미경의 사람들을 만나고 나면 왜 그렇게 속이 헛헛했는지, 미경의 사촌오빠와 헤어질 때 왜 자신도 모르게 직장 상사에게 하는 행동이 나왔는지 모두 명백했다. 미경은 자신과 급이 달랐고 앞으로도 다를 수밖에 없었다. 모르는 척하고 싶지만 모를 수 없고 아무렇지 않은 척하고 싶지만, 아팠다.

미경은 이제 좋기만 한 사람이 아니었다. 미경의 조건이 늘 어른 거리던 것은 사실이었다. 애초에 관계를 시작하게 된 계기가 수영을 포함해 얼마쯤 그것이라는 점도 부정할 수 없었다. 하지만 그뿐이라면 처음에 수영을 그렇게 좋아할 일도 없었다. 그간 미경과 함께한 시간은 공상이 아니었다. 손을 맞잡고 몸을 맞댄 채 품고 나눈 기쁨과 즐거움, 감정들은 사실이었고 진실했다. 아까 미경의 손을 잡았을 때 느낀, 통증 같은 떨림처럼.

지금 좋아하는 사람은 미경이었다. 더 사랑하고 싶은 사람도 미경, 우리 애인이었다. 수영은 아니었다. 하지만 자신은 한 칸짜리 오피스텔과 아버지에게서 물려받은 차처럼 작고 초라했다.

차라리 그 오피스텔과 낡은 차에서 벗어날 방법이 미경이라고 생각하고 싶었다. 좋은 대학 좋은 직장만 가지면 여자는 얼마든지 고를 수 있다는 그 말들처럼 끝끝내 그렇게 생각해 버리고, 미경에게는 아무 진심도 없으며 회사에서처럼 모든 일과 관계에서 결과가 과정을 정당화하는 것이라고 자신을 윽박지르고 싶었다. 하지만 그렇게 되지가 않았다. 속이 울렁거렸다.

14

시험이 가까워지면서 종현은 우울한 고슴도치 같아졌다.

아침을 차리고 나가기 전에 간단히 집 안을 정리하고, 밤에 돌아오면 잠깐씩 수다를 풀고, 주말이 되면 함께 장 보고 음식 해 먹고 밀린 청소와 빨래를 하는 일을 종현은 수영이 시켜서 하는 일처럼 했다. 묵묵히, 꾸역꾸역. 수영은 그러지 않아도 된다고 말했다. 마음이 바쁘고 내키지 않으면 안 해도 된다고, 좋게 말하기도 짜증을 섞어 말하기도 했다. 돌아오는 대답은 한결 같았다. "미안해요, 안 그럴게요." 침울한 표정, 기어드는 목소리.

종현은 시험에 정신이 가 있는 것처럼 보였지만 실은 시험의 실패에 정신이 가 있었다. 자신은 어떻게 해야 할지, 이 관계는 어떻게 될지, 가족들은 어떻게 볼지. 아버지는 호전했으나 요양 시설에 가 있었고 동생은 졸업 1년을 남기고 기어이 휴학을 결정했다. 어머니는 건물 청소를 시작하신 모양이었다. 종현은 먹먹한 눈으로 말했다. "나도 모르겠어요. 내가 왜 이러고 있는지, 계속 이래도 되는 건지." 그런 날은 종현의 핸드폰에 어김없이 어머니나 동생과 주고받은 문자메시지가 있었다. 종현의 핸드폰을 내려놓으면서 수영은 잠든 종현을 물끄러미 바라봤다. 말할 수 없이 안쓰러웠지만 힘들기도 했다. 사랑하는 종현이 메말라 가고 있어서, 하루 종일 일을 한 것이 아니라 피를 뽑히고 온 것 같은 저녁마저 그런 종현을 봐야 해서. 종현과 함께 있는 시간 동안 수영은 아무 위로도 구할 수 없었다. 억지로 웃고 떠들어 봐도 종현은 다른 곳에 있었다. 더 깊고 어둑한, 지켜보는 것만으로 가슴이 답답해지는 곳에.

수영은 종종 친구 집에서 자고 들어간다고 말했다. 종현은 알았다고만 말했다.

수영이 가는 곳은 호텔이었다. 체크인을 하고 방에 들어서면 청결한 욕조에 따뜻한 물부터 받았다. 오랫동안 거품 목욕을 하고 난 뒤 공들여 화장을 하고 챙겨 온 옷을 차려입었다. 라운지에 갔다. 토르소의 받침대처럼 높은 의자에 앉아 술은 위스키나 칵테일로 딱 두 잔만 마셨다. 남자들이 말을 걸어오면 몇 마디 주고받기도 했다. 연락처를 주거나 방으로 가지는 않았다. 늘 혼자 엘리베이터를 타고 긴 로비를 타박타박 걸어 방으로 돌아왔다. 널따란 침대의 바삭바삭한 이불에 속옷까지 벗고 알몸으로 들어가 불을 껐다. 가끔은 푹 잤다.

고깃집에서 회식을 하는 날이었다. 평소와 다름없는 지점장 회식이었지만 분위기는 들떠 있었다. 양 과장이 결혼할 여자를 데리고 와 인사시킨다는 예고 때문이었다.

여자는 요란한 환호를 받으며 양 과장과 함께 들어왔다. 작은 키, 긴 머리에 오종종한 이목구비. 특색이라면 그럭저럭 어려 보인다는 것이 전부인 평범한 얼굴이었다. 허리선이 날렵한 회색 정장 차림에, 손에 든 갈색 토트 백은 수영이 계라도 하나 만들어 사 볼까 하던 명품이었다. 손목시계는 카르티에, 시계 끈을 보니 작년에 나온 한정판 제품이었다. 여자는 깍듯하게 허리를 굽혀 지점장과 인사했다. 정확히 겸손을 보여 주는 각도. 지점장과 악수하면서도 표정에 아양이나 비굴함은 없었다. 하청업체 부장 정도를 만나듯 스스럼 없는 태도였다. 지점장은 과장되게 웃으며 미인이라는 둥 만나서 영광이라는 둥 뻔한 소리로 딸랑거리고 있었다.

"금감원 부원장 딸 위세가 대단하긴 대단하네요."

"그래 봤자 우리랑 별 상관 있습니까?"

"생각 참 짤막하긴. 천년만년 거기 있냐? 나오면 다 은행이고 투자 금융이고 그렇지."

"이번에 금감원장 바뀐다잖아요."

"그래 봤자 뭔 상관이래, 지점장이야 까놓고 말해 일개 지점장, 엽전처럼 흔해 빠졌는데."

"본부장은 다르지. 부행장까지 바라보는 사람이니까."

"본부장도 안다고요? 일개 지점 과장 결혼할 여자 얘기를?"

"양 과장이 일개 지점 과장이냐. 지점장이 양 과장한테 얘기 듣자마자 제일 먼저 전화한 사람이 누구게?"

어이없다는 웃음들.

"양 과장은 정말 족보 하나는 타고났구나. 나중에 감사실하고라도 엮이면 그야말로 로열패밀리에 언터처블이겠구만. 휠체어를 타고 가도 포르쉐보다 빠르겠다."

"집에 포르쉐도 있답니다. 사진도 보여 주던데요."

"그래 봤자지. 그 양반 이제 얼마 남지도 않은 데다 양 과장 재도 좀 비리비리해? 그러니 그 빽으로도 본사에 못 들어가고 지점만 몇 년째 도는 거 아냐. 본사에서는 재보고 관심 사병이라더라, 야. 잰 텄어."

"자리가 사람 만들지 언제 사람이 자리 만들던? 저러다가 쑥 뽑혀 올라가면 그냥 올라가는 거야. 그때 가서 속아프게 친한 척하려 들지 말고 미리미리 밑밥 넉넉히 깔아. 재 좋아하는 거 있잖아. 그런 데도 한 번씩 같이 가 주고. 돈도 다 재가 낸다니까."

쑥덕거리는 말들이 수영은 다른 측면에서 흥미로웠다. 용모와 복장 규정이 있는 직장에서 매일 새로운 사람을 만나 수요를 파악하고 상품을 판매하는 것이 업인 사람들이었다. 남자들뿐 아니라 여자들도 외모로 칭찬이든 비하든 한두 마디씩은 지껄이는 것이 보통이었다. 하지만 아무도, 한 마디도 여자의 얼굴이나 몸매를 평하지 않았다. 수영은 여자의 위세가 실감 났다. 여자의 시계나 가방보다 그 위세가 한번 가져 보고 싶었다. 이러쿵저러쿵 남 생긴 걸 두고 지껄이는 주둥이를 틀어막는 위세. 물론 그럴 수 없을 것이고 이번 생에서는 시계나 가방으로 만족하는 것이 고작이겠지만. 수영은 소주잔을 비우며 씁쓸히 웃었다.

자리에 끼어 앉자 여자는 지점장에게 굴던 것과는 달리 수더분한 티를 냈다. 먼저 술을 권했고 술을 받으면 빼지 않았다. 이모 소리를 하며 종업원을 불러다 술을 더 갖다 달라거나 눈치 빠르게 불판을 갈아 달라고 말하기도 했다. 보기와 달리 털털하네 어쩌네 하며 남자들은 여자를 치켜세웠다. 쇼 하고 있네, 소리가 수영의 입에서 삐져나왔다. 여자는 일부러 그렇게 하고 있었다. 대놓고 부리는 것보다 겸손한 척 감출 때 사람들은 알아서 기기 마련이니까. 결혼하면 양 과장이 홀랑 쌈 싸먹히겠구나 싶어 고소하기는 했다.

수영은 유리문을 밀치고 밖으로 나왔다. 공기는 여름이 스물스물 다가오는 것을 알리듯 느리고 미지근했다. 수영은 핸드폰을 꺼내 만지작거렸다. 종현이 있는 집으로 어서 가고 싶기도, 가고 싶지 않기도 했다. 종현과 주고받은 며칠 간의 문자들을 훑어봤다. 별 내용 없는 짧은 말들, 무미건조한 생활에서 떨어져 나온 각질들.

행복은 싸구려 인화지에 뽑은 사진. 좁은 계도의 색상 속에서 엇비슷하게 웃는 얼굴들과 위치만 다른 브이 자 손가락만 보이고, 그나마도 쉬 퇴색해서 쭈글쭈글해진다. 모르지 않았다. 생활을 반짝거리게 해 주던 기쁨이 사라지고 시험이 가까워 올수록 더 그렇게 될 것이라고, 예상했고 각오도 하고 있었다. 하지만 내 집에서 종현의 눈치를 보고, 내 집을 두고 호텔 방으로 나돌게 될 줄은 몰랐다. 더 심란스러운 것은 종현을 위해 자신을 비워 주고 내주는 일이 다른 남자들에게서와 달리 끔찍스럽지가 않다는 사실이었다. 호텔 침대에 혼자 알몸으로 누워 있으면 몸 파는 여자가 된 기분이 들었다. 혼자 깬 아침이면 다시는 오고 싶지 않았다. 그렇게 호텔 방을 나섰다. 출근해 종현을 보면 반갑고 사랑스러웠다. 하지만 가책을 느꼈고 그 가책을 느끼는 자신과, 느끼게 만드는 종현이 함께 싫어졌다. 외면했지만 사라지지 않았고 오히려 쌓이면서 두꺼워졌다. 며칠, 몇 주가 지나면 참을 수 없는 마음이 돼 다시 호텔을 예약할 수밖에 없었다. 하룻밤이라도 떨어져 있어야 했다.

종현과 자신 두 사람 중 하나라도, 여자나 양 과장의 반의 반쯤 되는 족보라도 타고났으면 어땠을까? 부질 없다고 생각하면서도 그렇게 묻지 않을 수 없었다. 수영은 술집이 즐비한 거리를 무심히 바라봤다. 유흥 주점 여자들이 사탕바구니를 들고 돌아다녔다. 왁자지껄한 회사원들이 날파리 떼처럼 뭉쳐 비틀거렸다. 고깃집 한 귀퉁이 화로에 불을 지피는 곳에서는 부지깽이를 든 남자가 목장갑 낀 손으로 권태롭게 담배를 피웠다. 모두 함께 뒤섞여 흘렀다.

1차가 끝나자 지점장과 부지점장, 양 과장이 들어갔다. 남은 사람들은 2차를 간다고 했다. 수영은 잠시 망설였지만 따라나섰다. 집으로 가면 종현이 곧 들어올 시간이었고 호텔로 간다고 연락하기에는 늦은 시간이었다. 취하고 싶었다.

자주 가는, 넓고 번지르르하지만 맥주는 그저 그런 집이었다. 윗사람들이 빠져 자리는 활기찼다. 양 과장 때문인지 관심은 미경과 상수에게 몰려 있었다. 언제 결혼할 거냐, 지점 안에서 깨 좀 그만 볶아라 마라 뻔한 소리뿐이었지만 미경은 즐거워 보였다. 요즘 늘 그랬다. 얼굴색은 밝았고 웃음은 화사했다. 좋은 연애를 하는 여자의 얼굴. 상수도 좋아 보였다. 얼굴 폈다는 말이 어울렸다. 예전 좋아하니 마니 허튼소리나 하고 다닐 때보다 훨씬 나아 보였다. 두 사람은 몸을 바투 붙여 앉아 있었다. 탁자 밑으로 서로 잡고 감싼 손이 보이는 것 같았다. 보기 좋았다. 확 찢어 버리고 싶을 만큼.

"힘들어?" 서 대리가 잔을 들고 와 푸짐한 몸을 옆 의자에 앉혔다.

수영은 웃었다. "아뇨."

"정말 힘든가 보네."

수영은 웃으며 소주잔을 들었다.

서 대리가 잔을 톡 부딪치고 시원하게 잔을 비웠다.

"요즘 뭐 있어? 아까 지점장님이 뻘 소리 하는데 웬일로 듣고만 있더라. 어깨는 추석 장바구니 든 것처럼 축 떨어뜨리고.”

“그랬나요.”

“잘 안 돼?”

“뭐가요?”

“연애지, 뭐.”

수영은 힘없이 웃었다.

“너무 속 썩지 마. 살아 보니 이놈이나 저놈이나 똑같아. 머리 굴려 봐야 누가 커트비 한 푼 주는 것도 아니고, 넘겨. 못 넘기겠으면 때려치우고. 너 아직 창창해. 젊었을 때 나보다야 조금 못 하지만.”

수영은 깔깔 웃었다. 눈물이 나왔다.

“웃으니까 한창때 나보다 쪼금 더 낫기도 하네.” 서 대리는 잔을 비우고 수영에게 넘겨 줬다. “난 요즘 이게 좋더라. 예전에 추레한 영감들이 억지로 들이밀 땐 얼른 버리고 쥐약 타서 돌려 주고 싶었는데 가끔 친구들끼리 한잔하다 보면 이러고 있더라구. 정말 술 한잔 주는 거 같구, 좀 덜 외로워지는 거 같구.”

“언닌 박보검 같은 아들이 둘이나 있으면서 뭐가 외로워.” 수영은 웃으며 잔을 받았다.

“듣기 싫지는 않네.” 서 대리가 눈을 찡긋하며 웃었다. “옛날 엄마 말이 딱 맞아. 식구가 한 말이라도 외롭기는 한 톨 같다고. 같이 살아도 외롭고 외로운 거 몰라 줘서 더 외로워. 사는 게 그래, 그렇더라구."

수영은 웃었다.

"힘내, 우리 예쁜이. 가끔 하늘 대신 거울을 보고. 나도 그렇게 버텼다." 서 대리는 올 때처럼 슬그머니 다른 자리로 갔다. 커다란 엉덩이를 느긋하게 흔들거리며. 외로워 보이는 뒷모습이었지만 이내 왁자하게 떠드는 자리에 쑥 끼어 들어가 앉아 웃고 농담하고 마셨다. 불 꺼진 유원지에서 혼자 팝콘을 튀기는 기계처럼.

수영은 물끄러미 소주잔을 바라봤다. 한 톨처럼 외롭다는 말이 마음에서 표류했다. 한 말도 아니고 두 톨이라, 두 톨밖에 안 돼 더 외롭고 더 서글펐다. 안아 주기가, 안고 있기가 왜 이렇게 힘들까, 힘들어야 하는 걸까. 고작 둘인데, 둘뿐인데. 수영은 다정스레 붙어 앉은 미경과 상수를 바라보며 소주잔을 비웠다. 핸드폰이 울렸다. 종현에게서 문자메시지가 와 있었다. "많이 늦어요?" 수영은 답을 보내지 않았다.

이상하게 술이 안 오는 날이었다. 이제는 들어가야 하는데, 들어갈 수밖에 없는데, 정신이 처음보다 더 맨송맨송했다. 취하고 싶은데, 취해서 시험이고 뭐고 다 모르겠고 종현을 끌어안고 싶은데, 잠가지듯 꽉 끌어안기고 싶은데, 안 될 것 같았다.

자리가 끝나고 밖으로 나오자 경필과 마 대리가 3차를 가자며 사람을 모으고 있었다. 수영은 따라나섰다. 경필이 신나서 바람을 잡았다. "미녀께서 함께하신답니다. 간만에 3차 고급스럽게 한번 가시죠. 방금 연락 왔는데 양 과장님도 다시 넘어오신답니다. 계산 걱정 말고 갑시다, 가요!"

이 과장이 건물 꼭대기에 있는 위스키 바로 안내했다. 두 층을 터서 만든 복층 구조였다. 아래층은 넓게 트여 있었고 2층은 방으로 나뉘어 있었다. 경필이 1층에 자리를 잡으려는데 이 과장이 수영도 있으니 오붓하게 우리끼리 먹자며 계단으로 올라갔다. 거슬리는 말이었지만 수영은 흘려 버렸다.

두툼한 소파가 편안했다. 스피커에서는 두툼하고 매캐한 여자 목소리가 느릿한 재즈 반주에 맞춰 흥얼거리는 소리가 들렸고 통유리 창밖으로는 사거리가 아스라히 내려다보였다. 직원은 벨을 몇 번이나 누른 다음에야 왔다. 이 과장은 지난번에 마시던 술이 반병이나 남아 있었지만 수영 때문인지 동석한 양 과장을 의식해서인지 새 술 한 병을 더 주문했다. 환호와 박수. 종업원이 떠나자 한마디씩 이 과장을 치켜세워 줬다. 이런 데를 어떻게 아셨냐는 둥, 종업원도 예쁘다는 둥. 수영은 이마를 창에 붙이고 밖을 바라봤다. 겹겹이 선 고층 건물 옆에 손톱 달이 떠 있었다. 사거리를 중심으로 밝힌 등과 간판의 빛들이 크리스마스트리 아래 놓인 색색깔의 꼬마전구 덤불 같았다. 팍팍하던 마음이 조금 누그러졌다.

술은 금방 들어왔다. 딸려 나온 안주와 음료수까지 들어와 비좁은 탁자가 들어찼다. 다시 한번 환호와 박수가 터졌지만 처음 같지는 않았다. 모두 피곤했고 각자 다른 이유로 집에 들어가기 싫거나 관성으로 따라온 자리였다. 경필이 핸드폰을 들고 먼저 자리를 떴고 이어 양 과장도 전화를 받으면서 일어났다. 이 과장이 웃었다. "바래다 줬다면서 또? 벌써부터 꿀 떨어지네, 꿀 떨어져."

마 대리가 능글맞게 웃었다. "아닐걸요?"

이 과장이 얼른 받았다. "뭐, 있어?"

"없지는 않을걸요." 마 대리가 낄낄거렸다.

"뭔데?"

"제가 할 말은 아니죠. 엄연히 아랜데 함부로 나불댈 수 있나요."

"아예 말을 말든가."

"한잔하시지요. 오거든 물어보시면 되잖습니까."

이 과장이 안 궁금하다는 듯 코웃음 쳤다. "안 주임은 남자 친구 없어?"

"없는데요." 두 사람 대화가 못 들어 주겠던 수영은 냉랭하게 대꾸했다.

"만나는 사람은?" 이 과장의 눈빛이 은근해졌다. "만나는 사람도 없어?"

"없습니다."

"비싼 술 사 주시는데 말씀 좀 해 봐요. 솔직히 안 주임도 어장 관리 좀 하잖아요? 정 청경이랑 소문도 있던데."

수영은 마 대리를 쳐다봤다.

이 과장이 책망하듯 마 대리에게 손짓했다. "칭찬이야, 칭찬. 안 주임쯤 되니까 당연히 이 남자 저 남자 달려들 거 아냐. 서 대리같이 푹 퍼진 아줌마면 누가 그런 얘기 하겠어?"

"점점 더 무슨 말씀하시는지 모르겠네요." 수영의 얼굴이 굳었다.

"모르긴, 다 알면서." 마 대리가 능글거렸다.

수영은 정색했다. "그만하시죠."

이 과장이 수영을 봤다. "뭘 그렇게 정색해? 3차쯤 오면 남자는 여자 얘기, 여자는 남자 얘기 하고 그런 거지. 대수야? 술맛 떨어지게 왜 그렇게 파들거려?"

수영은 싸늘한 눈으로 이 과장을 쳐다봤다.

한 잔 마신 이 과장도 맞받았다. "하기 싫으면 안 하면 되지. 왜 이래, 괜한 사람 무안하게? 남자들끼리도 묻는 거, 여자한테 물으면 성추행 어쩌고 그런 건가? 왜, 미투라도 하시게?"

마 대리가 끼어들었다. "과장님, 진정하십시오. 미투 미투 요새 얼마나 독한데 그러십니까. 걸려들면 남자만 큰일 난다 아닙니까. 다 여자들 말만 믿고 쿵쾅쿵쾅하잖습니까. 제가 실수했죠, 뭐. 요샌 어장 관리 같은 말도 함부로 하는 게 아닌데. 안 주임, 미안합니다. 한잔 받고 화 푸세요. 남자들이 원래 말을 좀 대충대충 하잖습니까. 그냥 썸 타는 사람 있나, 뭐 그런 말이었는데, 불편했다면 제 잘못인 거죠. 다 제 잘못이라 치고, 한잔 받으십시오, 너그럽게 한번 받아 주십시오, 예?"

"그 말씀은 사과가 아니잖아요. 제가 불편하다고 하니까 사과해 준다, 나는 아니라고 생각하지만 네가 예민해서 그렇다니까 그렇다 치고 넘어가자 그 소리랑 뭐가 달라요?"

마 대리가 참는다는 듯 입술을 말아 물었다. "아, 그러니까 됐고요. 미안하다 하지 않습니까. 남자라서 말이 좀 거칠었다고, 헐렁헐렁했다고요. 예?"

"그 말이 더 우스운 거 모르세요? 대리님은 길 가다 마주친 모르는 남자한테도 대충 말하시나요? 지점장님, 부지점장님한테 이 말이 그 말인 거 알지, 그렇게 말하세요? 자기보다 밑이니까, 여자니까, 그거 다 잘 알고 그러는 게 체질이니까 대충 말하신 거 아녜요? 여자를 길 가다 마주친 모르는 남만도 못하게 여기니까 그렇게 말씀하신 거 맞잖아요!"

마 대리가 어처구니없다는 듯 고개를 비틀었다. 불쾌해진 목덜미를 드러냈다. "아 참, 거 그만하면 좀 넘어갑시다. 사과했잖습니까, 예?"

"마 대리, 그만해라. 됐다." 이 과장이 대충 뱉고는 자기 잔을 채웠다.

"여보세요, 안 주임." 마 대리가 통유리 벽을 주먹으로 퉁퉁 쳤다. "위아래도 없습니까? 아무리 술자리라고 해도 엄연히 회사 회식 자린데 위아래 구분 안 돼요? 얼굴 좀 반반해서 대접 좀 해 드렸더니 여기 지금 다 안 주임 밑인 것 같아요, 예? 하늘 같은 과장님들까지 계시는데, 남자들 좀 후리고 다니시니 다 그 치마 밑으로 보입니까, 예?"

"목소리 낮춰. 목소리 낮춰라, 마 대리."

더 되받아 쳐야했다. 이럴수록 더 세게 나가 소리라도 질러 버려야 했다. 사람들이 모이게. 하지만 동시에 일을 크게 만들지 말아야 한다는 생각도 퍼뜩 들었다. 매일 봐야 하는, 같은 밥그릇을 쓰는 사람들이었다.

압도를 확인한 마 대리가 더 으르렁거렸다. "대답해 봐요, 왜? 아까 아주 또박또박 말 잘하던데, 계속해 봐요, 예? 또 한 번 해 보시라니까요, 예?"

"됐다니까, 그만하면 됐다, 일 키우지 말고." 이 과장은 요즘 분위기 알잖냐는 듯 마 대리에게 눈짓했다.

마 대리는 그제야 수그러들었다.

차고 무거운 정적이 내려 앉았다.

수영은 가방을 챙겨 들고 일어났다. "먼저 가 보겠습니다."

"앉아." 이 과장이 나직히 말했다. "안 주임, 그러지 말고 풀고 가. 이렇게 가면 안 주임이나 여기 마 대리나 서로 곤란하잖아."

"됐습니다. 저는 더 할 말 없습니다."

"풀고 가자고." 이 과장이 팔을 들어 제지했다. "괜히 뒤로 이야기 크게 나오잖게, 좋게 좋게 해결하고 갑시다. 안 그래도 요새 말들 많은데."

"왜 이러세요!"

이 과장은 마 대리를 쳐다봤다. "사과해. 마 대리. 내일 불려가고 싶잖으면."

마 대리는 재수 옴 붙었다는 듯 억세게 한숨을 내뿜었

다. 수영의 잔을 가져다 단숨에 비운 다음 소리 나게 내려 놓고 위스키를 넘치게 부었다. 잔을 들어 수영의 얼굴에 갖다 댔다. "드시죠, 드시고 화 푸세요. 풀어 주시죠, 제발 좀!"

수영은 이 과장을 봤다. "과장님, 지금 저한테 이러시는 게 더 아닌 거 모르세요?"

이 과장은 느글거리며 웃었다. "안 주임, 풀고 가자. 매일 보는 사인데 이럴 거 없잖아. 다들 걸린 것도 많은데. 술 좀 먹어서 실수한 거 갖고 정색하고 이러지 말자고. 좋게 말할 때."

"네?"

"안 주임, 아닌 말로 우리 둘이 입 맞추면 어쩌려고 그래? 일대일이면 몰라도, 둘 아니야, 둘. 복잡하게 하지 말고, 한잔해. 그리고 애들 오면 같이 나가자. 내 뭘 더 하라고 말 안 할테니. 넘어갑시다, 자." 이 과장은 마 대리에게 눈짓했다.

"아, 좀 풀어 주십시오, 과장님까지 말씀하시잖습니까. 안 주임님, 제가 무릎이라도 꿇어 드릴까요? 그래야 받으실 겁니까, 예?" 마 대리는 더 뻔뻔스러워져 술잔을 들이댔다.

수영은 마 대리의 손을 후려쳤다. 잔이 날아가 박살

났다.

"이런, 씨발!" 마 대리가 손을 치켜들었다.

수영은 눈을 질끈 감았다. 죽여 버릴 거라고, 꼭 죽여 버릴 거라고 되뇌었다.

"아이고, 마 대리님. 설마 그걸로 누구 치려고 그러시는 건 아니시죠?" 경필이 들어와 수영의 옆으로 앉았다.

마 대리는 일단 손을 내려놨다. 자리에 앉으며 말했다. "운 좋은 줄 아세요, 안 주임님."

수영은 마 대리를 노려봤지만 떨고 있었다.

"안 주임보다는 마 대리님 운이 좋은 것 같은데요."

마 대리가 거칠게 경필을 쳐다봤다. "뭔 소리야?"

"몰라서 묻는 건 아니시죠?"

"얘가 먼저 말꼬리 잡고 늘어졌어. 그리고 여기 누가 얘보고 와 달라는 사람 있었어? 자기가 오고 싶어 따라온 거 아냐? 그래 놓고 뭐? 어디 사람을 이상하게 몰아? 안 주임, 이봐요 안 주임. 말해 봐요, 또 말해 보라고요."

경필은 손을 들어 수영을 말렸다. "말은 마 대리님 말씀이 더 듣기 좋던데요. 또 해 보시죠, 왜. 무릎이라도 꿇어 드릴까요, 예?" 경필은 대놓고 이기죽거렸다.

"이 새끼가 돌았나!" 마 대리가 후려칠 듯 경필을 쳐다봤다.

경필은 눈만 들어 마 대리를 봤다. "그쯤 하시고 제대로 사과하시죠, 산뜻하게. 다, 이해합니다. 지금 쪽팔려서 그러시는 거. 사고는 쳐 놨는데 수습은 못 하겠고 그래서 더 지랄지랄하고 계시는 거. 남자들끼리, 다 알지 않습니까?" 경필은 씩 웃었다.

"과장님, 제가 틀린 말 했습니까? 맞잖아요. 싫으면 그냥 지나가면 그만인 걸 갖고 안 주임이 먼저 시비를 걸었습니까, 말았습니까? 과장님 사 주시는 비싼 술 얻어 마시고 허튼소리 시작한 게 누굽니까?"

경필이 잘랐다. "아, 좀 그만하시라니까요. 사과 한마디 똑바로 하면 될 일을 왜 그러십니까. 욕하면서 손 치켜든 거까지 제가 다 봤는데. 마 대리님, 깜빡 음주 운전하셨다 생각하세요. 무슨 소리를 해도 한 놈이 죽일 놈입니다."

이 과장이 경필을 봤다. "그래서 넌, 지금 개 편이라도 들겠다고?"

"무슨 말씀이세요, 과장님. 제가 감히 편을 들다니요. 전 마 대리가 손 치켜드는데도 안 말리고 앉아 계신 이 과장님도 본 것밖에 없습니다?"

이 과장이 웃었다. "미쳤구나, 소경필이. 지점에서 다들 오냐오냐해 주니까 진짜 아래위도 없지? 그치?"

"자꾸 촌스럽게 왜 그러세요, 과장님." 경필은 구수하게 웃었다. "위아래 있으면 남자가 여자 때리고 부하 직원이 다른 부하 직원 때리는 거 보고만 있습니까? 지점장님, 부지점장님이 과장님한테 그러시면 똑같이 맞으시게요?"

"웃기고 있네." 이 과장은 피식 웃었다. "야, 소경필. 네 덕분에 지금 여기 아무 일 없었다고, 응? 아무도 안 때렸고 아무도 안 맞았어. 아무리 엮어 봐야 말다툼밖에 안 되는 걸 지점장님한테 가서 속닥속닥 고해바치기라도 하게? 지점장님이 눈 하나 깜짝하실까? 위에서 뭐라고 할까 봐 볼펜 하나 떨어지는 소리 안 나게 쉬쉬거리는 양반이야. 더구나 요즘처럼 위에서 여직원들한테 군소리 안 나오게 하라고 나날이 지침 내려올 때, 뭘 어쩌시겠어. 오히려 엿은 네가 먹을 것 같다는 생각은 안 드나 봐?"

경필은 씩 웃었다. "에이, 제가 왜 제 손으로 그 짓을 하겠습니까? 경찰 부르면 되는데. 저기 술잔 보이시죠? 자정 넘은 시간에, 미모의 텔러, 깨진 술잔, 제가 본 대로 말하고, 그림 쫙 나오잖아요. 경찰 오면 내용과 무관하게 비상 연락망 타고 곧바로 본부장님한테 연락 갈 거고. 글쎄요, 지점장님이야 그렇다 쳐도 본부장님은 어떨까요?"

"본부장님이라고 다를 것 같아? 그분이라고 자기 본부에 큰소리 나는 거 좋아하실 것 같냐, 그것도 경찰까지 껴서?" 이 과장의 목소리가 떨렸다.

경필은 딱하다는 듯 봤다. "상황 파악 못 하시네요. 지점장님이야 내 식구니 감싼다 뭐한다 명분이라도 있지만 본부장님이야 네 식구 아니냐고 하실 수 있는 분 아닙니까. 경찰서에서 조서까지 나오면 못 넘기시는 게 아니라 안 넘기시겠죠. 그럼요, 우리 본부장님이라면 오히려 소규모 지점에서 여직원한테 벌어지고 있는 구태, 악습, 적폐 이 기회에 청산하겠다, 감사 팀 내려보내 실사 한번 쫙 돌리시지 않겠습니까?" 경필은 술잔들을 당겨 모았다. "저도 엿이야 먹겠지만, 같은 엿은 아니고 또 사실 엿이라고 할 것까지도 아닐 테고. 어쩌면 본부장님한테 표창이라도 하나 받으려나. 과장님도 내년에 차장 다셔야 하고 마 대리님도 얼른 하늘 같은 과장님 되셔야 할 텐데, 그쵸? 근데 무엇보다 다들 저보다 잘 아시지 않습니까? 지점장님은 남자 편도, 여자 편도, 과장 편도, 대리 편도 아니고 그저 자기 편이신 거. 자기 귀찮게 하는 거, 위태롭게 하는 거 땀을 삐질삐질 흘려 가면서, 그 두툼한 송충이 눈썹 부르르 떨어 가면서 싫어하시는 분인 거." 경필은 찰랑찰랑하도록 술을 따르고 나자 한 사람 앞에 하나씩 턱턱 놓았다. "결정하시죠. 여기서 깔끔하게 안 주임한테 사과하시고 이 술 한잔씩 드신 다음 집에 가서 발 뻗고 주무시든가, 아니면 제가 지금 경찰 부를 테니, 한잔씩 하시면서 느긋하게 순찰차 기다리시든가요. 아, 새 병도 딸까요? 그나마 혈중 알코올 농도가 높아야 참작이라도 될 텐데. 술 먹고 행패 부린 걸, 왜 술 먹어서 행패 부렸다고 해 주겠다는 건지 저는 도통 모르겠습니다만."

이 과장과 마 대리 사이에 눈빛이 오갔다. 경필은 핸드폰을 꺼내 만지작거렸다.

침묵 끝에 이 과장이 짜증스럽게 외쳤다. "양 과장, 이 새낀 어디갔어?"

"벌써 들어가셨습니다. 애인 전화 받으시고, 저한테 내일 가방 좀 챙겨 가져오라시던데요? 계산도 시원하게 하시던데요, 이 과장님한테는 아무래도 부담스러우실 거라면서." 경필이 방긋 웃었다.

이 과장과 마 대리가 먼저 떠나고, 수영은 경필과 함께 나왔다. 새벽 공기가 아주 차지 않았는데도 수영은 몸이 덜덜 떨려 왔다. 어서 집에 가고 싶었지만 택시들은 표시등을 끄고 지나쳤다. 3차들이 끝날 시간이었고 택시를 잡으려는 사람들이 대로를 따라 촘촘히 늘어서 있었다. 수영이 망연히 서서 지나치는 택시들을 보고 있는데 경필이 부른 모범택시가 왔다. "같은 방향이잖아요, 타죠."

널찍한 가죽 좌석이 푸근했다. 히터에서 따뜻한 바람이 나왔다. 비로소 수영은 안도감을 느꼈다. 수영은 다시 한

번 경필에게 말했다. "정말 감사해요. 때마침 아니셨으면 무슨 일을 당했을지 모르겠어요."

경필은 잠시 수영을 쳐다봤다. "한잔 더 할래요?"

"네?"

"한잔 더 해야 할 것 같은 얼굴이길래."

틀린 말은 아니었다. 신경이 여전히 곤두서 있었다. 떨림이 약해지기는 했지만 잦아들지는 않았다. 하지만 지금은 종현이었다. 집에 가면 종현이 있었다. 그 사실이 감사하고 절실했다. "정말 그러고 싶기도 하네요."

"하지만 지금은 아닌 것 같다." 경필은 씩 웃었다.

"정말 감사해요, 계장님. 너무 큰 도움을 받았어요. 저 때문에 불편해지셨으니 죄송하기도 하고."

"내가 왜 불편해져요, 자기들이 불편해야지. 내가 봐 놓은 것도 있으니까."

"별일 없을까요? 내일 어떻게 하거나 하진 않을까요?"

"별일이야 그 머리들로는 만들래야 못 만들 테고, 내일 내가 먼저 가서 괜찮으시냐고, 어젯밤에 필름 끊겨서 실수들 하신 것 같다고 하면 어리둥절하면서도 얼씨구나 고맙다고 넘어갈 거예요."

"그렇죠. 그렇긴 하죠. 이러나저러나 매일 보는 사람들이기는 하니까요." 수영은 경필이 실망스럽기도 했다. "정말 그러고 싶으신 건가요? 굳이 저 때문이라면…….”

“진심으로 그러고 싶습니다. 너무나, 가슴속에서 우러나오는 동지애와 동료애로.”

수영은 피식 웃었다.

“정말이에요. 난 속물이거든요. 팔랑팔랑 하얀 A4용지처럼 순결한 속물, 솔직하고 우아한 진짜 속물. 얻을 게 있거나 손해 안 보기 위해서만 뭘 하죠.”

수영은 경필을 쳐다봤다. “그럼 아깐 뭘 얻으려고 그러셨는데요.”

경필이 대뜸 배부른 곰처럼 히죽 웃었다. “미녀?”

수영은 웃었다. 진심으로 어이없다는 듯, 경필을 쳐다보고 다시 웃었다.

“마음 쓰지 말아요. 애초에 수영 씨 때문에 벌어진 일도 아니고, 자기들이 술 처먹고 저지른 거니까. 있어도 내가 수습할 겁니다. 걱정 놔요.”

수영은 경필을 봤다. 이상하게 믿음직스러웠다.

“아, 그리고 다음부터 취하고 싶으면 이걸 사용하세요.” 경필은 핸드폰을 꺼냈다. “별일 없으면 지우면 되니까, 녹음기부터 걸어 놓고 술을 마시는 거죠. 마음 푹 놓고. 나도 종종 요긴하게 쓴답니다.” 경필이 살랑살랑 핸드폰을 흔들었다.

수영은 한 번 더 웃었다.

횡단보도 앞에 택시가 섰다. 수영이 내렸다. 잘 들어가시라고 인사하려고 할 때 경필이 팔을 쑥 뻗어 수영의 손을 잡았다.

수영은 어색하게 웃었다. 놀라기보다 의아했다.

경필은 수영의 얼굴에 웃음기가 가시기 직전에 손을 놓았다. "다음에, 한잔해요." 경필은 문을 닫고 택시를 출발시켰다.

수영은 빈 손을 쥔 채 택시가 떠나는 것을 봤다.

수영은 종현이 있는 집으로 서둘러 걸었다. 하지만 집이 가까워질수록 걸음은 점점 느려졌다. 종현을 보고 싶은 마음은 더욱 간절했으나 어떤 얼굴로 봐야 할지 알 수 없었다. 종현에게 털어놓을 수 있는 일도 아니었다. 다 아는 사람들, 사실대로 말하면 종현은 가만 있지 못할 테고 설령 넘기더라도 속으로 번번이 터지는 분통을 눌러 삼키기만 해야 했다. 1층의 공동 현관 앞에서 수영은 비밀번호를 누르다 말고 쪼그려 앉았다. 여전히 혼자였고 다시 한 톨이었다.

15

따스한 물줄기가 기분 좋은 압력으로 쏟아졌다. 베르가못과 바질 향기 섞인 샤워 거품이 개운하게 씻겨 내려갔다. 상수는 물을 잠갔다. 상큼하고 알싸한 수증기가 나른히 내려앉았다. 어느 사이부터 즐기게 된 것이었다. 상수는 머리를 말리고 몸을 꼼꼼히 닦았다. 미경이 샤워 후 몸에 물기 남는 것을 질색했다. 상수는 젖은 수건으로 물이 튄 벽을 닦고 배수구에 감긴 머리칼도 변기에 넣고 물을 내렸다. 처음에는 남의 집이라 조심스러워 했던 것인데 미경이 호들갑스럽게 칭찬해 계속할 수밖에 없었다. 엄마가 이 사실을 알면 좋아할까, 싫어할까.

속옷 차림으로 안방 문을 열자 미경이 잠옷 차림으로

침대에 앉아 있었다. 앵글포이즈 스탠드 램프를 켜 놓고 서류를 보는 중이었다. 방 안에는 은은한 꽃향기가 시원하게 감돌았다. 향초가 타고 에어컨이 나직하게 돌아가고 있었다.

상수는 미경이 화장대에 상비해 놓은 자기 몫의 스킨과 로션을 발랐다. "뭘 그렇게 열심히 봐?"

미경은 서류에서 눈을 떼지 않았다. "기안 중인 거. 상품, 대출이랑 어떻게 엮어 볼까 해서. 근처에 재개발도 곧 들어간다 하고."

"지점장이 건수 하나 물어 왔나 보지?"

"아니, 이건 내가. 부지점장이 소스만 주고."

"열심히 하네. 예전에는 마지못해 설렁설렁 하는 것 같더니."

"해야지. 우리 하 계장님도 있으니."

"그래? 그럼 박 대리님이 나 먹여 살려 주시는 거야? 나 은행 때려치우고 딴 거 해도 돼?" 상수가 웃으며 이불 속으로 들어갔다.

"해. 매일 출근하면서 은행 욕하는 것도 하루 이틀이고 해 보고 싶고 잘할 수 있는 거 있으면 해 봐, 더 늦기 전에."

상수는 웃었지만 속으로는 씁쓸했다. 미경의 아버지

를 만난 후 이런 대꾸가 더는 곧이 들리지 않았다. 뭐라도 해야 했다. 미경의 도움 없이, 미경에게도 미경의 아버지에게도 떳떳이 내보여 줄 만한 것을. CFA를 생각하고는 있었다. 하지만 시험이 어려운 것보다 그 정도로 될까 싶은 마음이 더 컸다.

"생각해 보면, 수영이 덕분이기도 한 것 같아." 미경이 서류를 넘기며 말했다.

"안 주임이 왜?" 미련은 없었지만 남처럼 들리는 이름도 아니었다.

"수영이가 내 일 가져간 게 있다고 했잖아. 그거 지점장이 나 보라고 한 짓이거든. 내가 사사건건 이건 이래서 틀리고 저건 저래서 안 맞고 그러니까 자꾸 군소리하면 일 안 준다, 그런 거였어. 나야 제발 좀 그래 주라 하는 마음이었고. 그런데 복귀하고 얼마 안 있다 지점장이 다시 나한테 주라고 한 거야. 자기가 양쪽으로 사람 부리기 귀찮으니까. 난 어차피 내 일이니 받아야 되나 보다 그랬어. 그런데 가져온 걸 보니 얘가 대충 한 게 아니더라구. 정말 세세한 것까지 다 챙겨 놓은 거야. 진짜 자기 일로 하려고 한 것처럼. 그걸 하나하나 나한테 설명하는데 너무 보였어. 자기 거라고 생각하는구나, 나한테 안 주고 싶어 하는구나. 미안하고 안쓰러우면서도 나중에는 솔직히 좀 얄밉더라니까."

상수의 표정이 모호해졌다. 미경의 말에 동조하면서도 수영이 그때 어떤 얼굴이었을지 자신도 모르게 그려졌다.

"내 일이 누구한테는 이렇게 절실할 수 있다는 생각이 들더라. 잘못하면 뺏기겠다, 뺏길 수도 있겠다 그 생각도 들구." 미경은 민망한 듯 웃었다. "그러니까 갑자기 내 일이 너무 소중해지는 거야. 열심히 해야겠다, 잘해야겠다, 그런 마음이 막 들구. 수영이한테는 미안하지만." 미경은 상수를 쳐다봤다. "나 좀 못됐지?"

상수는 웃으며 얼버무렸다. "아니야, 사람이 다 그렇지. 그럴 수 있지."

미경은 서류를 협탁 위로 내려놨다. "수영이 요새 종현 씨랑 안 좋다?"

"아, 종현 씨랑 사귄다고 했지?"

"괜히 그러긴. 사람들 대충 다 알고 뒤로 수군거리던데. 하여간 우리 애인은 참 점잖아요." 미경이 엉덩이를 두드려 줄 것처럼 상수를 봤다.

상수는 시선을 돌렸다. "어떻게 안 좋은데?"

호응이 없자 미경은 조금 시무룩해졌다. "뭐, 종현 씨 시험이 코앞이잖아. 예민해져서 힘들게 하겠지. 서로 짜증도 부리고 답답하기도 할 테고."

"안 주임이 뭐라고 했어?"

"아니. 걔 그런 거 털어놓고 상담하고 그러는 성격 아냐. 나나 그러지."

"우리 얘기를 안 주임한테 했어?"

"왜, 하면 안 돼?" 미경이 눈을 동그랗게 뜨고 상수를 봤다.

상수는 당황한 기색을 수습했다. "아니, 좀 그렇잖아. 바로 옆에 있는 사람인데 그런 거 저런 거 다 안다고 생각하면. 나랑 그런 얘기 할 만큼 친한 사이도 아니고."

"우리 애인은 그런 얘기 하면 안 되지." 미경은 애교스러운 표정을 지었다. "걱정 마. 깊은 얘기 같은 건 안 했으니까. 그냥 하는 얘기나 했어. 여자들끼리 하는 연애 얘기."

"그게 더 겁나는데? 내가 아예 모르는 거잖아."

"으이그. 우리 애인 자랑했다는 거야. 얼마나 괜찮은 남자인지, 멋진 남자인지." 미경은 코를 찡긋하며 웃었다.

상수는 어색하게 웃었다. 문득 그렇게 웃는 미경이 미워 보였다. 차라리 자기답게 싱긋하거나 피식하고 웃어줬으면. 코를 찡그리며 웃던 수영이 떠올라서인지도 몰랐다. "그런데, 아까 나 뭐 줄 거 있다고 하지 않았어?"

"아, 맞다." 미경이 날듯이 옷장에 가서 쇼핑 봉투를 꺼냈다.

사각 상자 안에 든 것은 잠옷이었다. 만화에 나오는 꼬마 돼지 같은 연분홍색이었다. 프랑스제. 소재는 흘러내릴 듯 보드라운 실크였다. 좋기는 했지만, 아니 미경의 것이 늘 그렇듯 좋은 것이기는 하겠지만 색상부터 상수 취향이 아니었다. 미경은 얼른 입어 보라고 재촉했다. 상수는 억지로 웃으며 굳이 화장실로 가서 갈아입었다. 아직 습기가 가시지 않은 거울을 닦자 아내에게 사랑받고 알콩달콩 신혼생활을 막 시작한 것 같은 새신랑이 시르죽은 얼굴로 서 있었다. 곱상한 색상, 아첨하는 것 같은 촉감 다 시답잖았다. 무엇보다 상수는 잠옷이라는 것이 싫었다. 늘 넥타이 매듭까지 가다듬어 가며 남들 시선 앞에 일을 보는 생활 탓인지 잠은 알몸으로 자는 것이 좋았다. 알몸과 알몸으로, 좋지 않나.

상수는 잠옷 차림으로 안방 문을 열었다. 동그란 뿔테 안경을 쓴 미경이 두 손을 흔들며 귀여워 죽겠다고 환호했다. "빨리 와, 어서 와!" 미경이 신나게 옆자리를 두드리며 상수를 불렀다. 어쩔 수 없이 새신랑 노릇을 해야 한다면 프랑스제 파자마라도 입은 새신랑이 낫겠지. 상수는 팔랑팔랑 잠옷 자락을 날리며 침대로 뛰어들었다.

다음 날 점심을 먹으러 나가던 길에 상수는 수영이 종

현과 다투는 것을 봤다. 지점에서 얼마 멀지도 않은, 식당 골목 초입이었다. 수영은 두 손으로 뒷허리를 짚은 채 종현에게 말하는 중이었고 종현은 고개를 숙인 채 듣고 있었다. 책망하는 것이 아니라 호소하는 듯한 목소리였지만 낮고 거리가 있어 내용은 들리지 않았다. 두 사람 모두 지쳐 보였다. 수영이 먼저 반대 방향으로 걸어갔다. 종현은 한동안 가만히 서서 한숨을 내뿜다가 골목 안으로 터덜터덜 걸어갔다. 상수는 뒤늦게 주위에 지점 사람이 있는지 둘러봤다. 다행히 아무도 없었다. 뙤약볕이 세차게 쏟아지는 거리는 한산했다.

사업체 신용 평가 후속 조치를 마무리하는 중이었다. 상수는 잠깐씩 거들기만 한 일이라 상관없었지만 다른 사람들과 함께 늦게 남아 있었다. 점심시간에 본 모습이 자꾸 떠올라 심란했다. 왜 이렇게 심란할까 싶어, 더. 수영도 종현도 평소와 다름없이 정시에 퇴근했지만 그것조차 마음에 걸렸다. 둘이 어딘가에서 또 그러고 있는 건 아닐까? 그러거나 말거나 상관없는 일, 없어야 하는 일이었다. 홍 팀장이 반가운 소리를 했다. "됐다, 가자. 가볍게 한잔씩들 하고 들어가자. 좋지?"

홀가분한 목소리로 건배를 외치며 기운 좋게 시작한 자리는 부지점장, 지점장, 센터장, 본부장 욕까지 다 하고 나자 잠잠해졌다. 몇 달째 이어져 온 일을 털어 낸 뒤라 허전하고 피곤했다. 누구 할 것 없이 이따금 맥주를 홀짝거리며 눅눅한 강냉이를 주워 먹으며 권태롭게 질겅거렸다. 텔레비전에서 나오는 야구 하이라이트를 보며 한마디씩 하는 것이 고작이었다.

마 대리가 재미난 일이 떠올랐다는 듯 피식 웃었다.

"아까 점심시간에 나갔다 별꼴을 다 봤다니까요. 사람들 뒤로 수군수군하는 게 맞던데요, 팀장님!"

"뭐가?" 홍 팀장이 마 대리를 쳐다봤다.

"안수영이랑 정 청경이랑 점심시간 때 먹자 골목 앞에서 기어이 한번 하더라고요."

"뭘 해, 둘이?" 양 과장이 실실 웃었다.

"한바탕 하더라는 거지, 아 그럼 길바닥에서 그걸 하겠습니까? 과장님 생각하시는 게 어째 그렇게……." 그 말을 하며 공모하듯 양 과장을 보는 마 대리의 눈도 똑같이 더러웠다.

"심했어?" 홍 팀장이 물었다.

"장난 아니었어요. 백주대낮에 사람들 버글버글한 길거리에서 둘이 서로 대놓고 뭐라 뭐라 하는데."

"이야, 광고 찍으셨구만. 둘이 그러면서 사랑은 변하는 거야, 아니야 사랑은 움직이는 거야." 양 과장이 지껄였다.

“뭐 텔러, 청경 연앤데 신경 쓸 거 있습니까. 막잔 하고 들어가시죠. 피곤하고 내일도 출근인데.” 상수가 말했다. 본 대로 아니라고 하자니 마 대리를 우습게 만드는 것이고 듣고 있자니 참을 수 없어 하는 말이었다.

“하여튼.” 홍 팀장이 짜증스럽게 내뱉었다. “이거야, 바로 이거라고. 내가 이런 걸 걱정해서 그 단도릴 친 건데. 이게 다 동네방네 지점 망신이지 뭐야?”

“팀장님은 뭐 알고 계셨습니까?”

홍 팀장은 입을 다물고 맥주잔을 들었다.

“둘이 1년도 넘었죠? 슬슬 때가 되기는 했네요.” 양 과장이 말했다.

“그렇게 오래됐습니까? 나만 몰랐네, 나만 몰랐어.” 마 대리가 호들갑을 떨었다.

“다들 수군거리기만 했지, 아무도 몰랐어. 오피셜리 확인한 바도 없고.” 양 과장이 경필을 쳐다봤다. “그렇지, 소계장?”

“그럼요, 그럼요.” 경필이 빈 잔들을 돌아가며 채웠다.

“여자들 다 똑같네, 똑같아. 먹을 만큼 먹고, 칠 만큼 쳤으니 이제 물린다 이건가. 하긴 그 안수영 보통 아니잖아요. 얼굴 하나 믿고 눈은 끝 간 데 없이 올라가서 눈웃음 살살 쳐 가며 암내는 여기저기 폴폴 풍기고, 위아래 좌우 아무것도 몰라요. 저 혼자 똑똑하고 잘났지, 세상 남자 다 제 치마 밑이지. 우리 종현이만 안됐네요. 오늘도 풀이 팍 죽어서 얼굴이 곤죽이 돼 있두만."

"시험이 다 돼 가지? 지점장님이 올해도 한번 빼 주시려나?" 홍 팀장이 말했다. "원래 그렇게 근무 대체시켜 주는 게 보통 일 아니거든. 걔네들은 연차도 근무일로 미리 잡아서 계약하니까."

"그 정도는 해 주시겠죠, 우리 지점장님이신데. 그나저나 안수영한테 양기 쪽쪽 다 빨려 우리 종현이는 공부도 제대로 못 했을 텐데."

"안수영이 정도 되면 빨려 줄 만하잖아." 양 과장이 낄낄거렸다.

점점 추잡스러워지는 대화에 상수는 어금니를 꽉 물었다. 나가야 했다. 안 듣는 수밖에 없었다. 다들 알고 보면 멀쩡하고 상식적인 사람들이라서 상수는 더 신물이 났다.

"아……." 경필이 지루하다는 듯 소리 냈다. "난 남 연애 얘기할 시간 없던데. 다들 권태기시들인가. 벌써 시들시들하신 건 아니죠?"

홍 팀장이 피식 웃었다. "또 건수 하나 올렸냐? 조심해라, 소. 너 자꾸 그러다 나중에 결혼식장 잘못 들어가는 수가 있다."

"잘 찾아 들어가나 못 찾아 들어가나 다 똑같은 거 아닙니까. 팀장님이 그러셨잖아요. 결혼은 복불복도 아니고 불복, 불복, 불복이라고."

"그런 거 기억하지 말고 실적이나 똑똑히 챙겨서 해 와." 홍 팀장이 맥주잔을 들었다. "그 솜씨로 어디 지점 근처 회장님 고명딸이라도 꼬셔 보든가."

"에이, 양 과장님 끗발이 좀 좋으셔야 말이죠. 어디 가서 선수 뛴다는 말도 못 하겠어요, 양 과장님 때문에."

양 과장은 칭찬인 줄 알고 좋아하며 웃었다.

마 대리가 잔을 비우고 경필을 쳐다봤다. "소 계장은 안수영이랑 뭐 있어? 뭔 거리만 있으면 끼어들어서 말을 잘라 드시네."

경필이 마 대리 잔을 깍듯이 채워 줬다. "저야 여자라면 진돗개 1호 발령, 상시 준비 태세 아닙니까. 오는 여자 두 팔 벌려 환영, 가는 여자 두 팔 들어 환송."

마 대리는 잔을 받고 입술을 적셨다. "그래서, 안수영이하고도 한떡 쳤냐?"

홍 팀장은 그런 말을 하냐는 듯 마 대리를 봤지만 이내 경필에게 눈을 옮겼다. 대화에 끼지 않던 남자들도 마찬가지였다. 경필이다 보니 긴장과 기대가 함께 감돌았다.

경필은 씩 웃으며 마 대리를 쳐다봤다. "대리님, 제가 왜 여자들한테 집착 안 하는지 아세요?"

"자신 있다, 그 말 하게?" 마 대리는 귀 파는 시늉을 했다. "그래서 안수영 정도는 눈에 안 찬다, 뭐 그딴 소리?"

"제가 집착하는 성이 따로 있거든요." 경필의 눈이 반짝거렸다. "한떡 쳐 드릴까요, 마 대리님? 제가 수원 남자는 처음이긴 한데."

마 대리가 당장 일어설 듯 움찔거리는 것을 홍 팀장이 막았다. "네가 졌다, 졌어. 마셔, 소란 떨지 말고. 마, 네가 먼저 말이 심했다." 홍 팀장은 이겼다는 듯 두 손을 번쩍 들며 까불대는 경필에게도 눈치를 줬다. "넌, 하여튼. 농담도 적당히 해라. 아무리 한 기수 차이라도 상급잔데 할 말 안 할 말 따로 있지."

분위기가 풀리며 다들 한 모금씩 마시기 시작하자 경필은 커다란 몸을 교태롭게 흔들며 마 대리에게 갔다. "너그럽게 봐주세요, 대리님. 제가 술 한잔 드릴테니."

"됐어, 술이나 드셔."

"에이, 왜 그러십니까, 마 대리님." 경필은 반쯤 남은 마 대리의 잔을 먼저 비웠다. 새로 가득히 따르고 두 손으로 공손히 올렸다. "푸시어요, 대리님. 한잔 드셔야 풀리죠." 경필이 지난번 사건을 암시하듯 말하자 마 대리는 못 이기는 척 잔을 비웠다. 경필은 마 대리의 뒤로 미끄러지듯 돌아가서 덥석 마 대리를 안았다. 마 대리의 몸이 경필의 큼직한 덩치에 지푸라기처럼 덮였다. 경필이 간드러지게 말했다. "사랑합니다, 대리님."

"그만해, 저리 가라고." 마 대리가 몸을 흔들며 짜증을 냈지만 주위에서는 다들 배를 잡고 웃었다.

경필은 아직 끝이 아니었다. 좌중을 둘러보며 씩 웃어 준 다음, 마 대리의 볼에 입술을 쪽 맞췄다.

16

종현의 시험 결과가 나왔다. 수영은 혼자 저녁밥을 먹었다.

다음 날부터 종현은 퇴근 후 곧바로 집에 왔다. 아무데도 가지 않았다. 새벽에도 운동하러 나가지 않았다. 수영을 깨울 필요는 없었다. 수영은 방 안에 내려앉은 막막한 공기가 무거워 일어나지 못할 뿐이었다. 일어날 수밖에 없는 시간이 돼서야 수영은 일어났다. 아침을 거르고 출근했다. 종현은 이마에 손을 얹고 침대에 누워 있었다. 방 안은 적막했다. 한숨 소리조차 없었다.

같은 날이 이어졌다. 수영은 집에 들어가는 것이 힘들었다. 시험 전에 힘들던 것은 지금에 비하면 투정이나 다름없었다. 하지만 미루지 않았다. 더 힘든 사람이 종현이었다. 뒤늦게, 그것이 명백해진 다음에야 알았다. 수영은 꼬박꼬박 정시에 퇴근해 새지 않고 집으로 들어갔다.

현관문을 열면 종현은 텔레비전을 보거나 핸드폰으로 게임을 했다. 가끔 거실을 닦거나 빨래를 널고 있기도 했다. 종현이 무엇을 하든 수영은 들어서자마자 함께 했다. 재미난 척 텔레비전을 보고 웃고 다시는 하지도 않을 게임을 일부러 내려받았다. 설거지를 확인하거나 쓰레기 봉투를 챙겨 들었고 욕실 청소를 시작했다. 하지만 함께 있어 주려 안간힘을 쓸 때조차 종현은 다른 곳에 있었다. 이제 그곳이 어디인지, 수영은 짐작조차 할 수 없었다.

종현이 어디라도 다녀왔으면 좋겠다는 생각이 들었다. 자신뿐 아니라 종현을 위해서도. 하지만 종현은 연차 수당까지 연봉에 포함해 있는 계약이었고 장소도 마땅치 않았다. 고향 집에 가면 종현 못지않게 괴로워할 어머니와 여동생, 요양 시설에서 이제 거동을 조금씩 한다는 아버지가 있을 뿐이었다. 지방에 흩어져 있는 친구들은 대개 집에서 일을 다니거나 한 칸짜리 원룸 생활이었다. 가서 지내 봤자 하루 이틀이 고작이었다.

3주쯤 됐을 때 종현이 친구 집에 다녀오겠다고 말을 꺼냈다. 금요일이 공휴니 목요일 저녁에 출발해 일요일에 돌아오겠다고 가방을 챙겨 들었다. 그렇게 지낼 곳이 없을 테지만 수영은 모르는 척 묻지 않았다. 친구와 밥이라도 좋고 맛있는 곳에서 먹으라며 10만 원을 억지로 쥐어 주면서 죄책감을 묻었다.

나흘 동안 수영은 편안하게 바빴다. 옷장과 소파의 위치도 바꿨고 묵은 빨래와 청소까지 혼자 해치웠다. 꽤 먼 곳에 있는 대형 마트까지 가서 느긋하게 장을 봤다. 명란 파스타와 목살 스테이크를 해 먹고 달콤새콤한 시리얼을 대접 가득히 우유에 말아서 좋아하는 일본 드라마를 새벽까지 연속으로 다시 봤다. 일어나고 싶어질 때까지 침대를 뒹굴거리며 늦잠을 잤다. 열어 놓은 창문으로 드는 아침 공기와 새소리가 처음 듣는 것처럼 싱그러웠다. 종현과는 가끔 문자메시지만 주고받았다. 잘 있는 모양이었고 재미있는지 별말도 없었다. 서운하지도 않았다.

일요일 오후, 수영은 벼르고 있던 책장을 정리하다가 미국 회계사 시험 교재를 꺼냈다. 그 공부를 한 적이 있다고는 종현에게도 아직 말한 적이 없었다.

은행 1년 차 때까지 네 번 봤고 모두 떨어졌다. 은행 일이 생각했던 것과 달라 마지막이 가장 절박했지만 점수는 그동안 본 것 중 제일 낮았다. 하지만 이따금 책을 펴 봤다. 한 번 더 시험을 보고 싶었다. 원서 접수는 하지 않았다. 아무도 원하지 않았으니까. 집에서는 이제 자리 잡았으니 시집가라며 선 자리를 갖다 대기 시작했고 은행에서는 지금 지점장이 오면서 정신없이 이것저것 헤집어 댔다. 수영 자신도 월급 쓰는 재미에 팔려 있었다. 동대문을 돌며 옷과 구두를 사고 홈쇼핑에 나오는 속옷과 가방을 홀린 듯 결제하고, 중고 명품 사이트에서 새 제품이 올라오는 시간에 맞춰 들어가 덥석덥석 6개월 할부로 긁었다. 다 부질없었다. 이 집으로 이사 올 때 가져온 것보다 버린 것이 더 많았다.

그나마 이 집이 돈 쓴 것 중 가장 가치가 있었다. 대학생, 취업 준비생 때는 꿈도 못 꾸던 집, 작지만 베란다가 있고 앞뒤 다 트여 마음 놓고 창문을 열어 놓을 수 있는, 날이 좋으면 멀리 서울의 불빛이 아스라히 보이기까지 하는 언덕배기 건물의 8층. 돌아오는 발걸음이 가벼웠고 계절이 바뀌어 바람과 풍경이 달라질 때는 더욱 그랬다. 이 집 덕분에 종현과 헤어지지 않을 수도 있었다. 종현을 잡아 줄 수 있었다. 잘한 일이었을까? 그때 종현을 놓아줬다면, 차라리 낫지 않았을까? 종현이 좋았다. 종현을 사랑했다. 종종 호텔 방으로 겉돌기도 했지만 많은 것을 최대한 함께하려고 노력했다. 그런데도 상황은 지금이었다. 떨어져 있자 오히려 회복이 되고 있는.

함께 살기 시작하던 무렵의 일들이 떠올랐다. 아침마다 수영을 깨우던 종현의 나직한 목소리, 일어날 때 칭얼거리며 꽉 끌어안던 넓은 가슴, 샤워 거품 향기가 섞인 촉촉한 체취. 일으켜 줘, 말하면 종현은 번쩍 안아 들어서 욕실 앞에 척 내려놨다. 단번에 둥실 떠오르던 몸의 감각과 단단하게 자신을 받쳐 안던 종현의 두 팔, 짜릿하게 차올라서 꺅 내질렀던 소리. 내려선 수영은 아빠와 놀이공원에 온 여자아이처럼 종현을 올려 봤다. 뛰어올라 달랑 매달려서 온몸으로 안았다. 한 번도 느껴 본 적 없던 충족감, 확보감. 그 후로 많은 일이 있었지만, 그것들은 모두 선명했다. 자그마한 흠집조차 나지 않은 것 같았다. 보호 필름을 벗기면 아직 새것인 양 반들거리는 핸드폰의 액정처럼. 그러니 다시 그 보호 필름을 덮어 둬야 했다. 가식이든 위선이든 한 꺼풀 덮어 어떻게든 생활이 긁고 찍고 문지르며 만드는 흠집을 견뎌 내야 했다. 하지만 정말 그래야 할까? 왜, 언제까지?

수영은 두서없이 꺼내느라 더 어지러워진 책장을 망연히 봤다. 정리해야 한다는 것을 알면서도 손가락 하나 까딱하기 싫었다. 생활에 지쳤다고 말할 수 있었다. 하지만 사랑에 지쳤다고 말할 수도 있었다. 자신이 얼마나 외롭게 견디는지 종현은 알아주지 않았다. 스스로 파 내려 간

갱도 속에 혼자 있었다. 종현도 원치 않게 굴러떨어진 구덩이였고, 올라올 수 없으니 더 파 내려갈 수밖에 없다는 것 역시 알았지만, 마찬가지로 수영 자신 역시 그렇게 느낄 수밖에 없었다. 지쳤으니까. 사랑이나 생활 어느 한 가지가 아니라 사랑하는 생활에, 생활해 가야 하는 사랑에 지쳤으니까.

힘을 내야 했다. 종현을 믿는 마음도 예전만큼은 아니었지만 그래도 믿어야 했다. 어쨌든 시험만이 유일한 돌파구였고 지금도 달라진 것은 없었다. 한 번 더 떨어졌다는 것이 시험을 포기할 이유는 아니었다. 자신이 원서 마감일을 알았으면서도 지나쳐 버린 것은 아무도 원하지 않는다는, 포기할 핑계를 찾았기 때문이었다. 아마 예전의 자신도 어렴풋이나마 알았을 것이다. 옷과 가방 들은 다 버리거나 팔아 버렸으면서도 교재들은 챙겨 뒀으니까. 지난 시간은 수영 자신에게도 시험이었다. 그것도 처음 보는 시험. 사랑하는 사람이 휘청거릴 때 어떻게 부축해 줘야 하는지 몰랐다. 함께 있고 싶었고, 있어 줘야 한다 생각하면서도 번번이 호텔 방으로 도망쳤다. 약하게도, 어리석게도. 그런 시험에 들어 봤을 만큼 누구를 사랑해 본 적도 없었다. 이토록 자신의 생활에 깊이 들어온 남자도 없었다. 종현이 처음이었다. 수영은 엄마를 떠올렸다. 엄마는 늘 자신과 함께 있어 줬다. 발톱이 살을 파고들도록 보험을 팔러 돌아다녔으면서도, 학교에서 공부는 안 하고 그림만 지지리 그리다 돌아온 딸을 뭐라도 해 놓고 앉아 기다려 줬다. 사랑한다고 말한 적도, 그 비슷한 말을 쓴 쪽지 한 장 건네 준 적도 없었지만.

수영은 오랜만에 엄마에게 전화했다. 데면데면한 사이인 데다 종현과 함께 산다는 말을 못 해 대화는 겉돌았다. 그래도 마지막에는 건강해, 하고 말했다. "제대로 챙겨 먹어." 엄마의 말이었다. 드문드문한 통화마다 반복하게 되는 그 말들은 시간이 흐를수록 오히려 습관의 녹을 벗고 있었다. 또렷하고 단단한 말이 되고 있었다. 하지만 결국은 할 수 없는 말, 들을 수 없는 말이 될 것이다. 종현과 함께 살아가고 있는 이 나날도.

일요일 오후 내내 수영은 다시 한번 집을 정리하고 단장했다. 종현이 좋아하는 김치찌개도 두부를 넉넉히 넣어 끓이고 실파가 비싼 데다 집에 기름 냄새 배는 것도 싫었지만 파전도 청양고추 다진 것 살살 뿌려서 두 장 부쳤다. 장만이 대충 끝나자 더운 공기가 들어오는데도 창문을 열어 환기시켰고 탈취제까지 곳곳에 뿌렸다. 화장은 옅어 보이게 하고 머리는 새로 반듯하게 묶었다. 옷은 종현이 예전 무인양품에서 생일선물로 사 준 줄무늬 원피스를 입었다.

단장을 막 마쳤을 때 종현에게서 문자메시지가 왔다. "서울 도착 시간이 애매할 것 같아요. 기다리지 말고 먼저 먹어요."

수영은 찌개 냄비의 불을 끄고 식탁에 혼자 앉아 있었다. 차려 놓은 것들이 식어 갔다.

종현이 현관문을 열었다. 수영을 보자 웃었지만 억지스러웠다. 얼굴에는 수염이 거뭇거뭇했고 옷은 갈아입기는 했지만 어딘지 꾀죄죄해 보였다.

"집이, 바뀌었네요. 더 깨끗해진 것 같기도 하고." 종현은 남의 집에 들어오듯 가방을 내려놓고 두리번거렸다.

"연휴고 가만히 있기도 그래서."

"좋네요. 훨씬 넓어 보여요."

"저녁은 먹었어?" 수영은 말하고 나서야 종현에게서 먹고 들어온다는 문자 받은 것이 생각났다.

"먹고 들어왔어요. 아직 안 먹었어요?"

"응, 먹었어." 안 먹었지만, 먹었다고 문자를 보냈더랬다. "씻을래?"

종현은 잠시 망설였지만 들고 있던 핸드폰을 내려놓고 일어났다. "그래야겠어요."

수영은 종현의 보스턴 백을 들고 세탁기가 있는 다용

도실로 갔다. 속이 상했다. 종현이 억지스럽게 웃는 것도, 낯선 집 오듯 두리번거린 것도, 자기보다 집 바뀐 것을 먼저 알아차린 것도 다 마음에 안 찼다. 가기 전보다 초췌해진 얼굴도 꼴 보기 싫고 나흘 만에 보면서 보고 싶었다 말 한마디 안 한 것도 기가 찼다. 수영은 가방 지퍼를 휙 잡아당겼다. 빨랫감을 뒤지던 수영의 얼굴이 서늘하게 식었다. 첫날 입고 간 옷을 빼고는 모두 챙겨 넣은 그대로였다.

수영은 소파에 앉았다. 종현이 씻는 소리가 들렸다. 탁자에는 종현의 핸드폰이 있었다. 망설였지만 잡아 들었다. 가슴이 두근거렸다. 암호가 여전히 걸려 있지 않다는 것이 그나마 안도감을 줬다. 메신저를 먼저 확인했다. 별것이 없었다. 카드 승인 내역이 있는 문자 메시지를 확인했다. 모두 서울에서 쓴 내역이었다. 식당, 편의점, 식당, 피씨방, 피씨방, 식당, 피씨방. 친구 집이 있다던 강릉에서는 목요일 밤에 쓴 것과 금요일 오후 버스 터미널에서 쓴 것이 전부였다.

종현이 씻고 나왔을 때 수영은 그대로 소파에 앉아 있었다. 두 다리를 붙인 채 소파 한쪽 끝에 허리를 세우고. 수영이 검지손가락 옆 부분을 잘근잘근 씹고 있는 것을 본 종현은 화장대 의자를 끌어왔다. 수영의 맞은편에 앉았다.

침묵의 모서리가 날카로웠다.

"어디 있었니." 수영이 말했다.

"친구 집에요. 아, 옷은 거기 있는 동안 친구 옷 입어서 그런 거예요. 안 그래도 이상하게 생각할 거 같아서 걱정했는데……."

"핸드폰 봤어. 피씨방에 있었더라."

종현은 입을 다물었다. 왜 봤냐고 말할 생각은 들지 않았다. 미안함보다 그런 말로 반격할 수조차 없는 자신의 처지만이 선명했다.

"왜 안 왔니?"

종현은 대답하지 않았다.

"물었어."

"미안해요. 잘못했어요."

수영은 침묵했다.

종현은 버텼지만 대답했다. "올 수가 없었어요."

수영은 말없이 종현을 쳐다봤다.

"쉬게 해 주고 싶었어요. 나 때문에, 아니 내가 힘들게 하는 거 알고 있었고 그래서 올 수가 없었어요. 며칠 만이라도 수영 씨가 좀 쉴 수 있게, 그렇게 하는 게 내 도리라고 생각했어요."

도리? 수영의 눈초리는 싸늘했다. "친구 집에 가기는 한 거니?"

"갔어요. 갔던 건 맞아요. 이틀 정도 있을 예정이기는 했지만."

"왜 하루 만에 나왔니?"

"그렇게 됐어요. 별거 아니에요."

"물었어."

종현은 이마를 매만졌다. 친구의 실소가 다시 들렸다. 빵빵하고 이쁜 여자 친구가 먹여 줘 자 줘 공부까지 시켜 줘, 뭘 그렇게 울상이냐고. 안됐기야 안됐지만 너만도 못한 사람이 얼마나 많은데, 바다나 보고 가라앉혔다가 올라가라고, 가서 그저 고맙게 자 주고 먹어 주면서 너 할 공부 하라고 말했다. 피식 웃으면서 덧붙였다. 정 싫으면 나중에 먹고 버리든가. 할 만큼 하면 여자는 하이힐 거꾸로 신고 남자는 구두 거꾸로 신고, 남녀 관계 다 그런 거 아니냐며. 애초에 보고 싶어 만난 친구가 아니었다. 며칠 지내기 만만했고 바다가 보고 싶어서 간 것이었다. "싸웠어요. 어쩌다 보니 옛날 일로. 별거 아니에요. 전부예요, 그게."

수영은 입술을 말아 물었다. 몸을 앞으로 당겼다. "다시 물을게. 왜 안 왔니?"

종현은 수영의 시선을 피했다. 머뭇거리다가 말했다. "솔직히, 오기 싫었어요. 수영 씨가 나 때문에 같이 갑갑하게 울상 짓는 것도 싫고, 안 그런 척해 보이려 더 깔깔대고 명랑하게 그러는 것도 너무 미안하고, 아니 그냥 다 보기 싫었어요. 이 집 안에 있을 수밖에 없는 나 때문에 전부 다 싫었어요."

"그럼 왜 왔니? 올 때가 돼서, 여기밖에 올 데가 없어서?"

종현은 아프게 웃었다. 그랬다, 틀리지 않은 말이었다. 마음이 어떻든, 각오가 어떻든. "그래요, 그래서 왔어요."

수영은 주저하지 않았다. "나가." 종현을 똑바로 보고 말했다. "당장 나가."

"아닌 척 좀 하지 말아요! 내가 없어서 안 편했어요? 한숨 돌리지 않았어요? 후련해서 기분 좋아서, 이렇게 쓸고 닦고 옮기고 다 한 거 아녜요? 못 참겠어서, 내가 이러고 있는 게 참고 못 봐주겠어서 친구 집에서 자고 그랬던 거 아녜요? 왜 나만 갖고 그래요? 왜 나 혼자 찌질하고 못나 빠져서 이러는 것처럼 그러는 건데요? 왜 다 나 때문이라고 해요, 왜! 다 나 때문인 거 알고 있는 나한테 왜 자꾸!"

바닷물이 일렁거렸다. 저 아래 편편한 바위 위를 덮치고 빠져나가던 바닷물. 아주 차갑고 무정할 것 같던, 그래서 아무 흔적도 없이 다 쓸어 가 줄 것 같던. 그것을 도로 난간에 매달려 한참 동안 바라봤다. 지평선은 면도칼로 그어 낸 것처럼 깨끗했다. 멀어서 보이지 않는 먼 곳이 편안했다.

"넌 정말 너구나. 끝내, 끝끝내 너야. 너 하나야." 수영은 차게 웃었다. "그래, 네 말대로 네가 없으니, 네가 없어서 편하더라, 얼마 만인지 모를 만큼 숨통이 트이는 것 같았고 얼마 만인지 모를 만큼 숨을 숨같이 쉬는 거 같더라. 맞아, 다 네 말 맞고 틀린 거 하나도 없어. 하지만!" 수영의 눈이 붉어졌다. "믿었어야지. 내가 여기서 널 기다린다고, 여기는 우리 집이고 넌 내 애인이라고 한 내 말을, 나를 믿었어야지. 네가 그렇게 갈 곳 없어서 피씨방 간 걸 알면 내가 어떻게 될지, 내 마음이 어떤 지옥이 될지 너는 알고 믿어 줬어야지! 나는 널 믿었잖아. 네가 될 거고 되는 사람이라고, 믿고 계속 믿을 수 있다고 너한테 말해 줬잖아!"

"그 믿는다는 소리 좀 집어치워요. 되긴 뭐가 돼요? 그 말대로 될 것 같으면 왜 이렇게 됐는데요, 우리가 왜 이러고 있는데요, 왜!" 될 거야, 꼭 될 거야. 자기는 되는 사람이야, 나는 믿어. 믿을 수 있어. 망망대해에 뜬 구명선이 된 기분이 들 때마다 미풍처럼 자신을 밀어 주던 말이었다. 하지만 난간에 몸을 걸고 검은 바위에서 으스러지는 파도를 볼 때 자신의 등을 떠밀기도 하던 말이었다. 수치심을 일깨우고 체념을 재촉하며 귓전에서 사납게 펄럭이던 바람처럼.

"고작 그 소리야? 말 같잖은 말, 고작 그거야? 그러니 더 해야겠다는 생각은 못 해? 내년이라도 내후년이라도 기어이 끝을 내 해치워 버려야겠다는 생각은 못 해? 겨우, 그것밖에 안 됐니? 해서 보여 주겠다는 게 이런 거였어?"

"내가 제일 무섭고 싫은 게 그거예요. 수영 씨 뒷바라지 받고 언제가 될지도 모르는 이 짓거리를 하는 거. 스물여섯, 일곱, 여덟 그러다 서른이 넘어서도 그것밖에 할 줄 아는 게 없어서 계속 붙들고 있는 고시 폐인, 좀비 되는 거요. 그 생각만 하면 자다가도 머리털이 쭈뼛쭈뼛 서요, 알아요? 학원 안 나가는 거, 돈보다 그런 인간들 안 마주치고 싶어서라고요! 나 같아서, 5년 뒤 10년 뒤 내 면상 수백 개가 내 앞을 지나가는 것 같아서요!"

"그럴수록 더 달려들어야지! 더 뚫고 나가 버릴 생각을 해야 하는 거 아냐? 그 정도 각오도 없이 시작했어? 있는 집 자식들처럼 취미로 했어? 그렇게나 주제 파악 못 하고 한심한 애였니?"

종현이 붉어진 눈을 치켜떴다. "그래! 그렇게 한심해. 한심한 남자 새끼야, 몰랐어? 그래서 먹여 주고 자 주고 공부까지 시켜 주는 여자 친구 있는데 이러고 있어. 아버지는 요양소 침대에 누워 있고 엄마는 건물 계단에 제대로 굽혀지지도 않는 무릎 꿇어 가며 남 오바이트 해 놓은 것까지 걸레질해 닦고 여동생은 휴학하고 돈 번다고 화장품 가게 앞에서 마이크 차고 샘플 돌리는데 정신 못 차리는 그런 새끼야. 몰랐어? 네 애인, 네 남자 친구라는 개새끼가 고작 이것밖에 안 된다고!"

수영이 부르짖었다. "닥쳐! 닥치라고! 내가 지금 그 말 했어? 그런 이야기 하고 있었어? 나쁜 새끼야, 이 비겁한 새끼야!" 수영은 손에 잡히는 대로 집어 던졌다.

종현은 서 있었다. 맞았다. 너무 아팠고, 아프지 않았다. "결국 같은 말이야. 나 같은 놈한테 무슨 선택이 있어? 고작 한두 번 객기나 부리는 거야. 그래, 나도 고시 한번 쳐 봤지. 나도 경찰 간부가 돼 보려고 했어. 남들이 소방관이나 순경, 동사무소 공무원이 되려고 할 때, 나도 시도는 해 봤어. 노력도 좀 했어. 결국 그 소리가 내가 어깨에 찰 견장인 거라고. 내려오는 동아줄은 하나야. 나보다 못난 놈, 잘난 놈 수백 수천이 그 동아줄 하나 붙잡아 보자고 이러고 있는 거고. 그런데 차이가 뭔지 알아? 못나고 잘난 게 아니야. 바닥이야. 디디고 선 바닥! 아무리 날고 기어 봤자 나처럼 유리 한 장이 바닥인 놈은 못 뛰어. 더 높게 뛸수록 와장창 박살이 나니까. 굴러떨어지면 어디로 굴러떨어질지 환히 보여서, 서 있기만 해도 다리가 후들후들 떨리니까. 콘크리트 바닥인 애들은 달라. 걔네들한테는 뛰든 말든 하고 싶고 말고의 문제야. 뛰고 뛰다가 다 싫어지면 관두고 딴 거 해도 돼. 우리 엄마 같은 사람 자르고 자기네 건물 청소나 해도 뭐라고 할 사람 아무도 없어. 차라리 부러워나 하지." 종현은 고개를 들었다. "그런데 난 뭐가 될까? 이것도 못 되는 난 도대체 뭐가 될 수 있을까!"

수영은 소리를 내지르며 주저앉았다. 모든 것이 차분하게 제자리를 찾을 때까지 울어 내고 싶었지만 오히려 더 뒤죽박죽이 되어 가고 있었다. 아니라고 하고 싶었지만, 전부 아니라고 말하고 싶었지만 그럴 수 없었다. 종현이 말하는 세상이 무섭도록 똑똑히 보였다. 자신도 너무나 잘 알고 있었다. 자신 역시 그곳에서 도망쳐 지금 직장을 잡았다. 후회하고 미련이 남았지만 그 세상이 무서워서, 다시 나가기 끔찍해서 더는 시험을 보지 않았다. 이 과장과 마 대리가 한 짓 따위 수도 없이 겪고 모른 척 삼켜 가면서. 견뎌야 한다고, 아무도 나를 대신해 줄 수 없으니 버텨 내야 한다고 스스로 윽박지르면서. 모든 것이 끔찍하게 선명했다. 불투명한 유리 조각으로 알록달록 쌓아 올린 예쁜 것들이 흐트러지고 허물어지고 있었다. 수영은 더 울었다.

"사실은," 종현은 메인 목을 삼켰다. "면목 없지만, 한 번 더 해 보고 싶다고. 한 번만 딱 한 번만 더 믿어 달라고, 너무 미안하고 정말 너무 부끄러운데." 종현의 목소리가 다시 메었다. 눈물이 바닥에 떨어졌다. "제발 한 번만 더 믿어 달라고, 그러면 내년에는 꼭 붙겠다고, 붙어서 수영 씨 행복하게 해 주겠다고 말할 생각이었어요. 절대로 수영 씨 배신 안 하고, 평생 고마워하면서 살겠다고. 그러니까 옆에 있어 달라고, 제발 나 놓지 말라고, 그러면 나도 내가 어떻게 될지 모르겠다고. 지금은, 지금은 정말 수영 씨가 나한테 엄마나 동생보다 더 소중하다고, 아무리 생각해 봐도 그것밖에 모르겠고 몰라서 미안하다고, 그렇게 말할 생각이었어요." 종현은 주먹으로 눈물을 닦았다. "하지만 내가 잘못 생각했네요. 내가 틀렸어요."

수영은 얼굴을 가린 채 물었다. "날 사랑해?"

"사랑했어요. 확실했지만 이젠 모르겠어요. 사랑해서 여기에 있는지, 여기에 있을 수밖에 없어서 사랑한다고 말하는 건지. 나도 이러는 게 싫은데, 미칠 것 같은데, 정말 모르겠어요."

수영은 흐느꼈다. 자신도 마찬가지였다. 알 수 없었다. 아무것도 알 수 없었고 그것을 모르는 척 숨겨야 한다고 생각하고 믿었던 것까지 모두 무너져 있었다.

"시간을 좀 줘요. 지낼 곳을 알아볼게요."

수영은 아무 말도 하지 않았다.

종현은 밖으로 나갔다. 현관문이 조용히 닫혔다.

수영이 불을 끄고 30분쯤 지났을 때 종현은 돌아왔다. 수영은 숨을 멈췄다. 화장실에 들렀다가 소파에 가만히 눕는 종현의 기척을 들었다. 어깨 너머로 현관의 자동 전등이 꺼졌다. 변기 소리가 잦아들었다.

종현은 몸을 뒤척였다. 소리 죽인 한숨을 신음처럼 내뱉었다. 수영은 종현 쪽으로 몸을 돌렸다. 울음 빠진 몸이 봉분에 눌린 것처럼 무거웠다. 종현을 보고 있었지만 어둠 때문에 종현이 보이지 않았다. 종현의 신음 같은 한숨이 멎은 것은 알 수 있었다. 종현도 침대 이쪽을 귀 기울여 듣고 있는 것 같았다. 하지만 잠을 깨우기라도 했을까봐 눈치를 본 것인지도 몰랐다. 슬픔이 쓰라렸다.

수영은 자리에서 일어났다. 종현에게 걸어갔다. 종현이 긴장해 있는 것을 수영은 느낄 수 있었다. 서글프고 가여웠다. 자신처럼. 수영은 종현의 옆에 누웠다. 종현을 감싸 안았다. 어둠 속에서, 오랜만에 안는 종현은 익숙하게 단단하고 따스했다. 수영은 안도감을 느끼며 더 깊이 종현을 안았다. 종현도 몸을 돌려 수영을 안았다. 옷 위로 수영의 등을 절박하게 어루만졌다. 그 온기와 부드러움을 실감하려는 듯.

"말해."

종현은 대답 대신 수영을 더욱 어루만졌다.

"말해, 나쁜 놈아." 수영은 울먹였다.

"미안해요." 종현의 목소리도 축축했다.

"제대로 말해."

"미안해요. 아무 데도 가고 싶지 않아요. 여기 있고 싶어요. 같이 있고 싶어요." 종현이 메인 목소리로 말했다.

팔을 적시는 종현의 눈물을 느끼며 수영은 종현에게 입 맞췄다. 찐득거리는 종현의 눈가를 닦아 줬다.

귓바퀴의 연골을 손등으로 쓸었다. 짧은 머리칼이 답소록한 목덜미를 매만졌다. 넓은 등의 촘촘하고 딱딱한 척추를 하나씩하나씩 만져 보고 쓰다듬었다. 하지만 종현이 있다는 것만 확신할 수 있을 뿐 자신이 종현을 사랑한다는 것도, 종현이 자신을 사랑한다는 것도 확신할 수 없었다.

다음 날 두 사람은 함께 휴가를 냈다. 수영은 병가, 종현은 아버지가 갑자기 상태가 안 좋아지셨다는 사유를 댔다. 두 사람은 집 밖으로 한 걸음도 나가지 않았다. 종일 셀 수 없이 몸을 섞었다.

종현은 다음 날부터 새벽 운동을 다시 시작했다. 퇴근 후에는 곧장 백팩을 들고 집을 나섰고 공부가 끝나면 집으로 왔다. 수영도 최대한 정시에 맞춰 퇴근했고 곧장 집으로 왔다.

며칠 뒤 수영은 상수에게 말했다. "종현이랑 헤어질까요?"

17

서랍에서 클립을 꺼내던 상수는 고개를 들어 수영을 봤다. 수영은 자신을 보고 있지 않았다. 눈은 모니터에 가 있었지만 모니터를 보고 있는 얼굴도 아니었다. 아무것도 보지 않는, 아무것도 보고 싶어 하지 않는 얼굴. 수영은 호출 단추를 눌렀다. 신호음이 들렸고 그제야 평일 오후, 한산한 객장의 소음이 상수에게 들려왔다. 창구 앞에 앉아 펜을 톡톡 두드리며 자신을 기다리는 젊은 여성 고객의 모습도 눈에 들어왔다. 상수는 바로 앉았다. 클립에 끼워 주려던 동의서를 대충 간추려 내밀었다.

저녁의 회식에서 수영은 서 대리 옆에 붙어 있었다. 서 대리의 팔을 흔들며 재미나 죽겠다는 듯 발을 동동 구르며 웃어 댔다. 서 대리가 얼마 전 다녀 온 돼지갈빗집 얘기를 꺼내자 맛있겠다 소리를 연발하며 다음에 자기랑 꼭 같이 가자고 호들갑을 떨었다. 누군가 정 청경이랑 가라고 말했다. 둘이 같이 쉴 때 알아봤다고, 이제 공개할 때도 되지 않았냐고 말했다.

수영은 재미있는 농담을 들었다는 얼굴로 말했다. "정말 그럴까? 누나가 돼지갈비 한번 사 줄게, 그래 볼까? 정 청경 정도면 마이너스 통장 만들어서 소갈비라도 사 줄 수 있는데. 그러고 싶은데."

서 대리가 맞장구쳤다. "넌 어쩜 나 젊었을 때랑 이렇게 똑같니? 내가 종현이 같은 남자애 만났다가 마이너스 통장 뚫어서 그때 돈으로 삼천 해 주고 지금 남편 만나 결혼했잖아."

"언니, 그쵸? 그런 거죠?"

"말해 뭐하니. 남자도 인생도 다 그렇고 그런 거 아니니? 뭐 해, 다들? 마셔, 마셔야지 별거 있니?"

이쪽 자리 남자들은 남자들끼리 지껄이고 있었다.

"시험 끝나니 딱 정리했나 보지? 독하네, 안수영."

"회복기 같죠, 아무래도? 둘이서 함께 휴가 쓴 날 뭐 했을까요. 이별 여행이라도 다녀왔나."

"마지막으로 회포는 풀었겠지. 고운 정 미운 정 다 없어도 떡정은 남는 거 아니겠어."

"고만들 해라, 고만들. 남 헤어지는 게 뭐 좋은 일이라서 떠들고 있어. 그 시간에 실적 고민이나 해. 이제 진짜 코앞이야. 작년 연말에 부지점장님 어떻게 하셨는지 생각 안 나?"

"팀장님도 좋으시면서. 이제 지점 망신시킬 일은 없잖습니까."

"모르는 소리 좀 마라. 원래 남녀 관계란 게 끝나고 나서가 더 무서운 법이야. 좋을 때는 누가 알고 신경이나 써? 끝나고 나면 그때부터 누구는 한숨 푹푹 쉬고 누구는 모른 척하고 어느 날 갑자기 마누라가 친정 엄마랑 찾아오고, 남편이 애 데리고 정문 앞에서 기다리고. 야, 내가 하루 이틀 봤냐? 누구 하나 나가야 끝이 나도 나는 건데."

"걱정 마십쇼. 안수영은 이미지 관리 때문에라도 뒤끝 안 남길 앱니다. 종현이도 생긴 게 곱상해서 그렇지 속은 차돌이에요, 차돌. 요 며칠 티 하나 안 내잖습니까. 어제도 형이 술 한잔 사 줄까 했더니 공부해야 한다면서 가더라고요. 잘됐죠, 잘됐어요. 한 해만 더 공부 바짝 해서 경찰 간부 되면 안수영보다 백배는 나은 여자 만나지 않겠습니다. 남자들 한 번씩 다 거쳐 가잖아요. 예쁘장해서 남자 홀렸다가 뒤통수 오지게 후려치는 불여우들."

“그래도 여우가 재밌지, 맛도 있고.”

“양 과장님도 참, 그 말씀은 지당하죠.”

“너도 슬슬 정리해야지. 날도 잡았는데.”

“그래야죠. 군소리 안 날 애들로 정리 들어가야죠.”

“캬, 역시 우리 과장님은 노는 물이 다르셔. 한잔 하시죠. 한잔 다 같이 거국적으로!”

경필이 있었다면 뭐라고 속 시원하게 먹였을까? 상수는 맥주잔을 들기만 했다 내려놨다. 경필은 끝나자마자 달려 나가고 없었다. 며칠 사이 문자메시지를 주고받던, 일곱 살 어린 여자와 밥 약속이었다. 매일 아침 회사 앞에서 기다렸다가 명함 한 장에 5000원짜리 커피점 카드를 끼워 건네 넘어오게 만들었다. 드라마에서 나온 거 아니냐고 야유하자 드라마에서는 명함만 줬다고 바로잡으며 말했다. “중요한 건 어디에서 나왔냐, 마냐가 아니야. 그걸 하느냐, 마느냐, 그것도 모르느냐. 여자들은 그걸 본다고. 그 나이가 되도록 학습이라는 게 안 되냐, 넌. 갑갑하다. 깝깝해.”

학습은 돼 있었다. 종현이랑 헤어질까요? 그 말은 헤어질지, 말지 물어보는 말이 아니었다. 헤어지고 싶지만 걸리는 것이 있다는 말이었다. 그 말을 듣던 순간의 기분이 떠올랐다. 당황하기는 했지만 이상하게 놀랍지는 않았다.

뭐가 철커덩하고 내려앉는 것 같았고 동시에 그 철커덩하고 내려앉은 것을 아무에게도 들키고 싶지 않았다. 그뿐이었다. 혹시 내가 잘못 들은 건 아닐까? 지난번처럼 날 갖고 놀려고 해 본 말은 아닐까? 하지만 다 무슨 상관일까? 이제 아무 사이도 아닌데. 핸드폰이 울렸다. 미경이었다. 상수는 괜히 두근거리는 것을 느끼며 시간을 확인했다. 필라테스 수업이 끝난 모양이었다. 핸드폰을 들고 밖으로 나왔다.

평소와 다름없는 통화를 하다가 상수는 아무렇지 않게 물었다. “안 주임, 혹시 뭐라고 안 그래? 정 청경이랑?”

“왜 갑자기?”

“왜는, 둘이 같이 쉰다고 한 날 그랬잖아. 뭔 일 있는 것 같다고. 오늘 사람들도 수군수군거리고.”

“수영이는 어떤데? 뭐라고 해?”

“아니, 아니. 그런 건 아니고 평소 같지 않아 보이기는 해서.”

“그래? 내가 물어봤을 때는 별일 없댔는데. 잘 지낸다고 했어. 뭐가 한번 올 것 같아 연휴 내내 조심했는데 마침 그날 몸살이 온 거였고. 왜 아니겠어, 종현이 시험 안 되고 개도 축 처져 있었잖아.”

“직접 물어본 거란 말이지?”

“그랬지, 혹시나 싶어서. 시험 때문에 아무래도 좀 꺾였는데 종현이도 다시 마음 잡기로 했고 자기도 마음 추스려서 오히려 전보다 좋아진 것 같다고. 종현이 내려갈 때 차비도 쥐어 줬다고 했어. 지점장한테는 아버지가 나빠졌다 말했는데 사실은 어머니가 계단 청소 일하시다 다치신 거였대. 너무 안됐지? 애가 항상 깍듯하고 밝아 보여서 하나도 안 그래 보였는데. 좀 그런 이야기라서 자기한테도 아무 말 안 했고.”

“그래……. 그랬구나. 그런 얘기는 그렇지, 안됐네.”

통화를 마무리하고 상수는 자리로 돌아왔다. 수영은 나가기 전과 다름없이 흥이 오른 척 웃고 떠들고 있었다. 아무것도 안 보는, 아무것도 보고 싶어 하지 않던 수영의 얼굴이 지금 모습과 선명히 대비를 이루며 떠올랐다. 분명 잘못 본 것은 아니었다. 뭘까? 미경에게 말한 대로라면 왜 갑자기 그런 말을 던졌을까? 두 사람 사이에 무슨 일이 있었던 걸까? 하지만 미경이 모른다면 자신도 몰라야 하는 일이라는 생각이 제동을 걸었다. 거창하게 말할 것도 없었다. 당연했다. 하지만 그렇게 마음을 움켜쥘수록 삐져나오는 것도 있었다. 미경에게도 못 할 말이 무엇일까. 왜, 어째서 나한테 그 말을 했을까?

홍 팀장이 같이 한잔들 더 하러 가자고 잡아 끌었다.

마감이 끝나고 지점장이 다 있는 앞에서 홍 팀장을 찍어 한 소리 되게 해 댄 터라 대부분 따라가는 분위기였다. 상수도 주춤주춤 걸어가는데, 저만치 수영이 서 대리를 먼저 택시 태워 보내는 것이 보였다.

수영은 걷고 있었다. 굽이 휜 것처럼 어긋나는 걸음으로, 대로의 높은 가로등과 늘어서서 택시를 잡으려는 사람들과 빈 버스 정류장을 지나치고 있었다. 그대로 하염없이 걸어갈 것 같았다. 6차선 도로를 따라 한강 다리가 나올 때까지, 계속. 아무래도 걱정스러워 천천히 걸어가며 지켜보던 상수가 뛰었다. 가서 수영의 팔을 붙들었다.

수영이 깜짝 놀라 상수는 사과부터 해야 했다. "미안해요, 놀라게 해서 미안해요. 괜찮아요? 괜찮죠?"

진정한 듯했지만 수영의 표정은 냉랭했다. 아무 말도 없었다.

상수는 말문이 막혔다. 하긴, 무슨 기대를 했을까. 왜 수영이 위태롭고 자신을 필요로 한다고 느꼈을까. 어쩌면 자신에게 수영이 필요하다고 느낀 것인지도 몰랐다. "잠깐 어디 가서 얘기 좀 해요."

"아니에요, 그러고 싶지 않아요."

"왜냐고 묻지는 않네요."

수영은 상수를 응시했다. "괜찮아요. 됐습니다."

"먼저 말했잖아요. 종현이랑 헤어질지, 나한테 얘기했잖아요."

"그러니까 괜찮다고요. 실례했습니다. 내가 부주의했어요."

"나한테 말한 이유가 있을 거 아닙니까. 미경이한테도 말 안 했으면서 나한테는 그 말을 한 이유가, 주의든 부주의든 말할 수밖에 없던 게 있을 거 아녜요?"

수영은 몸을 돌렸다. 걸어갔다.

상수는 수영을 앞질러 섰다. 수영의 손을 잡고 핸드폰을 꺼내 쥐어 줬다. "정확히 30분 있다가 전화할게요. 어디든 편한 곳에, 들어가 있고 싶은 곳에 들어가 있어요. 내가 그리로 갈 테니까. 혹시라도, 미경 때문이라면, 마음 안 써도 돼요. 수영 씨한테 다른 마음, 감정 그런 거 없습니다. 수영 씨도 나한테 아무 감정 없잖아요. 그렇다고 말했잖아요. 그렇죠?"

수영은 대답하지 않았다.

"30분 뒤에 봐요. 잠깐 얘기나 하자는 겁니다. 억지로 더 붙잡지도 않을 거고 뭘 캐묻거나 그러지도 않을 거예요. 일어나고 싶으면 언제든 일어나면 됩니다." 상수는 핸드폰을 쥔 수영의 손을 한 번 더 감싸 쥐었다. 온 방향으로 다시 뛰어갔다.

수영은 회색 타일 건물 4층에 있는 칵테일 바로 들어갔다. 상수와 친해지던 때 우연히 들렀다가 두어 번 더 왔었다. 술맛은 맹맹하고 조도는 음침할 만큼 낮아 수영이 좋아하는 곳은 아니었다. 가까웠고 길게 설명할 필요가 없어 왔을 뿐이었다. 수영은 비좁게 놓인 탁자들을 지나 늘 앉던 창가 자리로 갔다.

수영은 주문을 미루고 상수의 핸드폰을 꺼냈다. 꺼진 액정에 천장에서 내려온 노란 조명과 자신의 얼굴이 비쳤다. 왜 그 말을 했을까. 뭘 기대하고 그런 말을 흘리고 만 걸까. 들어오기 전 통화했을 때 상수는 바로 출발한다고, 10분쯤 걸릴테니 먼저 주문하고 기다려 달라고 말했다. 자신이 그사이 떠나기라도 할까 봐 떨리는 목소리였다. 싫지 않았다. 자신을 순정히 원하는 사람이 있다는 것을, 그리고 여전히 그렇다는 것을 확인하고 싶었다. 하지만 그것이면 충분했다. 상수를 기다릴 마음도, 상수에게 할 이야기도 없었다. 핸드폰을 계산대에 맡기고 떠나려 수영은 자리에서 일어났다. 쥐고 있던 핸드폰이 울렸다.

이름보다 웃는 미경의 얼굴이 먼저 들어왔다. 상수와 함께 있는 사진이었다. 상수는 미경의 두 팔에 감싸 안겨 작아진 채 장난스럽게 웃었고 미경은 고개를 쑥 내밀듯 카메라 가까운 곳에서 코를 찡그려 웃고 있었다. 매주 미용실에서 정리하는 듯 한결같은 길이를 유지하는 짧은 머리를 한 채. 해사하고 예뻤다. 행복해 보였다. 진동이 길게 이어지는 동안 수영은 사진을 보고 있었다. 진동이 멎었고 액정은 다시 꺼졌지만 웃음은 남았다. 상수를 가진 미경의 웃음, 사랑하는 남자가 내 남자라는 것을 확신하는 여자의 웃음.

잇달아 문자메시지가 오면서 핸드폰이 짧게 진동했다. 수영은 보지 않고 핸드백에 집어넣었다. 계산대로 가는 대신 화장실로 들어갔다. 큼직한 거울 앞에서 화장을 고쳤다. 앞머리를 매만졌다. 수영은 다시 창가 자리에 앉았다. 위스키 더블을 온더락스로 주문했다.

어둑한 실내를 반사하는 창문은 빗물 흐른 자국과 먼지 때가 끼어 있었다. 수영은 며칠 전 석양빛이 뭉개지던 자기 방의 창문을 떠올렸다. 손자국이 묻은 자리마다 오렌지를 쥐어짠 것 같은 빛이 맺혀 있었다. 종현과 몸을 섞던 중이었다. 몸을 섞고 또 섞었지만 섞어지지 않는 것이 있다는 사실만 절망적으로 확인하던 가을의 오후. 수영은 떨어져 나와 눈물 짓고 이불을 당기는 대신 종현의 위로 올라갔다. 체중을 실어 종현을 받으며 웃으려고 애썼다. 자기가 울기를 바라며 웃고 있을 누군가에게 보여 주려는 듯. 하지만 어떤 것이 빠져나가고 있다는 감각만이 날카로웠다. 사랑, 믿음, 정, 어떤 말로도 고정할 수 없는 것이 세면대의 비눗물처럼 나선을 그리며 빠져나가고 있었다. 수영은 아무것도 보지 않는, 아무것도 보고 싶어 하지 않은 얼굴이 되어 갔다.

문이 열리는 급한 소리로, 몰고 들어온 공기의 흔들림으로 수영은 상수가 온 것을 알았다. 고개를 돌리자 걸어오는 상수가 보였다. 상수는 웃고 있었다. 기대를 확인했으면서도 아직 실감하지 못하겠다는 듯 순진하고 무구한 웃음, 이곳에서 종종 봤고 그때마다 난감하던 그 웃음이었다. 하지만 다가오면서 웃음은 빠르게 잦아들었다. 옆에 선 상수는 여지껏 한 번도 보지 못한 얼굴이었다. 차분하고 오만한 미소, 기꺼이 손 내밀어 입 맞추게 해 줄 마음이 드는 남자의 웃음.

상수는 수영의 앞에 놓인 술잔을 들어 시원스럽게 마셨다. 울대뼈가 기운차게 꿈틀거렸다. 술잔을 내려놓은 상수의 얼굴은 자신만만했다.

“나가자. 더 좋은 데로 가자.” 상수가 말했다.

수영은 웃었다.

18

미경은 페타 치즈에 엔초비를 올려 구운 바게트를 와삭 베어 먹었다. “여긴 정말 끝내줘. 정말이지 너무 맛있다. 어쩜 이럴까?”

아담한 크리스털 샹들리에 너머에서 수영은 눈을 가늘게 뜨고 맛을 음미했다. “그쵸? 엔초비도 맛있고 빵도 누룽지 맛 나게 바짝 구웠고. 미리 예열해서 정확한 온도에 시간 맞춰 딱 구워야 이런 맛 나오는데. 여긴 정말 제대로 하네요. 잘하는 집인 거 같아요.”

“파스타랑 메인도 괜찮겠지?”

“그렇겠죠?” 수영은 웃었다. “안티파스티 똑바로 하는 집이 파스타나 메인을 대충 할 리 없으니까.”

"그래, 젤라토집에서는 바닐라 먹어 보고 커피집에서는 드립이나 에스프레소 먹어 보면 답 나오지."

"맞아요. 기본 잘하는 집이 응용도 잘하더라구요. 사실 그 반대가 이상한 거잖아요."

"옳지, 옳아." 미경은 와인 잔을 들었다. 수영과 가볍게 부딪치고 한 모금 마셨다. "좋다, 참. 오랜만에 이렇게 너랑 미식회 하는 것도 좋구, 오늘 너 기분 좋아 보이는 것도 좋구."

수영은 가볍게 웃었다.

"그래, 웃어. 너 웃는 게 얼마나 예쁜데. 마음이 많이 쓰이더라. 종현 씨도 종현 씨지만 네가. 벌써 1년 넘게 사귀었는데 네 마음은 얼마나 힘들까 싶어서."

"괜찮아요. 종현 씨 열심히 다시 공부하고 있고 저도 저대로 잘하고 있어요. 처져 있기만 한다고 뭐가 되나요. 더 해야죠. 뭐라도."

"당연하지. 네가 누군데. 내가 이래서 널 좋아하잖아."

"잡초처럼 밟혀도 밟혀도 다시 살아나니까?"

미경은 어색하게 웃었다. 왜 이런 말을 할까?

수영도 피식 웃었다. "민들레쯤으로 해요. 잡초들 사이에서도 오똑 피어서 봄바람에 뽀얀 홀씨 태워 날려 보내는. 그래 봤자 또 잡초들 속에서 피겠지만."

미경은 괜히 더 웃었다. “민들레는 무슨. 너 정도면 최소 수선화지. 먹자, 저기 우리 올리브튀김인가 보다. 오늘은 맛있게 먹고 마시자. 딴거 아무것도 신경 쓰지 말고 계산도 내가 할 테니까 우리 더 시키자. 먹고 남기도록 시켜 보자.” 미경은 잔을 들었다. “자.”

자리가 끝나고 미경은 좀 걸었다. 배불리 먹었고 많이 웃고 떠들었는데 뒷맛이 안 좋았다. 수영이 아닌, 다른 사람과 밥을 먹은 것 같았다. 미경은 자신의 빈 목을 쓰다듬었다. 더 허전한 기분이 들었다. 그래도 잘한 일 같았다.

가을의 밤거리가 헐거웠다. 바람은 이제 서늘하다 못해 쌀쌀했다. 불빛이 닿지 않는 곳마다 조락의 냄새가 피어올랐다. 수영은 택시를 잡을까 머뭇거리다가 조금 더 걸었다. 코트 주머니 속 핸드폰을 만지작거렸다. 누런 신문지 같은 플라타너스 낙엽이 구두에 밟혔다. 미경은 상수에게 전화했다. 금방 받았다.

“이제 끝났어? 좀 늦었네.”

“전화도 안 하고, 문자도 없고. 우리 애인은 걱정도 안 되나?” 그냥 하는 말만은 아니었다. 아버지를 만나고 난 뒤 상수는 느낌이 조금 달라진 것 같았다. 어쩌면, 그저 안정기에 접어든 것인지도 몰랐다.

“밥 먹는다고 해서, 일부러 안 했지.”

"변했네, 변했어."

상수는 웃었다. "누구랑 먹었는데?"

"비밀."

"차는 탔어? 들어가는 길이야?"

"안 궁금해?"

"뭐가?"

"비밀이라는데, 안 궁금해?"

"뭘. 그만하니 비밀이겠지. 아직 밖인 거야? 안 들어가고 뭐 하고 있어?"

"걷고 있지. 낙엽 밟으면서, 우리 애인 생각하면서."

"밟히는 게, 나야?"

미경은 웃었다. "아니. 우리 이쁜 애인을 내가 왜 밟아?" 미경은 걸음을 틀어 낙엽을 피했다.

"빨리 택시 잡아서 들어가. 오늘 쌀쌀한데 그러고 다니지 말고. 감기 든다."

미경은 히히 웃었다.

"웃긴."

미경은 걸음을 멈췄다. "우리 집에 안 올래?"

"지금?"

"좀 그런가?"

"늦었잖아. 그리고 나 내일 당번이야. 나가서 셔터 올려야지."

"그렇군." 보안 당번이어도 와서 잔 적은 종종 있었다. 둘이서 밤을 꼴딱 새고 비몽사몽으로 나간 적도 있었다. 미경은 아름드리 플라타너스 가로수를 올려다봤다. 변하겠지, 변하는 거겠지. "그럼, 내가 자기 집으로 갈까?"

"지금?"

"싫어?" 미경의 목소리가 도드라졌다.

"아니, 방이 좀 그래서. 와, 그럼. 정리하고 있을게."

"나 라면도 하나 끓여 줘. 자기가 끓여 준 오징어 젓갈 라면, 그거 먹고 싶어."

"저녁 먹었다며?"

"먹고 싶다구."

"알았다."

미경은 전화를 끊었다. 총총히 뛰어 손님이 막 내리는 택시를 잡아탔다.

깨끗이 치워진 방이 자기 방도 아니었지만 기분 좋았다. 속옷 바지에 티셔츠만 입은 상수를 미경은 덥석 안았다. 죽 밀고 들어가 그대로 침대까지 가 상수를 덮쳐 눌렀다. 어버버거리며 당황하는 상수가 짜릿했다. 미경은 상수의 티셔츠 속으로 손을 집어넣었다. 차가워진 손에 닿는 맨살이 따스하다 못해 따끈거렸다.

상수가 몸 위에서 내려와 옆에 누웠다. 미경은 만족을 음미하며 잠시 가만히 누워 있었다.

좋구나, 참 좋구나. 사랑하는 사람과 사랑만 할 수 있어서. 그러지 못하는 수영을 본 뒤라서 더 실감이 되는 것을 미경은 나쁘고 못됐다 느끼면서도 어쩔 수 없었다.

미경은 상수의 가슴을 쓰다듬었다. "좋았어?"

상수는 팔을 감아 미경의 고개를 끌어당겼다. 입술을 맞추고 웃었다.

"오늘은 좀 더 좋았어."

"그랬어?"

"응." 미경은 상수를 보고 고개를 끄덕였다.

상수는 웃었다.

"뭐 하고 있었어, 퇴근하고?"

"책 좀 보고 있었어."

"만화책?"

김이 팍 새는 기분이었다. 상수는 어쩔까 하다 말했다. "공부 좀 다시 시작해 볼까 해서."

"CPA?" 미경은 상수가 입행 전에 공인회계사 시험을 준비했다고 말한 것을 떠올렸다.

"CFA." 상수는 무심한 척 말했다.

"오, 웬 바람이 불어서?" 국제 재무 분석사, 예전만큼은 아니었지만 여전히 높게 쳐 주는 자격증이었다. 난이도도 높고 공부할 것도 많았다.

미경의 반응이 역시나 평범하자 상수는 심드렁하게 말했다. “뭐라도 해야지. 맨날 앉아서 은행 욕만 할 수도 없잖아.”

“멋지다, 우리 애인.” 미경은 상수의 어깨에 입맞췄다.

“아직 본격적으로 시작한 것도 아닌데, 뭘.” 싫지 않았지만 이미 한박자 어긋난 반응이었다.

“해 봐, 하면 자긴 잘할 거야. 우리 애인, 내가 팍팍 서포트해 줄게.”

“그래, 고마워.” 상수는 천장을 본 채 대꾸했다.

미경은 고개를 들어 상수를 사랑스럽고 자랑스럽게 바라봤다. 이마를 쓰다듬고 입술을 맞췄다.

상수는 웃었다. 하지만 마음은 더 심드렁했다. 서포트해 주겠다는 말이 곧이 들리지 않고 걸렸다. 못난 거겠지, 못난 탓이겠지.

미경은 몰랐다. 상수가 이제 길을 찾은 것 같고 그 길이 마음에 들어 흡족하기만 했다. “나, 오늘 수영이랑 밥 먹었다.”

“비밀이라더니.”

미경은 상수를 쳐다봤다. 왜 이러는 걸까? 하지만 자신이 먼저 비밀이라고 한 것이 있어 끄집어 올리지는 않았다. “수영이 많이 힘든가 봐.”

“왜?”

“느낌이 좀 그랬어. 말도 평소랑 다르게 밉게 하고.”

“별 얘긴 안 하고?”

“응, 자기 자랑 안 하고 꾹 눌러 참았지. 부채질하는 거 될까 봐.”

“잘했어. 많이 힘들겠더라.”

“무슨, 얘기해 봤어?”

상수는 당황한 기색을 감췄다. “옆에서 보잖아. 그래 보여서.”

“그렇지? 오늘도 그래 보이더라. 애써 아무렇지 않은 척하는 거.”

상수는 미경의 머리칼을 만지작거렸다. 수영을 떠올리고 싶지 않았지만 수영이 떠올랐다.

“나 뭐, 달라진 거 없어?”

“응?”

“기회를 줄 것이야.”

상수는 웃었다. “알잖아, 나 그런 데 약한 거. 말씀해 주십시오, 박 대리님.”

미경은 빈 목을 쓸었다. “목걸이 줬어.”

"정말?" 상수는 고개를 돌려 미경을 봤다. "되게 아꼈잖아. 친구 작품이라며."

"수영이가 좋아했거든. 줄까 말까 했는데, 줬어. 힘이 됐으면 싶어서."

"그랬구나. 잘했네."

"저번에 어려운 얘기 나한테 했잖아. 종현이 집 얘기까지. 그거 자기한테 말한 게 좀 걸리기도 하고, 그만큼 힘들겠다 싶기도 하고."

"잘했네. 착하다, 우리 애인." 하지만 정말 미경이 착해서인지 수영에게 잘해줬기 때문인지 알 수 없었다.

미경은 웃었다. "좀 허전하기는 한데, 잘한 것 같아."

상수는 잠시 말이 없었다. "혹시 다음부터 나한테 하기 곤란한 얘기 있으면 안 해도 돼. 나한테 말해서 속에 걸리는 거면 더. 나한테 너무 솔직하려고 애쓰고 그러지 마. 편하게 해."

미경은 웃었다. "그래도 돼?"

"그래야지. 처음 만난 사이도 아니고. 서로 믿고 믿어줘야 하잖아, 우리. 안 그래?" 다짐이었다. 그래서 감추려는 말이기도 했다. 왜 이럴까? 자꾸 왜 이럴까?

미경은 웃으며 상수의 가슴에 뺨을 비볐다. 사랑이구나, 사랑하고 있구나 실감이 들어 미경은 나직히 속삭였다. 한

번 더 할까? 상수는 대답이 없었다. 머리칼을 어루만지는 상수의 손이 멎어 있었다. 고개를 들자 잠든 듯한 상수의 얼굴이 보였다. 미경은 미소하며 다시 상수의 가슴에 뺨을 댔다. 숨소리가 바뀌어 가는 것을 심장 소리와 함께 들었다. 미경은 혼곤히 잠들었다.

19

그날 수영은 종현이 시험에 떨어졌는데 더 힘낼 생각은 하지 않고 오히려 움츠러들어 힘들었다고, 그것 때문에 심하게 다퉜고 간신히 봉합은 했지만 관계가 불안하고 예전과 달라진 것 같다고 말했다. 헤어질까 정말 그 생각이 들기보다 그런 속을 털어놓을 사람이 없어서 심란하고 혼란스러웠다고. 수영은 종현과 함께 산다고 말하지는 않았고 상수는 왜 미경이 아니라 자신에게 그말을 했는지 더 캐묻지는 않았다. 가끔씩 이런 이야기도 할 수 있는 관계가 되기로 편한 사이로 지내기로 했고 곧 헤어졌다.

이후로 상수는 수영과 종종 만났다. 퇴근하고 가볍게 한잔하거나 함께 밥을 먹으며 수다를 떨었다. 미경과 대화할 때와 화제야 비슷했지만 미경과는 지겹고 할수록 힘 빠지던 것이 수영과 할 때는 반대였다. 미경은 항상 상수의 편에 서서 관점을 공유하려고 했다. 수영은 자기 관점을 고수했고 가끔 상수가 생각 못 한 지점을 날카롭게 지적하기도 했다. 상수는 새로운 이유를 대기도 했지만, 대개 깨끗이 수긍하거나 농담으로 눙쳐 넘겼다. 수영에게 지거나 져 주는 것은 자존심 상하는 일이 아니었다. 가끔 미경에게 일일이 설명하려다 말이 꼬였을 때 낭패스럽던 것까지 생각하면 더욱.

CFA 공부를 시작했다고 말했을 때도 수영은 달랐다. 우선, 잘 몰랐다. 미국 회계사 시험을 준비하면서 그런 것이 있다는 것 정도만 알고 있었다. 상수는 모든 시험이 영어인 데다 3차까지 봐야 해서 시간도 오래 걸리고 실무 경력도 최소 2년이 있어야 하는, 힘들고 어렵지만 그만큼 인정받는 자격 시험이라고 설명했다. 우쭐한 척하지 않고 말하느라 퍽 애를 써야 했다.

장황한 이야기였지만 수영은 한번 끊지도 않고 들었다. 주저하다 물었다. “그러니까 CPA보다 두 단계쯤 더 높다는 거지?”

잘 모르는 것을 들키지 않으려는 수영의 망설임이 상수는 귀여웠다. 어느 사이 하기 시작한 반말처럼. “음, 급이 달라. 하는 일도 다르고. 7급 공무원 시험이랑 행정 고시 같은 관계랄까."

수영은 놀라지 않은 척했다. "패스하면 어떻게 되는 건데?"

"어디든 갈 수 있지. 대기업에도 가고 증권사나 보험사도 가고, 투자 자문사 가서 포트폴리오 매니저 같은 것도 할 수 있고."

"은행에 남으면?"

"무조건 본사지. 본사 재경부나 상품기획부 같은 데서 일하는 거야."

"어마어마한 거네." 그쯤 되자 수영은 감탄한 기색을 감추지 않았다.

상수는 별것 아니라는 듯 씩 웃었다. 이렇게 웃는 기분을 미경과 있을 때는 좀처럼 느낄 수 없었다. "돼야지. 이제 시작이나 한 건데, 뭘."

"좀 멋진데?"

"해야지, 열심히 한번 해 봐야지." 상수는 부러 더 별것 아닌 척했다.

"그래 열심히 해 봐. 남자가 딱 해서 탁 하고 보여 주는 맛이 있어야지."

"하하." 아직 시작도 못 했지만 알 것 같은 맛이었다. 미경 앞에서는 움츠러드느라 상상도 못했던 그 맛.

"나중에 돼서 본사 가면 제대로 된 걸로 좀 만들어 내려보내. 뜬구름 잡는 소리나 하는 멍충이들 좀 쫓아내 버리고. 나 AICPA 공부하는 것도 좀 도와주고."

"당연하지." 상상만 해도 흐뭇했다. "아, 나도 정말 그러고 싶다."

"나중에 모른 척하면 가만 안 둘 거야. 지점에서 얼마나 사고 쳤는지 내가 사내 게시판에 다 올린다. 처음 왔을 때 장난 아니었던 거 기억하지?"

"내가 오히려 사내 게시판에 올릴게. 우리 지점 안 주임께서 인감도 못 챙기던 어리바리 계장 하나 얼마나 고생고생해서 사람 노릇 하게 만들어 주셨는지." 상수는 웃는 수영을 바라봤다. 정말 기분 좋은 웃음이었다. 종현에게 지어 주던 그 광채 같은 웃음은 아니었지만.

"이제 바쁘겠네. 이렇게 밥 먹고 한 번씩 한잔하고 그런 것도 못하겠다."

"벌써부터 그런 말을 해."

"고시 공부가 어떤 건지 내가 좀 알잖아." 수영의 표정이 씁쓸해졌다.

상수는 부러 웃으며 반주 잔을 들었다. "이렇게 한 번씩 얘기하는 게 얼마나 꿀인데. 너랑 있으면 내가 그야말로 한숨 돌린다. 아무 생각 안 하고."

"그래?" 수영은 상수의 눈을 봤다.

"진짜. 너한테는 다 얘기할 수 있거든. 잘난 거, 못난 거 그런 생각 안하고. 이런 척 저런 척 안 해도 되고." 미경이 떠올라 상수의 표정이 씁쓸해졌다가 다시 웃었다. "어설프게 척하면 당장 들키니까."

수영도 웃었다. "내가 좀 그렇지. 여자건 남자건 재수 떠는 꼴은 못 보거든." 수영은 가볍게 잔을 부딪혔다.

한 모금 마시고 상수는 잔을 내려놨다. "그래서 네가 좋았지, 널 참 좋아했지." 촉촉한 눈으로 수영을 봤다.

잔을 비운 수영은 싱긋 웃었지만 상수의 눈을 피하지는 않았다.

"앞으로도 종종 이렇게 보자구." 상수는 수영의 잔을 채웠다.

"그러자구." 수영은 자작하려는 상수에게서 소주병을 넘겨받아 채워 줬다.

상수는 잔을 받았다. 웃었다. 웃음이 나왔다.

수영을 진지하게 생각하지는 않았다. 뉴스에서 본 오피스 와이프, 오피스 허스밴드 관계로 여겼다. 옆자리에서 함께 일하면서 어렵거나 난감한 상황이 닥치면 거들어 주기도 하고 다독여 주기도 하고 그러면서 사적인 이야기는 하지 않는 관계. 미경에게는 하지 못할 말을 수영에게는 할 수 있었고 미경에게서는 듣지 못할 말을 수영에게서는 들을 수 있었다. 덕분에 미경에게도 이전보다 더 집중할 수 있었고 수영에게도 이전보다 더 편하게 대할 수 있었다. 두 사람 중 누구와 있든 모두 개운하게 즐거웠다.

공부는 잘돼 갔다. 대학원 때까지 계속 만지작거리고 있던 것이라 수월했고 생활이 안정한 덕분인지 집중도 잘됐다. 상수는 별일 없으면 일찍 퇴근해 대학교 도서관의 열람실로 갔다. 대략 9시. 커피를 마시고 담배를 피워 재장전을 하면서 몰입하다 보면 어느새 12시가 지나 경비업체 직원들이 한 바퀴 둘러보고 정문을 잠갔다. 한 시간쯤 더 하다가 나갈 때 상수는 잠긴 정문을 일부러 흔들어 보고는 옆문으로 나갔다. 든든하게 잠겨서 꿈쩍도 하지 않는 유리문이 오늘도 한눈 팔지 않고 견고하게 보낸 하루를 확인시켜 주는 듯했다. 피곤하지만 가벼운 걸음으로 어둑한 교정을 걸어갔다.

미경은 토요일 하루만 만났다. 하루 마음 놓고 보내는 것이었기 때문에 이전처럼 미리 재고 따지느라 지칠 것 없어 좋았다. 청담동에 가서 초밥을 먹거나 한남동에서 브런치를 먹고 오후에는 영화나 전시를 봤다. 이른 저녁을 휴식 시간 막 끝난 인기 식당으로 가 줄 서지 않고 먹었고 저녁에는 대개 공연을 봤다. 미경이 좋아하는 오페라나 뮤지컬이었고 가끔 미경 친구의 독주회가 있으면 예술의전당이나 세종문화회관에 갔다. 고전음악을 몰라 상수는 연주회가 하품이 날 만큼 지루했지만 끝난 뒤 함께 대기실로 가서 연주자와 사진 찍는 것은 좋아했다.

12월 마지막 한 주는 함께 호텔에서 보냈다. 멋진 생활이었다. 5성 호텔에서 조식을 먹고 근처 카페에서 함께 공부했다. 미경도 자극받았는지 프랑스어 공부를 다시 하는 중이었다. 작고 정갈해 보여서 가끔 일본 여자처럼 보이기도 하는 미경이 프랑스어 발음을 능숙하게 하면 상수는 넋을 잃고 바라봤다. 당장 침대로 업어 가고 싶었다. 그래도 오후까지 공부하며 저녁을 기다렸다. 호텔 수영장에서 올라와 음악을 틀고 와인을 마시다 서로 몸을 매만졌고 입을 맞췄다. 상수가 미경의 풍만한 곳을 움켜잡고 미경이 상수의 목을 끌어당기면 신호가 됐다. 상수는 미경에게 진입했다.

마지막 날 밤 두 사람은 침대에 벌거벗고 누워 있었다. 두 사람 모두 만족을 경험한 뒤였다. 몸에 내려앉은 나른한 피곤처럼 방은 어두웠고 커튼에 가려진 두꺼운 창 너머로 연말 번화가의 소음이 숙면을 유도하는 음향처럼 아스라했다.

"아빠한테 연락했어?" 미경이 말했다.

"응? 우리 아버지?"

"우리 아빠. 다시 연락하자고 말씀하셨다던데?"

상수는 대꾸하지 못했다.

미경이 몸을 돌려 고개를 들었다. "왜 안 했어, 아직도?"

상수는 어둠 속에서도 정확히 자신을 보고 있는 미경의 시선을 느꼈다. "좀 그렇잖아. 아직 준비도 안 됐고."

"무슨 준비? 준비할 게 뭐가 있어?"

"마, 마, 마음의 준비랄까."

"피!"

"그거 불어야?"

"농담하지 말구."

상수는 어색하게 웃었다.

미경은 침묵했다. 복잡하고 불안한 침묵이었다.

"1차 시험이라도 되고 뵈었으면 해서." 상수가 말했다. 핑계가 아니고 진심이었다.

미경은 대꾸하지 않았다.

"각오가 되면 연락하라고 하셨는데, 사실 내가 뭘 보여드릴 수 있는 게 있어야지. 별건 아니지만." 상수는 솔직하게 털어놨다.

"어차피 1차 시험이잖아. 어려운 시험도 아니고 웬만큼

하면 다 붙는 건데 그게 뭐라고 그래?"

미경의 말이 확 신경을 긁었다. "쉽지 않아. 내가 지금 그것만 붙들고 있는 것도 아니잖아!"

"그 말이 아니라, 어차피 우리 아빠 자기 그런 거 보려고 하는 거 아니야. 자기라는 사람이 중요하지 시험 같은 것 되고 말고 그건 아무 상관 없다구."

그 말이 더 거슬렸다. "나한텐 중요해. 중요한 시험이고 의미 있는 시험이야."

"누가 몰라서 그래? 됐어. 관둬." 미경은 몸을 떨어뜨리고 침대 한쪽으로 몸을 돌렸다. 거칠게 이불을 잡아당겼다. "나보다 시험이 더 중요한 거야? 그렇지, 그런 거지?"

"말 그렇게밖에 못 해?"

"관두자고 말했잖아. 그만하라고!"

상수는 확확한 한숨을 내쉬었다. 짜증이 치밀었지만 짜증만도 아니었다. 아팠다. 사랑한다면서, 늘 우리 애인이라고 하면서 어쩌면 이렇게 몰라줄까? 차분히 물어봐 주지조차 않을까? 서운하면서도 한편 이것도 자격지심인 것 같아 입안이 썼다. 상수는 협탁을 더듬어 리모컨을 찾아 들었다. 텔레비전을 켰다.

제야의 종소리 특집 방송이 나왔다. 광화문 보신각에 나간 기자가 인파 속에서 생중계 중이었다. 벅찬 얼굴과 흥분한 목소리이기는 했지만 뭐가 그렇게 벅차고 흥분스러울까. 이리 밀고 저리 미는 인파 속에서 한 해 마지막 날도 나와서 일을 하고 있을 뿐인데. 하긴, 저 표정도 일의 일부겠구나. 돈을 받으니 짓는 것이겠구나. 능력 있는 아버지도 없이 창구 앞에 앉아 있는 내 얼굴처럼. 상수는 자꾸 이렇게 생각하는 자신이 싫었다. 하지만 미경과 있으면 이렇게 생각하지 않을 수 없었다.

상수는 미경을 봤다. 여전히 등을 돌리고 있었다. 텔레비전 빛이 비치는 벗은 어깨가 안쓰러워 보이면서도 보기 싫었다.

스튜디오에서 화면이 넘어가 각국의 특파원들이 인파 속에서 분위기를 전했다. 검고 희고 누런 얼굴들이 하나같이 떠들썩하게 웃고 소리 지르고 서로 얼싸안고 있었다. 화면 한쪽의 자막은 올해가 5분 남짓 남은 것을 알렸다. 해가 넘어가고 있었다. 새해가 오고 있었다.

"계속 그러고 있을 거야?"

미경은 답이 없었다.

"내가 잘못했어. 그만하자, 이러지 말자. 응?"

미경은 그대로 있었다.

상수는 몸을 움직여 미경에게 다가갔다. 어깨를 감싸쥐고 가만히 흔들었다. "새해야, 새해라잖아. 풀고 시작하

자. 지지난 주에 시험 한번 봤고, 감 잡았으니까 6월에는 돼. 그렇게 오래 걸리지도 않잖아."

"이번에 될 거야, 자긴. 열심히 했으니까."

상수는 씩 웃었다. 미경이 입을 떼 안도하기도 했지만 바라고 있는 바를 얘기해 줘서이기도 했다. 그런 말은 미경이 해 줄 때가 제일 좋았다. "우리 애인 촉 좋으니까 정말 그렇게 되겠네, 그럼 더 빨라지겠네. 그치? 그러니까, 이리 와. 기분 좋게 시작하자, 응?"

미경은 가만히 있었다.

상수는 바로 누웠다. 마음이 다시 식는 것을 느끼며 텔레비전을 쳐다봤다. 3분에서 2분이 될 때까지. 다시 1분이 될 때까지. 미경은 꿈쩍도 안 했다. 왜? 왜 항상 먼저 사과하는 쪽은 나여야 하나?

카운트 다운을 시작할 참이었다. 상수는 체념과 조바심을 함께 느꼈다. 몸을 질질 끌어 미경에게 다가갔다.

"시작, 합니다! 10, 9, 8……."

최대한 부드럽게 감싸 안으며, 최대한 아무렇지 않은 목소리로 애써 말했다. "내가 미안해. 잘못했어. 실수했어. 그러니까 화 풀자, 우리 애인. 화 풀고 넘어가자, 좋게 시작하자, 새로운 한 해. 응?"

미경이 발칵 몸을 돌렸다. "자기 변했어! 달라졌어! 다른 사람 같아! 모르는 남자 같다구!" 작은 얼굴이 벌겋게 일그러져 있었다. 울고 있었다.

"2, 1. 새해가 왔습니다!" 종이 울리고 축포가 터지고 화면이 명멸했다.

상수는 망연히 미경을 안고 있었다. 작고 연약한 몸의 절박한 떨림이 전해졌다. 뜨끈거리는 눈물이 살갗에 툭툭 떨어져 시트로 흘러내렸다. 식어 갔다.

20

수영은 상수가 자신에게 거리를 두고 있다고 느꼈다. 밥 먹자거나 술 한잔하자고 청해 오는 일이 없었다. 근무 중에 사사롭게 말을 붙이는 일도 드물었다. 해가 넘어서면서부터였다.

이유를 몰랐지만 수영은 묻지 않았다. 간을 봤다거나 말았다거나, 이제 그런 것이 아님을 수영도 잘 알고 있었다. 어쩌면 이번에는 자신이 간을 봤다고 할 수 있었다. 손 끝에 쥐고 빙글빙글 돌리던 마티니 술잔 속 레몬 트위스트처럼, 상수가 흔들리나 안 흔들리나, 자신이 흔들 수 있나 없나 궁금했다. 진지하지 않았다. 이따금 잘생긴 바텐더에게 유혹하듯 웃음을 흘릴 때처럼.

잠깐씩 마주 앉아 진심을 확인할 필요 없는 말을 주고받으며 서로 한숨을 돌리던, 농담이나 하던 관계가 농담처럼 흘러가 버렸다고 수영은 생각했다. 만나는 동안 마음이 편하기만 한 것도 아니었다. 어느 때는 미경에게, 어느 때는 종현에게 미안해서 속이 찔렸다. 괜한 말을 하거나 틈을 내보였다고 혼자 후회한 적도 적지 않았다. 그래도 꽝꽝 얼어붙은 겨울의 따뜻한 정종 한잔 같은 그 휴식이 절실해 청해 오면 반가웠고 가끔 먼저 청하기도 했다. 쓸쓸했다. 이따금 집으로 혼자 돌아가는 길에, 오늘은 공부가 안 될 것 같다며 같이 나가자고 장난스럽게 웃으며 잔 꺾는 시늉을 하던 상수의 모습이 떠올랐다.

수영은 목걸이의 펜던트를 만지작거렸다. 미경이 선물해 준, 순동으로 주조한 나뭇잎을 손가락 끝으로 조심스럽게 쓰다듬었다. 위안이 됐다. 예쁘고 자신과 잘 어울려 애착이 배어서이기도 했지만 미경이 줘서이기도 했다. 상수를 만날 때도 항상 했다. 하고 있으면 든든했다. 상수가 선을 넘어오지 않게, 자신도 선을 넘기지 않게 해 주는 부적 같았다.

한동안 잘 버티는 것 같던 종현은 연말로 가면서 힘들어했다. 이따금 날씨를 핑계로 새벽 운동에 나가지 않았고 집에 오면 몸이 안 좋다면서 침대에 누워 있을 때도 잦았다. 수영은 잘될 거라는 말로 다독이지도 더 힘내야 하지 않냐고 독려하지도 않았다. 묵묵히 지켜봤다. 혼자일 수밖에 없는 종현을 위해 자신도 혼자인 채 종현의 곁에 있어 주는 일. 할 수 있고 할 수밖에 없는 일이었다. 이제는 알았다. 하지만 마음도 이제는 달랐다. 차라리 종현이 나가 줬으면, 이 관계를 끝장내 줬으면 하고 생각할 때가 종종 있었다.

새해가 되면서 수영은 종현에게 받은 생활비를 다시 내줬다.

종현은 많은 생각이 오가는 표정이었다. 선뜻 이유를 물어 오지도 않았다.

"이걸로 운동할 수 있는 곳 등록해. 독서실도 지금보다 조용하고 애들 안 오는 곳으로 옮기고."

"그래도……."

"그렇게 하자."

종현은 대답이 없었다.

수영도 무슨 말을 해야 할지 잘 몰랐다. 청소가 끝나 반들거리는 거실 바닥과 탈수를 끝낸 빨래가 널려 있는 베란다를 차례로 잠시 바라봤다. 창문에 붙인 뽁뽁이에 겨울빛이 흐릿하게 번져 있었다.

"할 수 있는 건 다 해 보자, 최선을 다해서. 후회 같은 거 남지 않게." 수영이 말했다. 마지막 말이 자기가 한 것인데도 중첩적으로 들렸다.

종현은 고개를 끄덕였다.

수영이 말한 대로 종현은 새로 체련장을 등록하고 독서실도 옮겼다. 분위기가 엉망이라던 공부 모임에서 나와 모임을 새로 짰다. 다시 규칙적으로 생활했고 안정을 되찾았다. 수영은 안도했다. 그뿐, 기쁘지는 않았다.

2월에는 종현의 생일이 있었다. 아직 몇 번 만나지 않았을 때 종현이 대뜸 말한 적이 있었다. 자기 생일이 빠르니까 사실은 우린 한 살밖에 차이 안 난다고. 그때 확신했다. 얘가 나한테 마음이 있구나. 좋았다, 창피스러울 만큼 좋아서 아무한테도 들키고 싶지 않았다. 하지만 얼굴은 이미 웃고 있었다. 알 수 있었다. 그저 재미있는 말 한마디 들은 것보다 더 환히, 더 크게 웃고 있다는 것을. 창피하지 않았다. 살아 있는 맛을 느꼈다.

종현을 보고 그렇게 웃은 게 언제였을까?

종현의 생일이 있던 주말, 수영은 종현을 데리고 백화점에 갔다. 유니클로나 무인양품보다 조금 더 비싼 매장으로 종현을 끌고 올라갔다. "마음대로 골라. 생일 선물이야. 두 개 골라도 돼." 괜찮다고, 안 올라오려고 들던 종현은 이내 이 옷 저 옷을 부지런히 입어 보기 시작했다. 거울 앞에서 어깨를 치켜세우거나 돌아서서 뒷모습까지 확인했다. 종현다웠다. 어리고 잘생긴 남자애. 종현을 보며 수영은 웃었다. 그러다 문득 자신이 아주 나이 든 것 같았다. 애인이 아니라 누나나 이모, 좀 과장하자면 엄마가 된 기분?

수영은 다시 웃었지만 슬퍼 보였다.

코트 하나와 모자 하나를 사서 돌아온 저녁에 수영은 오랜만에 종현과 몸을 섞었다. 종현은 평소보다 정성 들여 수영을 애무했다. 수영은 노력했지만 흥분하지 못했다. 종현의 몸 위로 올라가지도 않았다. 종현은 마지막까지 성의를 다한 뒤 몸에서 내려왔다. 이내 옅게 코를 골며 깊이 잠들었다. 헌신한 봉사를 끝마친 남창처럼. 수영은 그 생각이 싫었고 그렇게 생각하는 자신이 싫었다.

생일이 지나고 한두 주, 어쩌면 삼 주쯤 지난 어느 날이었다. 수영은 나중에도 그것을 잘 기억하지 못했다. 자신이 사 준 종현의 코트 주머니에서 툭 떨어지던 하얀 플라스틱 케이스와 그 순간만을 선명하게 기억할 뿐. 애플 에어팟이었다. 수영은 보자마자 알 수 있었다. 종현의 생일 선물로 원래는 그것을 사 줄까 고민했었으니까.

종현은 서둘러 말했다. "스터디하는 애들이 돈 모아서 사 줬어요, 생일 선물로. 받은 지 얼마 안 됐어요. 지난주에요. 나도 깜짝 놀랐어요. 생일도 지났는데 애들이 이런 걸 사 와서."

다행히 출근 시간이었다. 왜 다행이라고 생각했을까. 얼어붙어 미끄러운 길을 서둘러 걸어 내려가 마을버스에 올라탈 때, 수영은 스스로 물었다. 거짓말인 줄 알았으면서도, 설령 아니라고 해도 기분이 나빴을 것이면서도, 재우쳐 묻거나 화를 내는 대신 왜 못 볼 것을 보기라도 한 듯 먼저 자리를 피했을까.

종현은 일찍 들어왔다. 수영이 잠든 척할 수도 없이. 솔직히 털어놨다. 공부 모임의 여자애가 사 줬다고.

"안 받으려고 했는데, 여자 친구도 있고 부담스러워 못 받겠다고 했는데 주고 가 버렸어요. 자기 쓰던 거라고, 싫으면 버리라고 하면서. 아직 한 번도 안 썼어요. 돌려주려고 가지고 있던 거예요."

여자 아이의 모습이 보이는 듯했다. 매주 하루 한껏 시간을 들여 예쁘장하게 차려입고 나왔을 아이. 예전에 종현이 호텔에서 사귀었다고 말한, 애기처럼 생겨 엄청나게 착하고 미치도록 순진한 여자애. 아니, 순진하고 착하지는 않겠지. 그런 척할 만큼 영악하고 앙큼하기는 하겠지만. 수영은 어쩔 줄 몰라 하는 종현의 얼굴을 물끄러미 봤다. "괜찮아."

“돌려줄 거예요. 정말이에요.”

수영은 관대하게 웃었다. “정말이야. 갖고 싶어 했던 거잖아. 그냥 써. 걔도 귀엽네. 누가 봐도 새건데, 생일 선물하면서 쓰던 걸 주는 사람이 어디 있다고.”

“좀 웃기는 애예요. 공부도 이제 시작했으면서. 사는 집 애라 그런가 봐요.”

그래? 그런 것까지 알고 생각했니? 말하지는 않았다. “먼저 잘게. 오늘 좀 피곤하다.”

며칠 동안 수영은 괴로웠다. 종현이 씻거나 자고 있을 때마다 핸드폰을 확인하고 싶었다. 켜서 몇 번 누르기만 하면 모두 알 수 있을 터였다. 어떤 얼굴인지, 둘이서 무슨 말을 했는지 어느 정도 사이인지 낱낱이. 하지만 그만큼 그러고 싶지 않았다. 보면 바닥까지 내려가야 했다. 종현이 낯선 남자처럼 반말로 분노와 고통을 쏟아 내던 그 지옥 같은 밤을 다시 겪어야 했다. 게다가 이번에는 그냥 넘길 수 없었다. 결정해야 했다. 아니라면, 아무것도 아니기를 바라지만 그렇지 않다면, 종현을 이 집에서 내보내야 했다. 갈 곳 없는 종현에게 못 할 짓이었다. 하지만 자기 자신에게 더욱 자신 없는 일이었다. 종현이 없는 이 집을 다시 좋아할 수 있을까. 종현의 짐이 빠진 자리에 다시 화분을 키우고 전자 건반을 사다 넣을 수 있을까? 그러면 행복할까? 행복해질까? 이 침대에 다시 누울 수도 없을 것 같았다. 종현이 있던, 종현이 없는 이 넓은 침대에 혼자 누워 모래늪 속으로 빨려 들어가듯 허우적거릴 자신이 보였다.

봄이 오고 있었다. 여름까지는 반년도 안 남아 있었다. 조금만 더 견디자고 수영은 수없이 되뇌었다. 결정을 내도 그때 내야 서로 후회도 미련도 없을 터였다. 깨끗이, 새롭게 시작할 수 있게 될 터였다. 그럴수록 여름은 멀어졌다. 봄조차 오지 않을 것 같았다.

아무 소리도 없이 혼자 깬 밤, 수영은 충전선을 뽑고 종현의 핸드폰을 쥐었다. 소파에 앉아 어둠 속에서 한참을 망설였다. 결정을 내려야 한다는 쪽으로 마음이 굳어져 있었다. 하지만 이렇게 핸드폰을 들춰 보는 것이 옳은지, 비겁하고 나약한 방법은 아닌지 되묻고 있었다. 가장 먼저 했어야 했지만 가장 나중에 떠오른 그 질문이 수영을 더 작아질 수 없이 잘게 부수었다. 이렇게 하찮은 여자가 됐다는 것을 수영은 스스로 인정할 수밖에 없었다.

수영은 전원을 켰다.

핸드폰은 잠겨 있었다.

울음도 분노도 느끼지 않았다. 수영은 핸드폰을 가만히 내려놨다. 종현의 숨소리가 들리는 방의 어둠을 응시했다. 어둠은 거울처럼 자신을 비추고 있었다. 알아볼 수 없을 만큼 부서지고 지워진.

며칠 뒤 상수는 수영과 함께 지점을 나섰다. 1분기 결산 때문에 퇴근이 늦어져 둘만 남아 있었다. 8시 좀 지난 시각이었지만 밖은 한밤처럼 어두웠다.

"아직 해 길어지려면 멀었나 보다." 보안 장치를 작동시키며 상수가 말했다.

"그러네." 수영은 몸을 돌려 먼저 복도를 걸어 나갔다.

쌀쌀한 바람이 부는 보도를 두 사람은 타박타박 걸었다. 수영은 말이 없었다. 고개를 숙인 채였고 발걸음은 무거워 보였다. 구두 소리가 엇갈려 들렸다. 한잔할까, 말을 건네고 싶었지만 상수는 미경을 떠올리며 삼켰다. 신호가 바뀌자 차들이 엔진 소리를 내며 지나갔다.

"들어가." 버스 정류장에서 수영이 말했다.

"괜찮아?"

수영은 고개를 끄덕였다.

"버스 타는 거 보고 갈게."

"들어가."

상수는 도착 시간을 알리는 전광판을 봤다. "4분밖에 안 남았어."

수영은 고개를 끄덕였다.

무슨 일이 있었다. 물을 수도, 물어서도 안 되는 일. 하지만 4분 동안 그것을 못 본 척, 모르는 척하고 있기가 힘들었다. "아니다, 먼저 들어갈래. 가."

수영은 고개를 끄덕였다.

"간다." 추운지 꼭 쥔 수영의 주먹을 보다가 상수는 몸을 돌렸다. 버스 한 대가 오고 있었다. 수영이 타는 버스는 아니었다. 뒤따라 한 대가 더 오는 것이 보였다. 그것도 아니었다.

상수는 계속 걸었다. 수영이 탈 버스가 어서 오기를 바랐다. 버스는 오지 않았다. 고개를 돌리자 술에 취한 사람처럼 고개를 무겁게 숙이고 있는 수영이 보였다. 버스 정류장 광고판에 비쳐 그림자처럼 어두운 윤곽이었다. 상수는 다시 몸을 돌렸다. 걸음이 빨라졌고 결국 뛰다시피 해 수영에게 다다랐다. 수영은 아직도 주먹을 꼭 쥐고 있었다. 상수는 수영의 주먹을 잡았다. "가자. 어디 가서 한잔하고 들어가자, 오랜만에."

수영은 숙인 채 고개를 흔들었다.

"가자, 그러지 말고. 춥고 아직 시간도 있잖아. 오래 안 붙잡을게, 내가 한잔하고 싶어서 그래."

수영은 다시 고개를 흔들었다.

버스를 기다리던 주위의 사람들이 이상하게 쳐다보기

시작했다. 상수는 주먹을 놓았다. 무안하거나 화가 나지 않았다. 마음이라고 쉽게 말할 수 없는, 그것보다 더 물리적이고 생생한 어느 부분이 쓰라렸다. 상수는 찬바람이 불어오는 방향으로 수영의 옆에 섰다. 버스 시간은 1분이 남아 있었다.

"왜 안 가." 수영이 고개를 들어 상수를 봤다. 울음을 참는 얼굴이었다.

어떻게 가냐는 소리가 터져 나오려는 것을 상수는 억지로 삼켰다. "가기 싫어서." 좋아할수록 많은 것이 보이지만 그만큼 못 본 척해야 할 것도 많아진다. 기쁨과 슬픔은 함께 늘어난다. 상수는 그것을 처음 안 듯 느꼈다.

버스가 왔다.

버스가 갔고, 두 사람은 정류장에 남았다.

21

상수는 지점 근처라는 선배의 전화를 받았다. 일전에 실적을 해 준, 그 선배였다. "바쁘냐?"

"아, 형, 죄송해요. 그동안 연락도 못 드리고. 면목 없습니다."

"사는 게 다 그렇지, 뭐. 각자 자기 일 바쁘고 어렵고."

"죄송해요, 정말. 어쩐 일이세요, 이 시간에?"

"좀 시간이 나서. 오늘도 많이 늦냐?"

"아, 아뇨, 오늘 일찍 끝날 것 같아요. 괜찮으시면 이따 뵐까요? 7시쯤이면 될 것 같은데."

"그럴까, 하는데. 혹시 선약 있거나 다른 일정 있는 건 아냐? 그런 거면 다음에 봐."

"별말씀을요. 안 그래도 연락 한번 드리려던 참이었는데요." 아예 없는 말은 아니었다. 그때 함께한 업체 몇이 청산 절차에 들어간 것을 건너 들어 알고 있었다. 그래서 꺼려지는 것도 있었지만. "별일 없으신 거죠?"

"나야 뭐, 똑같지. 그럼 일 보고 근처에서 커피 한잔 하고 있을 테니까, 나오면서 연락해."

"네, 형. 연락드릴게요."

막상 끊고 나자 괜히 약속을 잡았나 싶었다. 같은 고향에 같은 대학교 선배였다. 경영학과에 학번은 3년 차, 상수가 신입생일 때 선배는 막 제대한 뒤였다. 6개월 정도 함께 살았다. 처음 올라온 상수가 싼값에 덜컥 계약한 방이 해도 안 들고 장마철에 곰팡이까지 피기 시작하는 것을 보자 자기 집에 와서 같이 살자고 말했다. 사실 서로 월세가 아쉬운 형편이었다. 선배의 집은 옥탑방이라 덥기는 했지만 방은 널찍하고 주방도 따로 나뉘어 있었다. 옥상을 마당처럼 쓸 수 있고 나무 평상까지 하나 있어 놀기도 좋았다. 저녁마다 맥주에 담배에 이런저런 얘기도 하며 잘 지냈지만 두 달도 안 돼 서로 투닥거리기 시작했다. 서로 이걸 했니 안 했니 미루고 탓하다가 한 학기만 간신히 채우고 나왔다. 한동안 남들 앞에서만 선후배였는데 제대를 하고 나니 상수도 뉘우치는 바가 있어 사과했고 선배도 사과했다. 예전처럼 친하게 지내지는 못했고 선배가 졸업하면서 연락이 끊기다시피 했다. 그래도 퍽 곤란하던 시기에 먼저 연락해 실적까지 해 준 것이었다. 한번 뵙는 것이 도리였다.

상수는 고개를 돌려 수영을 봤다. 남자끼리 살아도 쉽지 않은데 남녀가, 하물며 일방적인 관계로 살자니 어땠을까. 힘든 내색 없이 일하고 있는 모습에 마음이 더 저렸다.

그날 밤 수영은 종현과 함께 살고 있다는 것부터 말했다. 시험 끝나고 1년 반쯤 됐다고. 상수는 다시 한번 철커덩하는 소리를 들었다. 수영이 종현과 헤어질까요, 하고 물었을 때 그랬듯. 동거였다. 동거하고 있었구나. 둘이 그 정도 사이였구나. 그 생각에 수영의 이어지는 이야기가 한동안 귀에도 들어오지 않았다. 하지만 이내 수영이 가엾고 불쌍하기만 했다. 수영이 종현을 최대한 이해하려고, 종현에 대해 오해가 생기지 않게 일일이 사정을 펼쳐 말해 더 애처로웠다. 각자 사정이 있을 테고 어쨌거나 두 사람이 함께 살기로 한 것 아닌가, 생각은 하면서도 마음이 그렇게 쏠렸다.

"터널 속에 갇힌 것 같아. 나갈 수 있을 거라고, 나가야 한다고 혼자 걷고 계속 걸었는데, 걷고 있었는데 눈앞에서 앞도 뒤도 다 무너져 내리는 걸 보고 있는 것 같아. 모르겠어. 뭘 어떻게 해야 할지 아무것도 모르겠어. 힘들다는 느낌마저 안 들어. 끝인데, 끝이 안 나는 끝에 나 혼자만 감금당해 있는 것 같아." 맺혀 있던 눈물이 콧날에 베이듯 흘러내렸다. 허름한 일식 술집 탁자에 떨어져 있던 눈물.

상수는 수영의 손을 잡아 주고 싶었다. 어깨를 감싸 주고 싶었다. 속 시원히 울어 버리게 안아 주고 싶었다. 종현도 동거도 다 생각나지 않고 그 마음밖에 안 들었다. 하지만 떨리는 수영의 턱 아래에 미경의 목걸이가 흔들리고 있었다. 상수는 수영의 잔을 채워 줬다.

가까스로 추스린 수영을 택시에 태워 돌려보내고 상수도 택시를 탔다. 새벽의 강변북로를 기사는 폭주하듯이 달렸다. 상수는 속도를 늦추자고 말하지 않았다. 종현에 대한 용서할 수 없는 분노가 치밀었다. 당장 가서 패대기치고 피가 터지도록, 그 잘난 얼굴이 으깨지도록 후려치고 싶은 마음에 주먹이 떨렸다. 집에 도착하고 나서도 잠이 오지 않았다. 몸이 떨리고 피가 자글자글 끓어오르는 것 같아 한참이나 뒤척였다.

다음 날 출근해 종현이 들어오는 것을 보면서 상수는 눈을 부라렸다. 하지만 곧 그만뒀다. 종현의 얼굴이 해쓱

해서도, 전날 들은 딱한 사정이 있어서도 아니었다. 그때 자신을 톡 치고 지나치면서 눈으로 웃던 미경 때문이었다. 이따금 하는, 사내 연애자들의 소소한 재미이자 특권. 자신은 미경의 남자였다. 종현의 연적이 될 수 없었다.

"오늘 저녁 먹기로 한 거, 다음으로 미루자. 전에 같이 살았다던 선배 얘기했잖아. 급한 일이 있어 근처에 오셨다네. 은행 일로 상담도 좀 하실 게 있는 것 같고, 아무래도 저녁 함께해야 할 듯." 상수는 미경에게 메신저로 말했고 두어 마디 덧붙여 마무리 지었다.

지점 근처 한정식집으로 갔다. 맥주를 마시다 선배가 툭 꺼내 놨다. "회사 접으려고."

선배의 모습이 너무 맥없어 보여 상수는 되묻지도 못했다.

"각오는 했지만 보통 아니야. 돈 좀 된다 싶으면 바로 대기업에서 덤벼들고 하청이라도 받으려고 하면 단가부터 후려치고. 만만치 않네, 사는 게. 정말 만만치 않아."

"그래도 형네 회사는 탄탄한 편이잖아요. 그때 같이 오신 분들 중에서도."

"그래 봤자 당해 낼 재간이 있나. 대놓고 기라는데, 안 기면 말려서 죽이겠다는데." 선배는 맥주잔을 기울여 물처럼 몇 모금 마셨다. "오늘도 담당자 만나고 오는 길인데, 나보다 한참 어린 새끼가 피식 쪼개면서 그러더라. 아, 일단 받으시라고, 받고 하신 다음에 다른 데 가서 뻥튀기하면 되잖냐고. 자기네들이랑 했다고 하면 자잘한 회사들이 하고 싶다 줄을 설 건데, 왜 그런 걸 갖고 고민하시냐고."

상수는 머뭇거리다가 말했다. "그런데, 사실 다 그렇기도 하잖아요. 그렇게 돌아가는 거잖아요."

하하, 선배는 웃었다. "그게 잠깐은 그렇게 돼도, 곧 망하는 거야. 우리만 한데 다 그렇게 망하는 거라구. 개 말대로 줄 서지. 그런데 그렇게 줄 서는 데 중에 멀쩡한 데가 몇이나 있을 거 같냐? 없어. 없으니까 자잘하게, 다들 구멍가게 하고 있는 거야. 밖에서는 결제 안 되지, 안에서는 이런 것까지 해야 하냐고 아우성에 축축 처져들 있지. 그렇다고 하지 말자고 말할 수가 있나. 아무리 내가 단가 후려치는 그 짓거리하기 싫어서 회사 때려 치우고 나왔다 해도 망할 수는 없는 거 아냐. 채찍질하고 휴일에도 마감 돌린다고 나와라 전화하고, 그러다 아끼던 놈, 믿던 놈 하나둘 회사 나간다고 나오면 미안하기보다 화부터 나고, 화내다가도 쩔쩔매면서 조금만 더 해 보자고 빌고 있고, 집에 돌아오면 왜 이러고 사나 싶고. 그렇더라구, 그렇게 되더라구." 선배는 잔을 비웠다.

상수도 잔을 비웠다. 선배 잔을 채워 주고 자작했다.

"그러니 너도 바짝 해. 딴생각 말고, 드라마 대사처럼 나오면 전쟁터도 아니고 지옥이야. 후려치고 후려 맞고 안 밟히려고 밟고 그러다 난데없이 더 세게 밟히고. 아사리 판이야." 선배는 맥주잔을 들었다. "정, 뭐 하고 싶은 거 있으면 장가가기 전에 하든가. 우리 마누라도 안 그랬는데 변하더라구. 자꾸 변하더라구. 뭐, 나도 똑같구. 밖에서 깨지기 시작하면 집까지 다 깨지는 거지. 그렇게 돼, 사는 게."

상수는 수영과 종현의 관계를 떠올렸다. 그랬다, 다 그렇게 되는 것이었다.

선배는 피식 웃었다. "아예 든든한 집에 들어가든가. 너도 알다시피 내가 안 그랬잖냐, 정말. 남자 새끼 어디 여자 덕 보려 드냐고, 내 마음에 드는 여자 하나 내 걸로 못 만들면서 뭘 한다고, 그러고 다녔잖냔 말이야. 아버지, 엄마, 고모들까지 뜯어말리는데 지금 마누라랑 기어이 결혼까지 했고. 그런데 힘드니까, 진짜 돌아 버리게 힘드니까, 후회가 되더라고. 그때 나 좋다던 여자, 정말 잘살았거든. 평창동 집에, 벤츠에."

상수는 묵묵히 들었다. 미경이 떠올랐다. 하지만 이렇게 미경을 떠올리는 것이 싫기도 했다.

그즈음에서 대화는 잠시 끊어졌다. 선배는 상수가 얼핏 짐작한 대로 신세 한탄이나 하려고 온 것이 아니라 융통할 방법을 알아보려 연락한 참이었다. 담당자에게 이미 다른 방법이 없다는 얘기를 들었고 상수 역시 그쪽과 무관해 힘을 써 볼 위치가 아니라는 것을 알면서도. 선배는 한숨을 내쉬었다.

자기 생각에만 빠져 있던 상수도 어렴풋이 눈치를 챘다. 매일 돈을 만지고, 돈 때문에 오가는 사람들을 만나다 보니 어떤 한숨에서는 묵은 지폐 뭉치 냄새가 난다는 것을 알 수 있었다. 하지만 말단에 불과했고 업무도 다른 자신이 해 줄 수 있는 것도 없었다. 어색한 침묵이 불편하기보다 미안했지만, 상수는 모른 척할 수밖에 없었다.

"미안, 미안. 내가 오랜만에 너 만나서 별소릴 다 한다. 먹자, 먹고 마시자." 선배는 잔을 들었다.

상수는 씁쓸히 웃으며 잔을 부딪혔다. 한 번에 비웠다.

"그래, 넌 만나는 사람은 있고?"

"있긴 있어요."

"그래? 어떤 아가씬데? 혹시 같은 지점?"

상수는 고개를 끄덕였다.

"그럼 저번에 내가 봤던 사람일 수도 있겠네. 혹시 창구에 있던 그 예쁜 여자?"

상수는 피식 웃었다. 수영을 기억하는 것이 우습기도 했고 화제가 이쪽으로 흐른것이 다행스럽기도 했다. "아뇨. 아마 못 봤을 거예요. 같은 지점인데 안에서 따로 근무해요."

"아, 그래." 선배는 민망하다는 듯 웃었다. "사진은? 예쁘냐?"

이야기하고 싶지는 않았지만 분위기를 바꾸고 싶어서 상수는 운을 띄웠다. "형도 알려나? 우리 학교 경영학과예요. 저보다 2년 후밴데 어쩌면 형이랑 알음알음했을 수도 있고."

"이름이 뭔데?"

"박미경요."

선배는 고개를 갸웃거렸다.

"3전공 하느라 동아리 활동도 거의 안 했다니까, 하긴."

선배가 손을 내밀었다. "그래도 사진이나 한번 보자. 혹시 아냐, 나중에 결혼식장에서 볼지."

상수는 웃으며 핸드폰을 꺼내 사진을 보여 줬다.

"아, 얘! 얘야? 얘랑 사귀어?"

"알아요?"

"알지, 완전 잘 알지. 하하, 정말? 네가 얘랑 사귄다고?"

선배의 표정을 보아하니 상수는 기분이 썩 좋지 않았

다. "어떻게 아는데요?"

"내 친구랑 사귈 뻔했지. 아, 그건 어디까지나 주구장창 도서관 앞에서 들이댄 내 친구 의견이지만. 장난 아니었어요. 내가 미친놈 소리 할 만큼 걔가 들이댔거든."

"뭐가 있었어요?"

"있긴 개뿔이나. 그러니 미친놈이라고 했지. 얘가 철벽이었어, 완전 포스코 강판 같은 철벽."

상수는 피식 웃었다. "그랬군요." 맥주잔을 들었다.

선배도 잔을 부딪혀 한 모금 마셨다. "당연한 게, 걘 그때 남자 친구도 있었거든. 걔 남자 친구가 과에서 되게 웃기고 유명한 놈이었어. 덩치도 소같이 커다래서는, 성도 소씨였던 걸로 아는데?"

상수의 얼굴이 굳었다.

선배가 열없게 웃었다. "아, 내가 괜한 소리를 했나? 우리 마누라 지적질하듯 눈치 없이?"

"다 지난 건데요, 애들 때 얘기고."

"그래. 그렇잖아. 대학교 때 연애하지 뭐 해, 안 그래?" 선배의 눈이 은근해졌다.

"오래 사귀었어요?"

"그만하는 게 좋지 않을까?"

"형이 저라면, 안 물어보겠어요?"

"물어는 보지."

"저도 물어만 보는 거예요."

선배는 맥주 한 모금 마시고도 난감하다는 듯 입술을 쯥쯥거렸다. "한 2년쯤. 좀 길지?"

"왜 깨졌는지 아세요?"

"그건 내가 모르지."

"그럼 아시는 건요?"

선배는 입맛을 다셨다. "둘이 사이가 꽤, 좀 좋았다는 거? 그리고 소, 소, 소영필이었나? 걔가 깨지고 난 다음부터 갑자기 과 여자애들을 후리기 시작했다는 거, 정도. 걔가 원래 그런 애가 아니었거든. 여기저기 이거, 이빨 잘 털고 다녀서 인기는 있었지만 애가 완전 숙맥이었어. 걔랑 만날 때도 선후배 할 것 없이 입 모아 칭송하는 일편단심이었으니까. 근데 딱 깨지고 나니까 아주 기다렸다는 듯이 여자애들을 따고 다니더라고. 걔 때문에 과방에 곡소리가 그치지 않는다고 할 정도였으니까. 너두?, 너두? 그러다가 여자애들끼리 안고 울고."

"그냥 쓰레기네요?"

"개쓰레기지! 근데 남자애들 몇몇이 걔 손 좀 봐주겠다고 갔다가 도리어 작살이 나 버렸어. 알고 보니 고등학교 때까지 유도했다고 하더라고. 중학교 때 전국 대회도 나갔고.”

“똘아이잖아요.”

“내말이. 완전 상똘아이야.” 선배는 좋은 생각이 났다는 듯 몸을 앞으로 숙였다. “아마 네 여자 친구도 그걸 알아봤던 거겠지. 처음에는 숙맥인 척하니까, 모르고 있다가 2년쯤 만나 보니 감이 온 거지. 그래서 단번에 딱 잘라서 찼을 거고, 그러니 걔는 본색 드러낸 거지. 그래, 그러니까 아귀가 딱딱 맞네. 네 여자 친구가 잘한 거야, 어렸을 때 벌써 그런 분별이 있었다니 대단한데? 모르고 정에 휘둘려서 그러기가 쉽잖은데 아주 똑똑하고 현명한 거지, 안 그래?”

“형, 그러실 것까지는 없어요.”

“아냐, 아냐. 너 여자 잘 만난 거야. 좋은 여자 만난 거야. 확실해, 내가 보증할게. 정말. 나 유부남이잖아.”

대화는 대학교 시절로 넘어갔다. 함께 살면서 아웅다웅하던 일, 함께 알고 지내던 누구누구의 소식들. 상수는 집중하지 못했다. 머릿속에 미경과 경필, 두 사람이 계속 맴돌았다. 남들의 오만 가지 시시콜콜한 연애사를 캐고 논평하던 경필이 단 한 번도 자신과 미경에 대해서는 궁금해하지 않던 것, 지금까지 자신이 별별 일로 경필의 얘기를 꺼냈지만 미경이 건성으로 넘기거나 화제를 바꾸던 것. 이상하게 여기지조차 않은 것들이 세세하게 떠올랐다.

화가 났다. 경필은 아니었다. 경필이 얘기하는 이 여자, 저 여자를 재미있게 듣는 만큼이나 미경이 그중 하나가 되는 것은 싫어 거의 이야기하지도 않았을뿐더러, 설령 자신이라도 모른 척했을 터였다. 하지만 미경은 그렇게 넘길 수가 없었다. 똑똑한 척, 잘난 척은 혼자 다 하더니 사람을 이렇게 바보로 만들어? 얼핏 떠오르는 것이 있었다. 미경의 사촌 오빠가 대학생 때 한번 남자를 자신에게 소개시켜 줬다고 말한 것. 그거였구나, 둘이 그 정도까지 간 거였구나! 그랬으면서, 그만큼 깊었으면서! 상수는 입술을 깨물었다.

종업원이 마칠 시간이라고 알려 왔다.

"그럼 일어날까?" 선배가 말했다.

"네, 그러죠." 선배가 한잔 더 했으면 하는 얼굴이었지만 상수는 내키지 않았다. 서둘러 내려가 먼저 계산했다.

더는 왜 이럴까, 왜 자꾸 이럴까, 자문하지 않기로 했다. 마음은 이제 수영에게 기울어 있었다. 꼭 쥔 주먹을 잡았을 때, 어떻게 가냐는 소리를 억눌러 참을 수 있었을 때, 그것을 알 수밖에 없었다.

선배의 이야기를 들으니 현실이라는 것이 그만큼 더 겁났다. 막연히 생각만 하던, 그런 것이 아니었다. 하지만 다시 예전의 실수를 반복하고 싶지 않았다. 수영을 놓치고 싶지 않았다. 한번 가 보고 싶었다. 한 번도 안 가 본, 궤도가 놓여 있지 않은 쪽으로. 미경이 자신을 속였다는 생각이 죄책감을 덜어줬다. 무엇보다 자신이 미경에게서 원한 것도 진심 없는 관계는 아니었다고 생각하면서.

상수는 선배와 헤어지고 핸드폰을 확인했다. 미경의 문자메시지가 와 있었지만 읽지 않았다. 상수는 수영에게 문자메시지를 보냈다.

22

상수의 차가 경춘가도를 내달렸다. 쾌청한 하늘, 한강은 팔당으로 거슬러 올라갈수록 더 가까워져 평탄하게 흘렀다. 탁 트인 강물에 그림자를 드리운 산들은 싱싱한 봄색이었고 곳곳에 연분홍 벚꽃들이 터져 있었다. 창문을 내리자 차고 향기로운 바람이 쏟아져 들어왔다. 1년 중 오직 이 무렵에만 느낄 수 있는 바람, 내음. 일요일 오전의 도로는 시원스럽게 뚫려 있었다. 전날 정성스럽게 세차해 준 덕분인지 아버지에게서 물려받은 중고 소나타는 상수가 액셀레이터를 밟을 때마다 한껏 으르렁거리며 쭉쭉 달려 나갔다. 완벽한 일요일이었다. 미경과 달리 여기저기 힐끔거리는 법 한번 없이 올라타 신나는 노래를 고르고 팔과 어깨를 흔들며 따라 부르는 수영까지.

점심은 자전거 주차장이 건물보다 더 넓은 원조집에 들어가 초계 국수를 먹었다. 매콤하면서 시큼한 국물이 면발과 함께 시원하게 빨려 들어갔다. 양도 푸짐했다. 만두까지 다 먹고 두 사람은 수영이 인스타그램과 블로그를 교차 확인해 찾은 카페로 갔다. 산 안으로 제법 들어가야 했고 길도 헷갈려 잠시 헤매야 했지만 그만한 보람이 있었다. 커피는 쨍하다는 느낌이 들 만큼 신선했고 케이크는 구수하고 부들부들한 유크림이 듬뿍 올라가 있었다. 한 입씩 마시고 먹으면서 과연, 하듯 마주 보며 두 사람은 웃었다.

통나무 건물 2층이었다. 쿵쿵 발을 굴러 보고 싶은 원목 바닥에 열린 창문으로는 바람이 시원하게 들어와 숲 향을 옮겼다. 처마를 따라 총총히 달아 놓은 풍경이 맑은 소리를 냈다. 자리에는 상수와 수영 또래 연인들이 대부분이었다. 통나무 지붕 가운데를 유리로 해 봄볕이 환하게 내려왔다. 저녁이면 공연을 하는지 한쪽에 무대와 악보대, 피아노와 앰프들이 놓여 있었다.

수영은 몸을 쭉 뻗었다. "아, 피아노 치고 싶다."

"피아노도 칠 줄 알아?"

"독학으로 했지. 나 좀 쳐." 자기가 말하고 우스운지 수영은 웃었다.

“요리도 독학, 일본어도 독학, 아까 노래 부를 때 보니 춤도 좀 추시던데 아씨께선, 춤도 독학하셨습니까?”

수영은 고개를 가로저었다. “춤은 배우는 게 아니라네. 느낌이지.”

“휠, 휠이 충만해야 하는 거군요.” 상수는 부러 필(feel)을 굴려서 발음했다.

“노, 노.” 수영은 검지를 가로저었다. “요즘엔 스웩이라고 한다네. 휠은 아저씨들이나 하는 소리인 게지.”

“제가 한물간 것이옵니까?”

“좀 더 가면 두물머리네.”

상수는 봄볕이 스민 수영의 길고 풍성한 머리칼을 바라봤다. 탁자에 반사한 햇빛에 밝은 갈색인 홍채가 크고 뚜렷하게 보였다.

“라식 수술했어?” 상수가 물었다.

수영은 상수를 잠시 쳐다봤다. “봐준다.”

“왜?”

“두 번째 물은 거야, 전에도 한 번 물어봤잖아.”

“정말? 내가 그랬나?” 상수는 당황했지만 수영이 그것까지 기억하고 있구나 싶어 기분이 좋았다.

“근데 그런 게 왜 궁금해?”

"그냥, 그런 것도 궁금한 거지."

수영은 웃었다. "안 했어. 생눈이야."

"웃긴다. 생눈."

"공부를 별로 안 했거든. 우리 엄마 말로 하자면, 내 죽어 보자고."

"안 하고 뭐 했는데?"

"너무 대놓고 묻는 거 아냐?"

"그런가."

수영은 당황하고 민망해하는 상수가 귀여웠다. "그림 그렸어."

"어떤 그림? 만화?"

"회화. 드로잉하고 스케치하고 그런 거. 에곤 실레 좋아했거든."

"오, 점점."

"그림은 더럽게 못 그렸어. 내가 봐도 좀 그랬어. 소질이라고는 없었지. 하면서도 알고 있었어."

"그런데, 왜 그렇게 했어? 보통 그 나이 때는 아니다 싶으면 딱 하기 싫어지지 않나? 난 라디오헤드 좋아해서 기타 배웠다 석 달 해 보고는 딱 치웠는데."

"내가 못 하는 게 마음에 안 들어서, 그래서 더 했지. 더, 더." 수영은 피식 웃었다. "그런데 여전히 못 하더라고. 성격만 버렸어. 하하."

"그만한 근성이 있으니까 일을 그렇게 잘하잖아. 남들 못 하겠다 다 나가떨어질 때도 하잖아, 해내잖아."

수영은 싱긋 웃었다. "그건 돈 주니까 하는 거고. 몰라, 그땐 다 마음에 안 들어서 그랬는지도. 해외 근로자라고 몇 년에 한 번씩 나오는 아빠도, 그 돈 다 어디서 주워들은 땅 투자에 넣었다가 날려 먹고 발톱에서 피가 나도록 보험 팔러 다니던 엄마도 마음에 안 들고, 내가 그런 집에 태어난 것도 별로고, 싫고."

상수는 가만히 들었다.

수영은 잔잔히 웃었다. 예전 같았으면 아무 말이나 갖다붙였을 텐데, 그러고 있으니 나쁘지 않았다. "지금 나오는 이 곡 뭔지 알아?"

상수는 피아노 곡이고 연주곡이라는 것만 알 수 있었다. 듣기는 좋은데 좀 처지는 것 같았다. "아씨, 한 수 가르쳐 주시지요."

"쇼팽, 왈츠, 9번. 부제는 작별의 왈츠."

"아, 그래?" 듣고 보니 심란한 선율이었다. "근데 좀 밝아지기도 하는 것 같네? 여기, 지금 나오는 부분."

"맞아. 회상하는 거지." 수영은 웃었다. "지금 이 부분은 그 회상을 곱씹는 거고, 그러다 다시 또 예뻤던 순간을 떠올리는 거야. 피아노로 치면 이렇게 돼." 햇살 내리는 나무 탁자 위에서 수영의 흰 손이 나비처럼 움직였다. "그리고 마지막에는 조금씩 빨라져. 박자가 뚜렷해지고, 대리석 바닥을 가로지르는 드레스 자락들처럼 막 움직이다가 음들이 높아져, 서로 이름을 부르는 듯. 한 번, 여기서 한 번 더, 서로 부둥켜 안듯이. 그리고 다시 예쁜 춤곡으로 천천히 내려와, 이렇게, 헤어지지 않기로 한 것처럼. 하지만."

구슬프다기보다 먹먹하게 슬픈 선율이 들렸다. "처음 거기네."

"끝이지. 그게 끝인 거야." 수영의 손이 재빠르게 음들을 짚어 냈다. "한 번, 섬광처럼 반짝이지만 그대로 끝이 나고 연극의 암전처럼 곡은 닫히지."

짧은 침묵이 있었다.

"대박! 클래식을 이렇게 들은 건 처음이야. 엄청나게 좋은데? 라디오에 나오는 해설가들보다 훨씬 쏙쏙 들어온다. 그림이 그려져. 어떻게 이렇게 잘 알아?" 상수는 호들갑을 떨어 가며 칭찬했다. 묘한 불안감 때문이었다. 하필 오늘 같은 날, 이런 곡이 나오는 걸까, 왜 수영은 이런 얘기를 하는 걸까. 상수는 문득 수영이 사라질 것 같은 두려움을 느꼈다. 터무니없다고 생각하면서도 떨칠 수 없었다.

수영은 조금 웃었다. 고개를 돌려 창문 밖 푸근한 봄볕이 내려 앉은 산을 바라봤다.

돌아오는 길도 즐거웠다. 두 사람은 일본식 가정식을 내는 식당에서 함께 저녁을 먹었다. 차 때문에 술은 마시지 않았다. 수영은 근처에서 버스를 탔다. 상수는 한 번 더 태워다 주겠다고 말했지만 수영은 사양했다. 상수는 더 권하지 못하고 버스 정류장에서 수영이 타는 것을 바라봤다. 수영은 자리에 앉았지만 상수를 보지는 않았다. 상수는 버스가 멀어지고 신호를 받아 사라질 때까지 서 있었다. 배가 고팠다.

미경과 헤어지고 나서도 종종 배가 고팠다. 처음 몇 번 만났을 때는 아니었다. 두어 번쯤 자고 난 뒤, 관계의 안정감을 확인한 뒤부터였다. 금방 먹고 나왔는데도 시야에서 미경이 사라지면 허기가 밀려왔다. 빈 집에 혼자 들어가 라면이라도 하나씩 끓여 먹어야 했다. 오래가지는 않았다. 이내 배고픔과 다른 허전함이 생겼다. 공허라고 할 만한, 추상적이고 모호한 감각. 지금의 허기는 달랐다. 수영과는 아직 아무 사이도 아니었다. 육체적 접촉도 전혀 없었다. 추상적이고 모호한 관계였다. 하지만 감각은 사무치도록 사실적이고 명징했다.

시동을 걸기 전 상수는 핸드폰으로 쇼팽의 왈츠를 찾

아 재생시켰다. 먹먹한 선율이 흐르자 아까 느낀 두려움이 다시 떠올랐다. 왜 아무 근거도 없는 두려움을 느꼈을까? 왜 관계의 기로에 서 있는 미경을 떠올리기보다 눈앞의 수영이 사라질까 봐 조바심을 느꼈을까?

답은 명료했다. 수영이니까, 수영을 좋아하니까. 어쩌면 사랑하니까. 설명할 수 없었다. 스스로 생각해 봐도 미쳤다는, 미친놈이 된 것 같다는 결론밖에 나지 않았다. 미경보다 잘해 주는 것도, 미경만큼 편하게 해 주는 것도 아닌데 수영과 있으면 좋았다. 떨리고 설레고 뿌듯했다. 사랑이라는 그 말이 아주 명료하게, 그 명료함마저 싫을 만큼 진실하게 떠올랐다. 미경에게는 늘 어렵던 그 말이, 농담으로 눙쳐 넘기거나 의무감으로 발음하던 그 말이.

미경은 어느 때보다 자신에게 잘해 주고 있었다. 오라면 두말없이 왔고 가래도 두말없이 갔다. 투정도 부리지 않았고 이따금 내던 괜한 짜증도 없었다. 함께하는 것이라면 무엇이든 다 좋다는 눈빛을 가로등처럼 늘 켜 놓고 있었다. 그럴수록 상수는 더 미경에게 정이 가지 않았다. 예전에, 자신이 그런 눈빛을 보냈을 때 수영이 얼마나 정떨어져했을까, 생각마저 들었다. 스스로 아주 못되고 악랄하다 생각하면서도 그만둬지지가 않았다. 일이 없으면 먼저 연락하지 않고 연락을 해도 족족 먼저 끊었다. 함께 있을 때는 번번이 미경의 말과 행동에 어깃장을 놨고 별로라는 말, 싫다는 말, 됐고 귀찮고 집에 가자는 말을 함부로 내뱉었다. 마음이 안 갔다. 마음이 가는 쪽을 알아버렸기 때문에, 그쪽으로 계속 더 가고 싶고 미경에게서 떨어질수록 그쪽에 더 가까워지는 것 같았기 때문이었다. 더 솔직히 말하자면 얼마쯤 미경이 이제 헤어지자고 먼저 말해 주기를 바라는 것도 있었다. 졸렬하고 비열한 짓이었다. 경필과 그런 사이라는 것을 말하지 않았다고 느낀 분노처럼. 하지만 미경을 위해서라도 그편이 나은 것 아닐까. 수영과 가까워질수록 미경은 점점 더 자신과 다른 사람 같기만 했다. 가지려고 애써 봤자 결국 안 될 사람, 끝내 급이 다를 사람. 수영을 만나면 지금껏 달려오고 앞으로도 달려가게 될 궤도에서 벗어나는 기분이었다. 미경에게서 어른거리던, 자신을 풍선처럼 부풀게 하고 동시에 독방처럼 옥죄던 중상위층의 생활, 윤택하게 반들거리는 온실의 감옥에서 해방되는 것 같았다.

상수는 평일에도, 주말에도 수영을 차에 태우고 다녔다. 미경과 한 번도 가지 않은 곳으로, 하지만 미경과 함께 갔던 곳만큼이나 청결하고 값비싼 식당과 술집으로. 수영은 매번 경탄과 칭찬으로 상수를 으쓱하게 해 줬다. 늘 다니던 곳처럼 편안하게 전망과 조명, 술과 음식을 즐졌다. 창구에서 보는 수영, 이전에 만나던 수영과 다른 수영이 돼 웃고 입술을 매만지고 머리를 쓸어 넘겼다. 상수는 희열을 느꼈다. 미경이 잘 어울린다고 생각했지만 실은 수영이야말로 그런 곳에 어울리는 여자였다. 처음부터 그곳에 있어야 할 아름다운 여자. 수영이 사랑스러웠다. 자신이 자랑스러웠다. 미경도, 죄책감도, 자신의 비열함도 잊어버리고 싶어서 상수는 그 기분에 더욱 몰두했다.

돌아오는 차 안은 웃음과 농담이 찰랑거렸다. 차창으로는 서울의 불빛들이 한강을 따라 스쳐 갔고 스피커에서는 냇킹콜의 노래가 흘러 나왔다. 실내등 끈 차 안의 옅은 어둠이 수영의 얼굴에 베일처럼 드리워져 있었다. 하지만 상수는 환한 조명 속에서보다 더 또렷이 수영을 알아볼 수 있었다. 수영 역시 때때로 자신을 그렇게 본다는 것을, 반짝이는 까만 눈동자로 알 수 있었다.

가끔 자신도 모르게 손이 움찔거리고 입술이 달싹거리는 것을 느꼈다. 방심한 듯 기어 박스 위로 흘러내린 수영의 흰 손을 봤을 때, 바람이 부드럽게 부는 선유도 공원의 오솔길을 별 말 없이 나란히 걷고 있었을 때, 아득한 야경이 보이는 고층 바에서 노을 같은 주황색 등이 비치는 수영의 눈동자를 바라보고 있었을 때. 아찔했던 순간은 늦은 시간까지 술을 마시고 함께 돌아가던 택시 안이었다.

뒷좌석에 나란히 앉았을 때 서로 다리가 닿았다. 상수는 수영이 의식 못 하는 것이라고 생각하면서도 수영 역시 의도하고 있을지도 모른다는 생각이 들었다. 미경을 통해 여자들 역시 종종 부러 허점을 내보이기도 한다는 것을 알고 있었다. 상수는 얇은 봄옷의 섬유 너머로 수영의 체온을 느꼈다. 아무것도 신지 않는 다리의 흰 살결을 느꼈다. 결점 없이 늘씬한 다리와 그 다리를 쓰다듬는 자신을 상상했다. 좁고 밀폐한 공간을 채우는 수영의 향기가 달콤하고 독한 술 같았다.

상수가 끝내 참아 낸 것은 여러 가지 이유가 있었다. 거절당할까 봐 두려웠다. 수영이 여전히 종현과 함께 사는 집으로 돌아가는 것도 걸렸다. 10년쯤 산 부부들처럼 지낸다고 수영은 농담했지만 떠올릴 때마다 머리를 쥐어뜯고 싶었다. 하지만 그것들은 이제 수영을 더욱 가져야 할 이유일 뿐, 다른 것은 아니었다. 유일한 이유는 수영의 목에 걸린 미경의 목걸이 때문이었다. 단지 미경의 존재만을 상기시키지 않았다. 자신이 못되게 대할수록 더 비굴하게, 고분고분하다는 느낌이 들 만큼 자신에게 매달리는 미경을 상기시켰다. 만날 때마다 더 절박하고 초췌해지는 미경의 얼굴을 떠올리게 했고 그것이 보기 싫어 더 모질게 미경을 대하는 자신을, 형편없는 자신을 떠올리게 했다. 미경에게 죄를 짓고 있었다. 명백한 사실이었다. 수영 역시 그것을 의식하는 듯 항상 그 목걸이를 하고 있었다.

봄이 막바지인 것을 알리는 듯한 바람이 포근히 불던 저녁, 두 사람은 신촌에 있는 상수의 대학교를 함께 걸었다. 무성하고 두꺼운 잎들이 짙은 그늘을 드리우며 흔들렸고 성당으로 이어지는 오르막에는 철쭉들이 가득히 피어 있었다. 도서관 쪽으로 걸어가자 아래쪽 운동장에서 야구 하는 대학생들의 고함 소리가 멀찍이 들렸다.

"별거 없지? 별거 없다니까." 상수가 말했다.

"그래도 한번 와 보고 싶었어. 어떤 데를 다녔나, 어떤 길을 걸었나."

"오르막이 많아서 빡셌지. 1학년 때는 어디가 어딘지도 모르고 수강 신청했다가 수업 끝나자마자 맨날 가방 들고 달리고, 하루는 가방 열려 안에 든 거 다 쏟아지고. 주위 사람들 다 쳐다보고, 그랬지."

"창피했겠네."

"그땐 그런 것도 몰랐어. 전날 하숙집 아줌마가 간식하라고 준 샌드위치가 있었는데 점심으로 먹으려고 갖고 있었거든. 그땐 한 푼이 아쉬웠으니까. 그게 은박지 반쯤 벗겨져서 나뒹굴었어. 사람들 눈 때문에 다시 못 집어넣고 휴지통에 버렸는데, 아깝더라구. 수업에 들어가서도."

수영은 부드럽게 웃었다. 무엇인지 자기도 안다는 듯.

"언니도 여기 나왔지?"

"응. 2년 후배. 다닐 땐 얼굴도 몰랐어." 상수는 미경의 이야기가 나오는 것이 언짢았다.

수영은 더 말하지 않고 걸었다.

내리막을 지나 후문 쪽으로 걸어갔다. "이쪽이 예전에는 다 풀밭이었어. 벚나무도 있고 소나무도 있고. 시험 망치고 나와 벌렁 누워 있기 좋은. 동네에서 아줌마들이 애들 데리고 나와 풀썰매 있잖아? 돗자리 태워서 막 끌어주고 애들이 신나서 소리 지르고. 그런 거 듣고 있으면서 난 망했다, 개망했다 그러고 있었고. 날씨는 그럴 때 왜 그렇게 좋은지. 중간시험이 딱 윤중로 벚꽃 축제 할 때였는데 같이 갈 여자 친구도 없고. 인생 뭘까, 그랬지."

수영이 하하하 웃었다. "지금도 풀밭이면 좋을 텐데. 좀 앉아도 보고."

"그러게. 편의점, 프랜차이즈 카페, 식당 죄 그런 거만 채워 놓고 발전시켰다, 학교 좋아졌다 그러는데. 모르겠다, 정말. 하버드가 버거킹 많아서 하버든가."

수영은 피식 웃었다. "나도 공부 좀 했으면 이런 학교에 다닐 수 있었을까?"

"그랬을 거야. 그럼 안 그리고 그 근성으로 공부를 했으면 더 좋은 데 다녔을지도."

"그건 아닐 듯."

상수는 웃었다. "우리 학교 다녔으면 여신 대접 받았을 텐데. 다닐 때 몇 명 있었어. 화장품 광고 모델도 하는. 도서관 대출대에서 아르바이트했는데 애들이 서로 먼저 대출하라고 떠밀고. 걔한테 대출 확인받고 싶어서."

"웃겨, 하여간 남자들이란."

"여자들은 어떻고? 은근히 즐기면서. 학교 다닐 때, 좀 해 봤지?"

"없었어. 여대였거든. 여자 동족들의 시기와 질투, 눈총 그런 건 좀 받아 봤지." 사실 그런 것이 있는지 없는지도 몰랐다. 종현의 여동생처럼 이것저것 안 해 본 일 없이 아르바이트 다녔으니까. 시급 1000원, 2000원 더 받기는 했다. 하지만 좋은 학교 가서 과외로 편하게 돈 번다는 고향 친구들이 부러웠다.

운동장은 그새 조명이 꺼지고 주로를 걷거나 뛰는 사람들만 남아 있었다. 두 사람은 그 옆을 지나 다시 본관으로 이어지는 오르막길을 걸어갔다. 군말 않던 수영이 또 오르막이냐고 말했고 상수는 그러지 않았냐는 듯 어깨를 으쓱거려 보였다.

본관에서 정문까지는 완만한 내리막길이었다. 별말 없이 타박타박 걸어 내려가다가 상수는 잠깐 뒤를 돌아봤다. 그래도 한번 와 보니 좋았다. 옛날 생각도 나고, 별것 아니기는 했지만 자연스럽게 화제도 생기고. 하지만 역시 수영 때문이었다. 고등학교를 졸업하고도 빨간 버섯처럼 하나둘 올라오던 여드름 얼굴인 채 인생 뭘까, 되뇌며 걷던 길을 은행원이 돼 예쁜 수영과 함께 걸으니 좋았다. 미경과 왔다면 어땠을까. 연희동으로 과외를 다니며 경영학, 영문학, 법학 3전공에 B학점도 찾기 힘든 미경의 대학 생활을 묵묵히 들었을 것이다. 샌드위치 이야기 대신 괜찮게 들릴 만한 일화를 떠올려 보려고 애쓰며.

"여기 공원이야?" 수영은 상수의 대답을 기다리지도 않고 총총히 걸어 들어갔다.

정문 옆에 있는 작은 공원이었다. 커다란 나무가 둘러싸고 가운데에는 자그마한 연못도 하나 있었다. 수영은 성모상 앞에 서 있었다. 성당의 성모상처럼 사실적으로 만든 것이 아니라 동화 삽화의 인물처럼 4등신 정도로 작게, 동그스름하게 다듬어 만든 화강암상이었다. 성모는 광배를 두르고 몸의 반 정도 되는 꼬마 예수를 무릎에 받쳐 안고 있었다. 꼬마 예수는 작달막한 두 발로 선 채 짤막한 팔을 활짝 벌리고 있었다. 앞에는 신자들이 가져다

놓은 것 같은 꽃바구니가 놓여 있었다. 수영은 웃으며 바라보다가 성호를 그었다. 상수는 가슴이 뛰었다.

"성당 다녀?" 상수는 수영의 옆에 다가섰다.

"좋아는 해. 미사포도 예쁘고 미사 볼 때 그 분위기도 좋아하고. 성호 긋는 모습도 아름답잖아." 수영은 성모상을 보고 있었다.

상수는 수영의 손을 잡았다.

수영은 고개를 돌려 상수를 봤다. 아주 놀란 얼굴은 아니었다.

상수는 입술을 가까이 했다. 수영의 눈동자에 자신이 비쳤고 망설임이 읽혔다. 상수는 주저하지 않았다.

긴 입맞춤이었다. 부드러운 지진, 소리 없는 천둥, 비바람 없는 태풍이 차례로 지나갔다. 시구(詩句) 같은 섬광이 번뜩였다.

입술을 떼었을 때 수영은 옅게 웃고 있었다. 상수는 웃었다. 오만하지 않은, 부드럽고 무구한 미소였다.

"갈까?" 수영이 말했다.

상수는 수영의 손을 잡았다. 잘 잡지 않으면 놓칠 것처럼 보드랍고 가냘픈 손이었다. 상수는 웃었다. 자꾸 웃음이 나왔다. 전봇대라도 좀 뽑아 버리고 싶게, 지나가는 버스라도 밀어 넘어뜨려 버리고 싶게.

지하도로 로터리를 건너 번화가로 나왔다. 연세대학교로 이어지는 길이었다. 기말시험 전 마지막 봄을 만끽하려는 학생들로 거리는 붐볐다. 오래된 서점 앞에 피아노가 있었다. 백인 남자가 서서 어깨를 들썩거리고 구두로 발을 굴러 가며 신나는 곡을 치고 있었다. 곡이 끝나자 둘러선 사람들이 박수를 쳤다. 한 곡 더 쳐 달라는 소리가 여기저기서 나왔지만 백인 남자는 어깨를 으쓱거리며 이제 레퍼토리가 다 떨어졌다고 말했다. 멋진 미소를 지으며 해피 스프링 선데이 나이트를 즐기라고 외친 뒤 피아노 위에 있던 맥주병을 들고 떠났다. 사람들이 조금씩 흩어졌고 백인 남자의 연주가 훌륭해서인지 좀처럼 나서는 사람이 없었다.

상수는 쥔 손을 흔들었다. "가서 한 곡 쳐 봐."

수영은 뺨을 붉히며 고개를 흔들었다.

"쳐 보고 싶잖아, 아니야?"

"사람이 너무 많아."

"많으면 더 좋지. 잘 치잖아."

수영은 머뭇거리다가 사람들이 조금 더 흩어진 다음에야 주춤주춤 피아노로 다가갔다. 떠나지 않고 있던 사람들이 수영을 보고 환호했다. 예쁘다, 예뻐요, 소리가 여기저기서 나왔다. 수영은 선 채 건반 몇 개를 눌러 봤다.

상수는 기대와 긴장을 함께 느끼며 수영을 바라봤다. 손에 땀이 뱄다. 아직 수영의 촉감이 남아 있는 손이었다. 무슨 곡을 칠까. 「플라이 미 투 더 문」을 치면 좋겠다고 생각했다. 며칠 전 함께 차 안에서 냇킹콜의 노래로 들은 곡이었다. 곡에 스민 촉촉한 애조가 좋다고, 피아노로 연주해 보고 싶다고 수영은 말했다.

건반을 손에 익힌 수영은 연주를 시작했다. 에릭 사티의 「짐노페디 1번」. 소실해 가는 것들에 대한 송가, 종현을 집에 들이기 직전 혼자 나무 책상 위에 짚어 보던, 전자 건반을 사면 가장 먼저 쳐 보려 했던 곡이었다.

조율이 덜 된 노천 피아노의 둔탁한 음이 하나하나 울렸다. 침묵과 침묵을 이어 주는 선율이 올라가고 내려가며 풍경을 몽환적으로 감쌌다. 번화한 거리를 지나가는 인파, 떠들썩하게 들려오던 각양각색의 소음들이 아득하게 멀어지고 흐려졌다. 반짝거리는 술잔의 부딪힘, 살롱의 담배 연기 찬 공기, 이국의 언어로 오가는 대화 소리가 떠올랐지만 그것들 역시 아득하게, 렌즈의 초점이 멀어지듯 흐려졌다. 담담한 슬픔, 기약 없는 기다림, 혼자 남은 저녁 같은 말들이 폭설 위의 발자국처럼 깊게 찍혔다. 곡은 낮은 음에서 멎었다.

수영은 서 있었다.

박수 소리, 휘파람 소리가 드문드문 나왔다. 몸을 돌려 고개를 숙인 채 다가온 수영의 눈가는 붉었다. 상수는 수영을 안았다. 곡에 푹 빠져서, 분위기에 휩쓸려서 그런 것이라고만 생각했다. 수영도 상수를 끌어안았다. 그제야 여기저기서 열렬한 박수와 환호가 터졌다. 부럽네, 부러워, 사귀어라, 결혼해요. 상수는 수영을 더욱 안았다.

두 사람은 밝고 좁은 거리를 조금 더 걸었다.

버스 정류장에서 상수가 말했다. "정리, 시작하자."

수영은 고개를 끄덕였다.

버스가 떠났다. 상수는 혼자 서 있었다.

23

미경은 경필에게 전화했다.

"아이고 박 대리님, 어쩐 일이십니까. 무려 7년 만에 전화를 다 주시고."

"나 차 좀 태워 주지." 미경은 한숨처럼 덧붙였다. "어디 먼 데로."

경필은 잠시 아무 말도 없었다. 장소와 시간을 정하고 전화를 끊었다.

경필의 회색 아우디가 자유로를 달렸다. 음악은 틀지 않았다. 엔진 소리와 차창을 빠르게 두드리고 지나가는 바람 소리만 들렸다. 미경은 말이 없었다.

"요즘도 유도 해?" 헤이리 간판이 보일 때 미경이 말했다.

"누구 하나 패대기치고 싶은 사람 있나 보지?"

미경은 웃지 않았다. "재가 자꾸 땀 냄새 풍겨서."

경필은 뒷자리에 있는 운동복 가방을 넘겨다봤다. 뒷좌석 창문을 조금 열었다. "주짓수 해."

"그게 더 재밌어?"

"예쁜 여자들이 더 많아."

"이유 좋네."

"유일한 이유지."

헤이리로 들어가 주차장이 있는 카페에 차를 세웠다. 2층에서 주문을 하고 3층으로 올라갔다. 창틀 없는 통유리로 헤이리 전경과 멀리 나지막한 산등성이들이 보였다.

"둘이 만나고 있는 거 맞지?"

경필은 어깨를 으쓱거렸다.

"상수 씨랑 수영이. 알잖아, 넌."

"모르는데? 알아도 내가 너한테 말할 이유는 없고."

미경은 입을 다물었다.

"어차피 상수 네 타입도 아니잖아? 옷 잘 입고 돈도 있고 집안 좋은, 그런 남자가 네 취향 아니었어?"

경필의 눈에 덕지덕지 묻어나는 미움과 이기죽거림에 미경은 발끈했다. "말했잖아, 그때 너랑 그렇게 된 건 그것 때문이 아니었다고."

"그래서 걔랑 잤어?"

미경은 경필의 눈을 피했다.

"숙맥같이 구니까 내가 정말 숙맥인 줄 알았어?"

"그건 아니었어. 몰랐어, 너무 어렸고, 우리 다 어렸잖아."

"핑계 차암 좋다. 어리고 모르면 사람 그렇게 난도질해도 돼?"

"그 얘기 하고 싶어서 두말없이 나왔니? 내가 그랬다고 네가 학교에서 한 짓이 다 용서가 된다고 생각해?"

"왜 이래, 사람 촌스러워지게. 두둑한 동료애와 약간의 옛정으로 나온 거야. 애초에 용서받고 자시고 할 빌미를 남기지도 않고."

"여전하구나. 징글징글해, 넌."

경필은 피식 웃었다. "너한테 들을 소리는 아닌 거 같은데? 너도 양 과장이랑 그렇게 돼서 상수한테 간 거잖아."

미경의 얼굴이 일그러졌다. 그때 고통이 생생하게 되살아났다.

경필은 냉소를 지웠다. "취소할게. 그 새끼랑 그렇게 한 건 잘한 거야. 좀 늦기는 했다만. 쓰레기 새끼."

미경은 싸늘하게 웃었다.

경필은 덩치가 무색하게 섬세하고 다듬어진 자세로 커피를 한 모금 마시고 내려놨다.

"나 어떻게 해야 되니?" 미경이 말했다.

그걸 왜 자기한테 묻냐는 듯 경필은 미경을 쳐다봤다.

"모르겠어서 그래, 정말 모르겠어서, 모르겠어 미치겠어서 그래."

경필은 남의 집 불이라는 표정이었다.

"자리에 앉아 있으면 돌아 버리겠어. 바로 저기에서 둘이 시시덕거리고 있다고 생각하면 당장 달려 나가서 펄펄 끓는 기름을 퍼부어 버리고 싶어. 내가 왜 이러나, 싫으면 그만인데, 끝났으면 버리면 되는 건데 내가 왜 이러고 있나 하면서도 하루에도 수십 번씩 그래. 어제도 일하다 말고 벌떡 자리에 일어났어. 수영이 그 계집애 빰을 날려 버리고 싶어서. 사람들 다 보는 데서, 객장이고 안에고 다 쳐다보는 앞에서 머리채 잡아 쥐어뜯고 구둣발로 손가락 하나하나까지 다 밟아 버리고 싶어서!"

"워워, 왜 이래? 너 그런 캐릭터 아니잖아."

"그러니 내가, 오죽하면 이러겠냐고! 나 요새 정말 죽을 것 같아. 수면제 아니면 잠도 못 자. 아침에 일어나 제일 먼저 하는 게 뭔지 알아? 약 먹는 거야. 영양제 말고 항우울제!"

경필은 한숨을 내쉬었다. "정리해. 양 과장도 결국 했잖아."

"그 정도면 내가 여기서 왜 널 보고 있어? 나 사랑해, 상수 씨 사랑한다구. 진심이야. 우리 아빠한테 인사드렸고 아빠가 벌써부터 정리하라고 말하고 있는데도 다 싫다고, 계속 그러면 집 나가 애 배서 들어올 거라고 그랬다구. 우리 아빠 얼굴이 어땠는 줄 알아? 엄마는? 내가 그러고 있어. 그렇게까지 하고 있다구!"

경필은 냉담했다. "그럼 넘겨."

"못 넘겨, 어떻게 넘겨? 한 지점에서, 눈앞에서 바로 둘이 그러고 있는데!"

"그래도 넘겨. 그것도 못 하면서 뭘 넘기겠다는 건데? 양 과장이랑 결혼했으면 안 그랬을 것 같아? 그것 때문에 정리했고 정리됐잖아. 안 되면, 넘겨야지 별수 있어?"

"못 한다구, 안 된다구. 상수 씨는 안 그럴 줄 알았어. 절대로 안 그럴 남자 같았단 말이야."

"이봐요, 박미경 씨. 여기 인형 가게 아니고, 나 너네 아버지 아니야. 내 앞에서 칭얼거리지 마. 그거 받아 주는 데 선수긴 한데, 너라서 싫다. 짜증 나." 경필은 한 모금 마신 커피 잔을 섬세하게 내려놨다. "절대로 안 그런 남자가 어디 있어? 넌 절대로 그럴 여자였고? 똑같아, 그 문제에 있어서는 남자나 여자나 다 빈민처럼 똑같아. 기회, 외모, 돈, 능력, 시간 그 차이지 다른 거 없어. 우리 다 거지 새끼들이야."

미경은 아무 말 하지 못했다.

"이럴 때 하는 말 있잖아. 남자 다 거기서 거기, 여자도 다 거기서 거기. 못 하겠어도 넘겨. 기를 쓰고 어떻게든 넘겨. 그게 넘긴다는 거야."

"어떻게? 어떻게!"

"넘어가질 때까지 넘겨, 참고 삼켜질 때까지 참고 삼켜. 목줄을 걸어서라도 결혼식장에 끌고 들어가. 죽어도 네 옆에서 도망 못 가게 호적으로 묶어 버려. 한눈 못 팔게 비싼 차 사 줘서 위치 추적기 달아. 애 낳아서 한강 보이는 마흔세 평 재개발해 올린 새 아파트에 가둬."

"왜? 내가 왜? 누구 좋으라고 그렇게까지 해야 하는데?"

"싫음 말든가. 지금 누가 못 하고 안 하겠다고 했는데?

"정말!"

"상수는," 경필의 목소리가 확고해졌다. "잡으면 잡히는 애야. 네가 그 정도까지 하면 저 잘난 맛에라도, 아니 겁이 나서라도 나중에 딴짓은 못 해. 그건 내가 얘기해 줄 수 있어. 남자들끼리만 알 수 있는 게 있어. 절대로, 라고는 못 해도 대충은 보여. 쓰레기인지 아닌지. 여자들이 여자들끼리만 보이는 게 있듯이."

흔들림 없는 경필의 눈이 신뢰를 줬다. 한때 반했고 여전히 바뀌지 않은 그 눈빛이었다. 미경은 진정했다.

"당장 폐차시켜야 할 쓰레기들 빼면 남자는 두 가지야."

"뭐냐고 물어봐 줄게."

"핸들 없는 새 차, 핸들 있는 중고차. 결혼하면 자율 주행 기능이 생기는데, 진화 속도를 감안하면 전혀 신뢰할 건 안 돼. 핸들 꽉 잡고 타면, 어지간하면 탈 만해. 가끔 처박기도 누가 와서 처박을 때도 있지만."

미경은 피식 웃었다.

"상수는 핸들 있는 중고차는 돼. 연식도 나쁘지 않고. 너 운전, 꽤 하잖아."

"넌 핸들 없는 새 차고?"

"핸들 있는 중고차이고 싶었으나 누가 핸들도 뽑아 가고 불도 질렀지. 그래서 핸들 없는 새 차로 혼자 다시 태어났어. 그것도 외제 차로." 담담한 경필의 얼굴에 석양빛이 드리웠다.

미경은 씁쓸히 웃었다. "나 계속 가?"

"결정은 네 거지."

미경은 고개를 끄덕였다.

"결과도 네 거고."

"알아."

미경은 고개를 들어 창밖을 봤다. 산등성이로 해가 지고 있었다. 짙은 노을이 축축하게 내려앉았다.

상수는 좀처럼 미경에게 정리하자는 말을 꺼내지 못했다. 더는 묻고 치워 버릴 수 없는 자신의 비열함, 졸렬함과 함께 비로소 미경의 진심이 보인 탓이었다.

미경은 그 수모를 겪고도 흔들리지 않았다. 그 자존심에, 아쉬울 것 없는 처지에, 결혼한 것조차 아닌데, 자기 같은 남자 따위 얼마든지 쉽게 버릴 수 있을 텐데 그러지 않고 있었다. 독하고 징그러운 오기가 아니었다. 2년 동안의 애정과 애착으로, 그리고 수영을 사랑하면서 알게 된 감각으로 상수는 미경이 자신을 사랑하고 있는 것을, 온 힘을 다해 사랑하고 더 사랑하려고 애쓰고 있는 것을 쓰라리게 느꼈다.

상수는 미경에게 잘 대해 줬다. 하나하나 귀담아듣고 작은 말, 몸짓 하나에도 분명하고 정확하게 반응했다. 피식 웃어넘겨 버리거나 못 보고 못 들은 척 무시하거나 여자는 왜 그러냐는듯 한심한 얼굴로 보던 것을 더는 할 수 없었다. 미경이 코를 찡그리며 웃을 때, 그것이 더는 미워 보이지 않았다. 사랑해서, 사랑받고 싶어서, 더 사랑하고 싶어서 그렇게 하는 것을 종이에 베인 손끝의 통증처럼,

감각으로 알 수 있었다.

하지만 미경이 사랑은 아니었다. 5000원짜리 같은 은행일조차 그렇지 않게 해 주는 사람은 수영이었다. 궤도 없는 허허벌판이라도 가 보고 싶게, 갈 수 있을 것 같게 힘을 불어넣어 주는 사람도 수영이었다. 어쩌면 처음부터 정해져 있었는지도 몰랐다. 설명할 수 없지만, 자신도 납득할 수 없지만 그런 것 같았다. 왜 이렇게 다 겪은 뒤에야 알 수밖에 없었을까. 왜 이제서야. 후회도 탄식도 아닌 쓰고 저린 감각이 마음의 낮은 곳에 고였다.

늘 짓눌리고 답답하던 굴레는 미경이 자신에게 씌운 것이 아니라 자신이 스스로 뒤집어쓴 것이었다. 뭐라도 되는 줄 알고, 뭐라도 돼야 한다는 생각에 사로잡혀. 그렇게나 자기는 다르다고, 그저 그런 남자새끼들과 다르다고 생각했지만, 아니었다. 하나도 다르지 않았다. 처참하게 똑같았다. 미경을 속였고 자신을 속인 것이었다. 행복이라는 마네킹을 비추는 것 같던 거짓의 그 밝고 좁은 조명은 기실 처음부터 자신을 비추고 있었다.

상수는 미경에게 진심으로 미안했다. 하지만 미안하다고 할 수 있는 때는 이제 지나 있었다. 미경과는 돌이킬 수 없이 헤어지는 수밖에 없었다. 미경을 위해서라는 말 따위는 버려야 했다. 비루하고 비열했다면 끝까지 비루하고 비열해야 했다. 모두 자신이 쏟아낸 오물이었고 뒤집어쓰는 것도 자신이어야 했다.

차를 두고 은행에서부터 터벅터벅 걸어 집으로 돌아오는 길에 상수는 미경이 좋아하는 식당을 예약했다. 1주일 뒤였다.

다시 현실적인 걱정들이 엄습해왔다. 미경과 최악의 상황으로 치달아 헤어지고 나면 어떻게 될까? 이전부터 수영과 만나 온 것을 지점 사람들에게 더럽게 소문이 나돌고, 미경의 사촌오빠가 인사과의 동기나 선후배에게 몇 마디쯤 하면 은행에서 얻을 수 있는 장래는 끝장나는 것이었다. CFA는 1차에 합격했지만 2차, 3차가 진짜 시험이었다. 그 일을 겪고도 지금처럼 시험 준비를 할 수 있을까? 준비하는 동안 자신은, 수영은 얼마나 버틸 수 있을까. 아무것도 예상할 수 없었고 그럴수록 사랑을 믿고 싶기도 믿고 싶지 않기도 했다. 후회가 된다는, 안 그러려고 해도 자꾸 후회가 된다는 선배의 말이 귓가에서 되살아났다. 생각할수록 점점 알 수 없기만 했다. 더욱더 무력해지기만 했다. 사람의 마음이란 뭘까, 사랑이란 뭘까. 상수는 사랑하면서도 사랑일수만은 없는 자신이 나약하고 남루해 견딜 수 없었다. 좁은 침대에서 상수는 뒤척이고 또 뒤척였다.

수영은 소파에 누워 있었다. 저만치 침대에서 자는 종현의 소리가 들렸다. 망설이던 끝에 수영은 곁눈질로 확인한 비밀번호를 입력했다. 종현이 그 여자아이와 주고받은 문자메시지를 띄웠다. 몇 줄 채 읽지도 않고 껐다. 다시 켜서 읽었지만 얼마 더 읽지 못하고 꺼 버렸다. 눈물이 흘렀다. 뜨겁고 아팠다.

이해할 수는 있었다. 이미 형식적인 관계가 된 지 오래였다. 애인도 식구도 아닌 룸메이트. 연락도 없이 밤늦게 들어온 적이 많았다. 종현은 어느 순간부터 왜, 어디서 무엇을 하고 들어왔는지 묻지 않았다. 출근 시간이 되면 깨웠고 밥 시간이 되면 밥을 차렸다. 빨래 통이 차면 빨래를 돌렸고 빨래가 마르면 빨래를 걷어서 반듯하게 개 서랍장 안에 차곡차곡 넣어 뒀다. 종현이 두 번 아주 늦은 밤에, 동이 터 올 무렵에 들어온 적이 있었다. 수영도 깊이 묻지는 않았다. 넘겼다. 상상할 수 없는 일이었지만 그렇게 됐다. 어렵지조차 않았다. 하지만 당장 불을 켜고 소리 질러 종현을 깨우지 않은 것은 종현을 이해해서가 아니었다. 사랑해서, 종현이 그 거지 같은 사랑이어서. 그것을 일깨운 사람은 상수였다. 성모상 앞에서, 인중으로 느낀 따스하던 숨결, 손에서 손으로 전해지던 가늘고 박약한 떨림. 기분이나 생각이 아닌 감각이었다. 엄마가 오지 않던 초등학교 정문 수위실에서 맡은 비 냄새, 엄마와 아버지가 다투고 난 것을 직감할 수 있던 거실 공기의 음울한 촉감처럼 아주 많은 시간이 흘러도 또렷하게 되새길 수 있을 것 같은 감각. 수영은 상수가 자신을 사랑하고 있다는 것을 명백히 알 수 있었다. 하지만 자신이 사랑하는 남자, 손끝이 떨려오고 갑작스레 떨어지는 빗방울마저 그 머리에 떨어질까 두렵고 아까운 남자는 상수가 아니라는 것도 명백했다.

수영은 방 안의 어둠을 바라봤다. 거울처럼 자신을 또렷이 비추는 어둠. 부끄럽고 참담했다. 후회조차 할 수 없었다. 상실감을 감당하지 않으려 했으므로 종현에게 한 짓은 결국 도망이었다. 애정 없이 다가갔으므로 상수에게 한 짓도 결국 유혹이었다. 사랑했지만 사랑을 믿지는 않았다. 사랑을 원했지만 사랑만 원한 것은 아니었다. 그것을 종현이나 상수에게서 구하려고 했을 뿐 자신에게서 구하려고도, 차라리 깨끗이 체념해 버리지도 않았다. 누구라도 자신과 같은 처지였다면 마찬가지였을 것이라는 말은 변명이 될 수 없었다. 자신이 사랑하는 사람은 종현, 자신을 사랑하는 사람은 상수, 그리고 그 자신이란 명백히 안수영, 자기 자신이었다. 부서지는 모든 관계가 그렇듯, 자신이 망친 것이었다. 모든 것을 자신이 망쳤다고 할

수는 없지만 자신이 망칠 수 있는 것은 모두, 스스로 망쳐 버린 것이었다. 자신이 누릴 수 있는 유일한 사치와 자유로, 유혹하고 유혹당할 수 있는 그 힘과 권리로.

이제 와 반성과 용서를 구하는 것은 무의미했다. 돌이킬 수 있는 것이 없었다. 종현이나 상수가 용납할 수 있는 것도 아니었다. 결국 자신의 만족을 위한 것이 될 뿐이었다. 이대로 모르는 척하는 것이, 종현과 헤어지고 상수를 계속 만나는 것이 그나마 최선일지 몰랐다. 상수의 마음, 지금보다 안정하고 윤택해질 생활, 새로운 욕망이 생기고 그 욕망을 하나씩 채워 나가다 보면 다 지난 일이 되지 않을까? 다시 행복하지 않을까? 서 대리처럼 애들 보고 산다 말하며 푸근하게 웃을 수라도 있지 않을까?

수영은 종현의 핸드폰을 내려놨다. 옷을 챙겨 입고 충전 중이던 자신의 핸드폰을 뽑아 들고 집을 나섰다. 내리막을 걷고 끊긴 마을버스 정류장을 지나쳐 멀리, 계속 걸어갔다. 편의점과 불 꺼진 청과점과 셔터가 내려진 세탁소, 정육점, 종현과 종종 야식이나 일요일 아침 밥을 먹던 24시간 분식집을 지나 큰길, 4차선 도로 앞에 도착했다. 사나운 경적 소리가 들렸다. 물류 트럭들이 잇달아 굉음을 내지르고 위협적으로 헤드라이트를 깜박이며 달려갔다.

수영은 눈물을 닦아 절망을 지웠다. 더는 속여서도, 도망쳐서도 안 됐다. 더는 유혹해서도 유혹당해서도 안 됐다. 끝을 내야 했다. 모두, 돌이킬 수 없이.

24

상수가 예약한 식당에서 미경을 보기로 한 그날이었다. 엇갈려 늦게 점심을 먹고 들어온 미경은 창구로 들어가기 전 상수를 보며 찡긋 웃었다.

상수는 무디게 웃어주고 서류로 눈을 돌렸다.

수영은 상수와 점심을 함께 먹고 일하는 중이었다.

밥 먹을 때 상수는 오늘 미경에게 말하겠다고 알렸고, 수영은 알았다고 말했다. 상수가 한 번 더 묻기 전에 수영은 정리하겠다고, 주어 없이 말했다. 상수는 당연히 종현일 것이라고 생각했고 끝나면 전화할 테니 보자고 말했다. 수영은 그럴 필요 없다고, 핸드폰을 그제 세탁기에 넣고 돌려 버려 지금 수리 중이라고, 자기가 요즘 이렇게 정신이 없다며 맥없이 웃었다. 상수는 수영이 석연치 않았지만 알았다고 말했다. 자신 역시 복잡했다.

점심시간이 끝났지만 종현은 복귀하지 않았다. 먼저 말을 꺼낸 사람은 지점장이었고 이어 부지점장이 나섰다. 소란스러워지기 시작했다. 수영은 종현에게 전화하지 않았다.

"무슨 일 있었어?" 상수가 메신저로 물었다.

"아니. 아무 일도." 수영은 짧게 대답하고 하던 일을 계속했다.

마감 시간이 거의 다 됐을 때, 지점 유리문이 거칠게 열렸다. 제복 차림의 종현이었다. 한 번도 보지 못한 표정으로, 돌진하듯 걸어 들어와 수영의 자리를 확인했다. 수영이 있는 것을 보자 곧바로 객장을 돌아 창구 안으로 들어갔다. "안수영!" 엉거주춤 일어나는 수영을 거칠게 낚아채 뺨을 때렸다. 한 대, 한 대 더.

지점에 있는 모든 사람이 경악했다.

종현은 수영의 손목을 움켜쥐고 밖으로 끌고 나갔다. 수영은 뺨을 부여잡고 있었지만, 따라갔다. 끌려가는 것이 아니었다. 두 사람이 유리문으로 나가자 무슨 일이냐, 말려야 하지 않냐, 경찰에 신고해야 하지 않냐, 여기저기서 웅성거렸다.

상수는 곧바로 뒤쫓아 나갔다. 미경이 서 있는 것이 보였지만, 보지 않았다. 옆 건물의 좁은 출입구로 들어가는 수영의 근무복이 보였다. 상수는 달려갔다.

상수가 2층 화장실 앞에 뛰쳐 올라갔을 때 종현은 수영의 멱살을 거머쥐고 문에 밀어붙이고 있었다. 지져 버릴 듯 수영을 쳐다봤고 수영은 무기력하게 서 있었다.

"뭐 하는 짓이야, 이게!" 상수는 종현에게 달려들었다.

종현은 수영의 멱살을 놓고 거칠게 상수를 뿌리쳤다. "놔, 놔! 네가 뭔데, 네가 뭐라고 끼어들어!" 종현은 수영의 얼굴 옆을 주먹으로 찍어 쳤다. 쾅, 쾅. 화장실 쇠문이 요란한 소리를 냈다. "이 새끼야? 이 새끼랑도 붙어 먹었어? 소경필이 그 개새끼도 모자라 이 새끼한테도 벌려 줬어. 해 달라고, 괜찮다고 그랬어?"

종현의 목덜미를 잡으려던 상수의 손이 멈췄다. 셔츠를 움켜쥐고 당기던 손도 풀렸다. 상수는 수영을 쳐다봤다.

수영은 상수를 쳐다보지 않았다. 뺨을 감싼 채 말없이 지나쳐 계단을 내려갔다.

"씨발, 씨발!" 종현은 쇠문에 주먹을 찍고 구둣발로 길길이 걷어찼다. 자리를 떠났다.

상수는 계단에 주저앉았다. 일어나지 못했다.

자리로 돌아왔을 때는 두 사람 모두 없었다. 셔터가 내려갔고 마감이 시작됐다.

마지막 고객을 아무 정신 없이 쳐 내고 상수는 경필을 뒤로 불러냈다.

경필은 담배를 꼬나물고 불을 붙였다.

“뭐야? 그게 다 무슨 소리야?” 상수의 눈에 핏발이 서 있었다.

“알았나 보지.” 경필이 뱉었다.

“뭘, 뭘 알았냐고!” 상수는 경필의 멱살을 틀어쥐었다.

지나가던 행인들이 야트막한 주차장 담장 너머로 두 사람을 쳐다봤다.

“놔.”

“말해, 말하라고!”

“놔.” 경필은 담배를 꼬나문 채 말했다.

놓지 않으면 말하지 않을 기세였다. 상수는 힘을 늦췄다.

경필은 곧바로 상수의 손목을 털어 냈다. 짧아진 담배를 뱉어 던지고 새 담배에 불을 붙였다. 노려보는 상수에게 씩 웃으며 담뱃갑을 내밀었다. “한 대 줄까?"

상수는 경필의 손을 후려쳤다. 담뱃갑이 날아갔다.

경필은 피식 웃었다. 담뱃갑 쥐던 손으로 담배를 고쳐 들고 한 모금 빨았다. 담배 연기를 유유히 길게 내뿜었다.

“잤냐?”

"내 입으로 듣고 싶어?"

"몇 번이나?"

"종현이가 걔 빰을 몇 번 때렸더라?"

"이 쓰레기 새끼!" 상수는 달려들었다.

경필은 담배를 꼬나문 채 상수가 머리를 찧지 않을 만큼 힘을 써 자빠뜨렸다.

"왜 그랬어? 걔한테까지 왜 그렇게 했어!" 상수는 주저앉은 채 소리질렀다.

"왜는. 걔가 원했으니까 했지."

"거짓말하지 마! 무슨 짓 했어, 무슨 짓을 한 거야! 술이야? 약이야?"

경필은 딱하다는 듯 상수를 보고 핸드폰을 꺼냈다. 툭 툭 누르고 슥슥 굴려 목록을 뒤지고 재생시켰다. "알아요, 무슨 뜻인지. 괜찮아요. 해요, 우리." 수영의 목소리였다. "하나 더 있는데 그것도 들려줘?"

상수는 절규했다.

"반드시 녹음을 해, 하나는 갖고, 하나는 보내지. 말했잖냐. 누가 용서하고 말고 할 그런 빌미 자체를 안 남긴다고, 난." 경필은 피식 웃었다. "아, 너한테 한 얘기가 아닌가?"

상수는 핸드폰으로 달려들었다. 경필이 손을 빼 피하자

경필의 얼굴에 곧장 주먹을 날렸다. 경필이 고개를 틀어 꽂아 박지는 못했다.

경필은 뒤로 비틀거리며 상수를 어처구니없다는 듯 쳐다봤다. 상수가 다시 날리는 주먹을 쳐 내고 서류 뭉치 같은 손바닥으로 상수의 뺨을 갈겼다. 철썩 소리가 났다. 한 대, 한 대 더.

상수는 주저앉았다.

"쓰레기? 허 참, 누가 누구한테." 경필은 마지막 모금을 빨고 꽁초를 내던졌다. "넌 항상 이게 문제야. 누구한테 뭘 고마워해야 할지 모른다는 거. 나 아니었으면 어떻게 됐을 것 같아? 안수영이랑 천년만년 물고 빨아 가며 행복했을 것 같냐? 사내 연애 2년이나 했으면서 뒤로 예쁘장한 텔러 꼬셨다는 얘기는 어떻게 할래? 박미경 대리 집에 인사까지 했다면서, 전기실에 그 사촌 오빠는 널 곱게 놔둘까? 넌 가루가 되도록 빻여서 은행에 붙어 있지도 못해, 병신아. 미쳐도 작작 미치라고, 이 등신아! 사랑이 외제 차 사 주냐? 사랑이 한강 아파트 사 줘? 박미경이 너한테 해 줄 수 있는 거, 애새끼 말고 안수영한테서 뭐 하나라도 생기는 게 있어?"

상수는 자리에서 일어났다. 차게 웃었다. "쓰레기 새끼. 상세하게도 알고 있네. 얘기도 안 했는데. 그래서, 넌 나

위해서 이랬냐? 아니면 아직도 대학교 때 그 박미경 못 잊어서 이랬어? 박미경 대신 나한테 복수라도 하게?"

경필은 별로 놀라지 않았다. 입술을 실그러뜨려 웃었다. "아직도 정신 못 차렸네. 차라리 산뜻하게 네가 박미경한테서 가지려던 거 내가 대학교 때 가지려다 못 가져봐서, 그런 거냐고 하지 그랬어. 그럼 사람 좀 덜 촌스러워 보였을 텐데." 경필은 담뱃진이 올라온 듯 걸게 가래를 뱉었다. "쓰레기? 너나 네가 박미경한테 무슨 짓을 했는지 생각해, 대가리라는 게 있으면, 응? 그리고 확실히 말해 두는데, 난 아무것도 강제로 안했다. 나 좋은 대로 했고 수영이 걔도 걔 좋은 대로 했어. 먼저 전화 걸어 보자고 한 것도 걔야. 새벽에, 두 눈 똑바로 뜨고 술 한잔 안 한 맨정신으로. 그러니까, 이쯤 해 두는 걸로 하자. 나도 더는 안 봐준다." 경필은 떨어진 담뱃갑을 상수에게 차 주고 돌아섰다.

예약한 식당에는 가지 않았다. 하지만 상수는 그날 밤 미경과 함께 있었다. 상수는 미경에게 모두 말했다. 수영과 있었던 일, 그 전에 자신이 흔들린 이유, 그동안 미경에게 말하지 못한 못난 자격지심과 비겁하고 엉뚱한 분노들까지. 미경은 차분하게, 되묻는 것 없이 들었다. 이야기가 끝나자 밤의 한강이 펼쳐진 거실, 르누아르의 출력화가 보이는 소파에는 적막이 모래 더미처럼 쌓여 있었다.

미경은 의자에서 일어났다. 주방으로 들어갔다. 냉장고를 열어 차가운 물을 컵에 따랐다. 마셨고 한 잔 더 따라 상수에게 건넸다.

상수는 받았다. 한 컵을 벌컥벌컥 다 마셨다.

"더 갖다줘?"

상수는 고개를 저었다.

미경은 손을 내밀었다.

상수는 미경을 쳐다봤다. 거실 등을 등진 얼굴에서 눈물이 반짝였다. 손을 잡았다.

미경은 상수의 곁에 앉았다. 깍지 끼고 있는 손을 바라봤다. 처음 극장 엘리베이터에서 깍지 낀 손, 그동안 무수히 끼고 엄지로 매만지고 뺨에 부벼 보고 가볍게 입을 맞추고, 물수건으로 닦아 주던, 그 손이었다. 처음부터 보기 좋았던, 상수가 마음에 들어온 뒤로 밤에 누워 혼자 자기 손을 포개 보기까지 하며 미리 쥐어 보던, 그 손. 미경은 상수를 안았다. 사랑했다. 이 꼴까지 보고도 아직도 상수를 사랑한다는 것이 참을 수 없이 너절스러웠지만, 그래도 사랑이었다. 지금도 상수의 속이 어떨까, 얼마나 쓰라릴까, 그것이 자기 자신보다 더 아팠다. 한 번도 충분히 사랑받은 적 없는 여자처럼. 차마 사랑한다고, 이렇게나 사랑한다는 말은 못했다. 안 나왔다. 하지만 상수를 안은 팔을 풀지도 못했다. 눈물만 흘렸다.

상수는 우는 미경을 안았다. 미어진다는 말을 실감할 만큼 가슴이 아팠고, 미안했다. 하지만 미안하다는 말은 할 수 없었다. 그 말은 아무 소용이 없었고 사랑한다는 말마저 그랬다. 그간의 현실적 걱정은 지금 수영이 이 어디에서 누구와 함께 있을지 걱정스러운 것에 비하면 아무것도 아니었다. 비로소 온전하고 진실한 목소리로 사랑한다고, 사랑하는 사람에게 말할 수 있게 됐지만, 수영은 없었다. 모두 아무것도 아닌 말이 돼 있었다. 자신처럼.

25

종현과 수영은 다음 날부터 출근하지 않았다.

부지점장은 업체에 연락해 당장 새 사람을 보내라고, 종현이 이쪽으로 다시 발도 못 붙이게 하라고 소리를 질러 댔다. 지점장은 서 대리가 들고 간 수영의 사직계를 휘갈겨 서명했다.

며칠 뒤 미경은 소포 하나를 받았다. 상자 안에는 수영에게 준 목걸이가 들어 있었다. 줬을 때 그 모양 그대로였다.

한 달쯤 지나 미경은 상수에게 헤어지자고 말했다. 상수도 준비한 말이었다. 그날 가려던 그 이탈리아 식당에서 두 사람은 저녁을 먹고 가을이 된 도산공원을 걸었다.

한 바퀴 다 돌고 와 미경은 차 앞에 멈춰 섰다.

"한 바퀴만 더 걸을래?" 미경은 피식 웃었다. 눈물이 비쳤다.

상수는 미경을 가만히 안고 등을 쓸었다. 우는 미경의 흔들림과 떨리는 자신의 날숨이 하나로 느껴졌다. 이를 지그시 물고 눈물을 참았다. 자신에게는 자격이 없었다. 미경은 다 했다. 자신에게 다 해 줬다. 상수는 그것을 고스란히, 처음인 듯 느꼈다.

미경이 차에 탔다.

"갈 수 있겠어?" 상수는 위태로운 미경의 얼굴을 봤다.

"괜찮아. 나 운전 잘하잖아. 처음부터." 미경은 싱긋 웃었다.

상수는 차문 너머로 손을 넣어 미경의 눈물 자국을 닦아 줬다.

"잘 지내. 나도 잘 지낼게."

상수는 고개를 끄덕였다. 억지로 웃으며 미경의 손을 잡았다. 마지막, 이제는 마지막이었다. 해야 하는 말이 있었다. 상수는 말했다. "미안해." 상수는 한번 더 말했다. "미안해."

"아니야." 미경이 어루만지듯 말했다. "내가 미안해. 내가 많이 모자랐어. 잘 헤아리지 못했어. 그날 그렇게 이야기한 거 듣고, 많이 미안했어. 뉘우쳤어, 나도."

상수는 눈을 감고 눈물을 참았다. 미경의 손을 하얗게 쥐었다. "그게, 아니야. 그런 게 아니야. 뭘 바라는 것도 아니고, 뭘 돌이키려고 하는 것도 아니고. 그냥 미안해. 너무 미안해, 내가. 잘못해서, 정말 잘못해서 그것 때문에 미안해." 눈물이 터져나왔다. "미안해. 정말 미안해. 내가 잘못했어."

"알아." 미경은 눈물을 참았다. "나도 알아, 이제는." 많은 말이 떠올랐지만 미경은 말하지 않았다. 상수가 스스로 추스르기를 가만히 기다렸다.

"헤어지자." 담담한 웃음이 미경의 얼굴에 눈물처럼 반짝였다.

상수가 손을 놓았다.

창문이 올라갔다. 미경의 흰색 렉서스가 떠났다.

해가 바뀌고 미경은 다른 지점으로 발령이 났다. 상수는 이듬해 자원해 지점을 떠났다. 떠나고 떠나면서 두 사람은 다시 만나거나 연락을 주고받지 않았다.

상수는 이따금 수영을 떠올렸다. 원망하는 마음이 없다고 할 수는 없었다. 하지만 자신에게 미경이 사랑은 아니었던 것을 떠올리면 수영에게도 자신이 사랑은 아니었다고 인정할 수밖에 없었다. 다만 왜 하필 경필이었을까 궁금했다. 자신은 아니라 해도 종현이 아니라 왜 경필이었을까.

회사를 접는다던 선배를 다시 만났을 때 상수는 그 일을 물어봤다. 수영이 왜 그랬는지, 그게 대체 무슨 심리인지 혹시 알겠냐고. "걔가 미친년이네. 완전 쌍년이구만, 뭘." 선배 잘못은 아니었다. 자신이 미경에게 어땠는지, 미경이 자신에게는 어땠는지 그런 것은 다 말할 수 없었다. 종현과 수영이 어땠는지도 짐작해 말한 것이 더 많았다. 솔직하게, 아는 대로 다 털어놓는다고 생각했는데 막상 하고 보니 그렇지 않았다. 복잡하기도 했지만 민낯을 드러낸다는 것이 더 어려운 탓이었다. 명백한 것은 있었다. 수영이 자신에게 쌍년, 미친년이라면 자신 역시 미경에게 쌍놈, 미친놈일 것이라고. 상수는 씁쓸한 얼굴로 빈 술잔을 내려놓았다. 선배는 아직 회사 대표였다. 접는다, 접는다 하면서도 동분서주하는 듯했다.

상수는 소개로 몇 번 사람을 만났다. 관계를 이루지는 못했다. 수영 때문이라고 생각했다. 사랑이 되지는 못했지만 사랑한 사람이었고 그때의 허기나 입맞춤의 감각만큼이나 상실감도, 허탈함도 여전히 생생했다. 정말 묻고 싶었다. 왜 경필이었는지.

하지만 시간이 흐를수록 수영 때문이 아니라 미경 때

문임을 알 수 있었다. 자신을 순전히 사랑해 준 사람, 자신을 사랑하는 여자가 어떻게 웃는지 가르쳐 준 사람. 수영을 잃었다고 생각했지만 실은 미경을 잃어버린 것이었다. 수영은 가진 적이 없으므로 잃을 수도 없는 사람이니까. 자신이 선택했다고 여겼지만 기실 미경이 수많은 여자 중 자신의 여자가 돼 준 것이었고 그런 미경을 자신은 영영 잃어버린 것이었다. 함께 보낸 2년이라는 시간까지. 미경은 좋은 사람이었다. 자신을 사랑해 준, 운 좋게 가질 수는 있어도 잃어버리면 되찾을 수는 없는 사람. 자기가 좋은 사람이 못 됐기 때문에 결국 잃어버릴 수밖에 없었던 사람. 싫고 서운했던 것들은 다 잊어졌지만 좋고 잘해 준 것들은 잊어지지 않았다. 상수는 미경이 선물해 준 파자마를 버리지 못했다. 샤워를 끝내면 혼자 사는 집 욕실 벽의 물기를 닦고 배수구의 머리카락을 건졌다.

4년쯤 지났을 무렵, 상수는 여의도 스타벅스에서 수영과 마주쳤다. 문을 밀고 들어가는 중이었고 수영은 나오는 중이었다. 전체적인 인상이 예전과 달랐지만 상수는 단번에 알아봤다. 수영은 가벼운 묵례로 지나치려고 했다. 상수는 수영을 잡았다. 명함을 건넸다. 연락 달라고, 그래도 한번은 만나야 할 것 같았다고 말했다. 수영은 상수의 눈을 봤다. 명함을 지갑에 넣었다. 조만간 연락하겠다고 말했다. 상수는 기대하지 않았지만 며칠 뒤 수영에게서 전화를 받았다.

9시 넘어 지점을 나서자 여름비가 오고 있었다. 상수는 약속 장소인 강남으로 차를 몰았다. 차는 아버지의 중고 소나타를 폐차시키고 새로 산 국산 중형차였다. 시간이 제법 늦었는데도 비 때문인지 길이 계속 막혔다. 상수는 와이퍼가 빗물을 밀어내는 것을 물끄러미 봤다. 흐릿하던 강남 대로의 풍경이 늘어선 미등들 위에서 또렷해졌다. 빗방울이 떨어지면서 풍경은 점묘화로 바뀌었고 이내 수채화처럼 번졌다가 불규칙하게 흘러내렸다. 다시 와이퍼가 움직였다. 모두 그렇게 지나가고, 겹쳐지고, 지워지는 것 아닐까.

카페는 북적거렸다. 수영은 아직이었다. 상수는 카페라테 두 잔을 시켜 들고 창가 자리가 나기를 기다렸다. 잠시 후 알콩달콩하던 연인 한 쌍이 자리를 비우고 나갔다. 상수는 자리에 앉아 수영을 기다렸다.

수영은 물이 뚝뚝 떨어지는 커다란 장우산을 들고 들어왔다. 뒤로 묶은 머리에 목이 헐렁한 흰 티셔츠, 하늘색 리넨 셔츠를 재킷처럼 걸쳐 입고 있었다. 짙은 색 긴 청바지는 무릎까지 젖어 있었다. 상수는 한껏 멋을 부린 정장 차림으로 나온 자신이 머쓱했지만 수영은 그 모습대로 편하고 좋아보였다.

"왔어?"

"미안, 많이 늦었지?"

목소리가 여전해 상수는 웃었다.

잠시 어색했지만 두 사람이 알고 있는 서 대리 소식으로 대화가 자연히 풀려 나갔다. 이어 상수는 여의도 기업금융센터로 발령받은 이야기를, 수영은 미국 회계사 자격증을 취득해 외국계 회사 회계 팀에서 일하고 있다는 이야기를 꺼냈다. 모두 잘된 일이라 분위기가 좋아졌지만, 그쯤에서 두 사람 모두 대화를 이을 이야기가 떠오르지 않았다. 창밖으로 사람들이 분주히 오갔다. 밀려 선 차들 사이로 배달 오토바이가 아슬아슬하게 지나갔다.

"종현이랑은 어떻게 됐어?" 왜 경필이었는지 물어 볼까 하다 튀어 나온 말이었다.

수영은 카페라테를 후 불어 한 모금 마셨다. "시험 됐어. 합격했고 어디서 나쁜 놈들 열심히 잡고 있을 거야."

상수는 피식 웃었다. "잘됐네."

"정리하면서 말했어. 아무 생각 하지 말고, 시험 보라고. 봐서, 다음 해, 다다음 해라도 꼭 합격하라고. 헛되게 하지 말라고, 허무해지지 말자고." 수영은 잠시 창밖을 봤다. "그러고는 못 봤어. 집 비워 주고 나는 엄마 집으로 내려가 있었고 다시 왔을 때는 종현이 간 뒤였고. 시험 결과도 내가 조회해서 알았어."

상수는 수영을 봤다. 평온하지만 윤기가 없는 얼굴이었다. "지금도 거기 살아?"

"아니, 요 근처에."

"오, 강남."

"이젠 좀 벌거든."

"만나는 사람은 있어?"

수영은 웃었다. "넌?"

상수도 웃었다.

"좋은 사람 만나야지."

"좋은 사람은 만났어, 벌써."

수영은 상수를 쳐다봤다.

"미경이."

수영의 얼굴에 그늘이 졌다.

"소식은 나도 몰라. 그때 한 달쯤, 더 있다가 도산공원 한바퀴 돌고 헤어졌어. 다음 해에 바로 다른 지점으로 넘어갔고. 그 뒤로는 일부러 묻지도 듣지도 않았고."

수영은 커피 잔을 매만졌다.

상수도 뭐라 더 할 말이 없었다.

몇 마디 별 의미 없는 대화가 드문드문 이어졌다. 상수는 여러 번 망설이다 왜 경필이었는지 물어보려던 것을 그만뒀다. 물어지지가 않았다. 결국 묻고 싶은 말은 왜 경필이었는지가 아니라 자신이 아니었는지였으니까. 그것은 이제 궁금해할 수 없는 문제였고 설명으로 납득할 수 있는 것도 아니었다. 상수는 창문에 비치는 수영의 얼굴을 물끄러미 봤다. 담담하다고 말할 수는 없었다. 하지만 예전 같은 떨림도 아니었다. 어딘지 쓸쓸했다. 모두 지나갔다는 감각만, 미경은 잃어버렸고 수영은 지워졌다는 사실만 남아 있었다.

"일어날까?" 수영이 말했다.

상수는 빈 커피 잔을 챙겼다.

두 사람은 밖으로 나왔다. 비가 여전했다.

"태워 줄까?"

수영은 잠시 생각했다. "가고 싶은 데가 있는데 같이 가 줄래? 좀 멀어."

"어디? 하와이?"

수영은 피식 웃었다.

"타."

상수는 수영이 찍어 준 주소로 차를 몰았다. 강북이었고 한 번도 안 가 본 동네였다. 골목이 뒤얽혀 있어 길이 헷갈렸지만 그때마다 수영이 잘 짚어 줘 별로 헤매지는 않았다. "도대체 여기가 어디야?" 상수는 꾹 참고 있다가 막바지 언덕배기를 오르면서 물었다.

"예전 살던 집."

상수는 피식 웃었다. "그렇게 간다 간다 하다가 못 가본 그 집을 이제야 오네."

차가 언덕배기에 올라섰다. 수영이 살던 건물은 아직 그대로 있었다. 상수는 주변을 둘러보다가 마땅히 차 세울 곳이 없어 건물 주차장에 집어넣었다. "괜찮겠지?"

"네 차잖아." 수영이 부러 얄미운 표정을 지었다.

상수는 어이없어하며 웃었다.

수영도 웃었다.

두 사람은 우산을 쓰고 밖으로 나왔다. 가늘어진 빗줄기를 받으며 건물 주위를 한번 둘러봤다. "별나네. 고만고만한 주택들 있는데 혼자 우뚝하니."

"그래서 이 집이 좋았지."

"아직 들어갈 수 있어?"

수영은 잠시 망설이다 공동 현관 비밀번호를 눌렀다. 열리지 않았다. 수영은 혀를 삐죽 내밀고 웃었다. 민망하기도, 아쉽기도 하다는 듯.

"이제 갈까?" 상수가 말했다.

"저기, 저쪽까지만 한 번 갔다가 가자."

"저기가 어딘데? 하와이?"

"작작 해."

두 사람은 나란히 우산을 쓰고 걸었다. 침침한 가로등이 비추는 좁고 긴 오르막이었다. 빗물 때문에 수영의 운동화가 자꾸 미끄러졌다. 상수는 잠시 잡아 줄까 했지만 그대로 천천히, 수영의 속도에 맞춰 걸었다.

꼭대기에 올라서자 아래로 불 꺼지기 시작한 주택들 너머 멀리, 도심의 불빛들이 옆으로, 길고 가늘게 펼쳐져 보였다. 비안개 스민 작고 먼 불빛들.

한동안 말없이 바라보다가 수영이 말했다. "좋지?"

"좋네." 탄식처럼, 상수는 수영을 보지 않은 채 말했다.

두 사람은 가느다란 쇠 난간에 우산을 받친 채 풍경을 바라봤다. 가는 빗방울이 우산 위로 떨어졌다.

작가의 말

이야기를 써 나가면서 사랑이 다른 감정과 다르다면 결국 우리를 벌거벗게 만들기 때문 아닐까, 하고 생각했다. 사랑의 징후인 두려움과 떨림도, 보상인 환희와 자유로움도 그래서 생겨나는 것 아닐까, 하고.

같은 이유로 사랑하는 사람과 사랑하는 것은 어려운 일일 수밖에 없다. 에곤 실레의 나체화처럼 벌거벗은 우리는 대개 헐벗었고 뒤틀려 있기 마련이니까. 벌거벗은 자신을 바라보는 것도, 벌거벗은 상대방을 지켜보는 것도 쉬운 일이 아니다. 자존심, 질투심, 시기심같이 사랑을 둘러싼 감정들과 온갖 생활의 조건들은 오히려 더 갖춰 입고 뻔뻔해질 것을 요구하기까지 한다. 하지만 사랑한다면, 사랑을 원한다면 결국 거짓의 밝고 좁은 조명 아래서든, 거울처럼 자신을 비추는 짙은 어둠 안에서든 입고 껴입을수록 더 헐벗고 뒤틀리기만 하는 자신을 마주할 수밖에 없지 않을까. 이 이야기 안의 상수와 수영이 그랬던 것처럼. 그리고 그렇기 때문에 사랑이라는 것이 여느 감정과 다르며 자신과 자신이 사랑하는 사람을 수많은 사람 속에서 다르게 해 주는 것 아닐까. 역시 수영과 상수가 이야기의 끝에서 그렇게 알게 된 것처럼.

그런 이야기를 쓰고 싶었다고 말하기는 민망하다. 쓰고 고쳐 쓰다 보니 그런 이야기가 될 수밖에 없었다. 하지만 어떤 것도 주장하고 싶지는 않았고 그럴 수도 없다. 사랑은 각자의 것이고 그래야 하니까. 마찬가지로 내가 생각하기에 사랑이란 이런 감정과 감각이지 않을까, 하는 것이 있었고 그것을 단어와 문장, 이야기로 체험할 수 있게 쓰려고 애썼다. 초고를 읽은 편집자와 만나 한 얘기도 그것이었다. 창피하게도 그 초고는 사랑에 대해 뭐라도 그럴싸한 말을 써 보려 안간힘을 짜낸 것이었지만.

이야기를 쓰는 동안 가장 큰 장애물은 나였다. 정말 여러모로 그랬다. 쓰는 내내 역부족이라는 말을 실감했고 고치다 고치다 못해 마지막 3교까지 대폭 고쳐 썼다. 쓸 수 없는 모든 결말을 다 써 본 것 같다. 다행스럽게도 탁

월한 편집자 덕분에 이렇게 끝맺을 수 있었다. 이 이야기에 이름과 표지를 붙여 줬을 뿐 아니라 세심하면서도 적확한 조언으로 도와 준 박혜진 편집자께, 그리고 교정과 디자인을 도와 주신 민음사의 여러 분들께 진심으로, 깊이 감사한다.

이야기를 쓰고 고치는 긴 시간 동안 어머니와 친구들에게 열거할 수 없을 만큼 많고 진실한 도움을 받았다. 갚는다는 말조차 할 수 없다. 그저 마음을 다해 감사한다.

2019년 봄

이혁진

사랑의 이해

1판 1쇄 펴냄 2019년 4월 19일
1판 12쇄 펴냄 2024년 2월 13일

지은이 이혁진
발행인 박근섭·박상준
펴낸곳 (주)민음사

출판등록 1966. 5. 19. 제16-490호
주소 서울시 강남구 도산대로1길 62(신사동)
강남출판문화센터 5층(06027)
대표전화 02-515-2000 | 팩시밀리 02-515-2007
홈페이지 www.minumsa.com

ISBN 978-89-374-3993-3 (03810)